Gisèle Prassinos

1 9 2 0 — 2 0 1 5

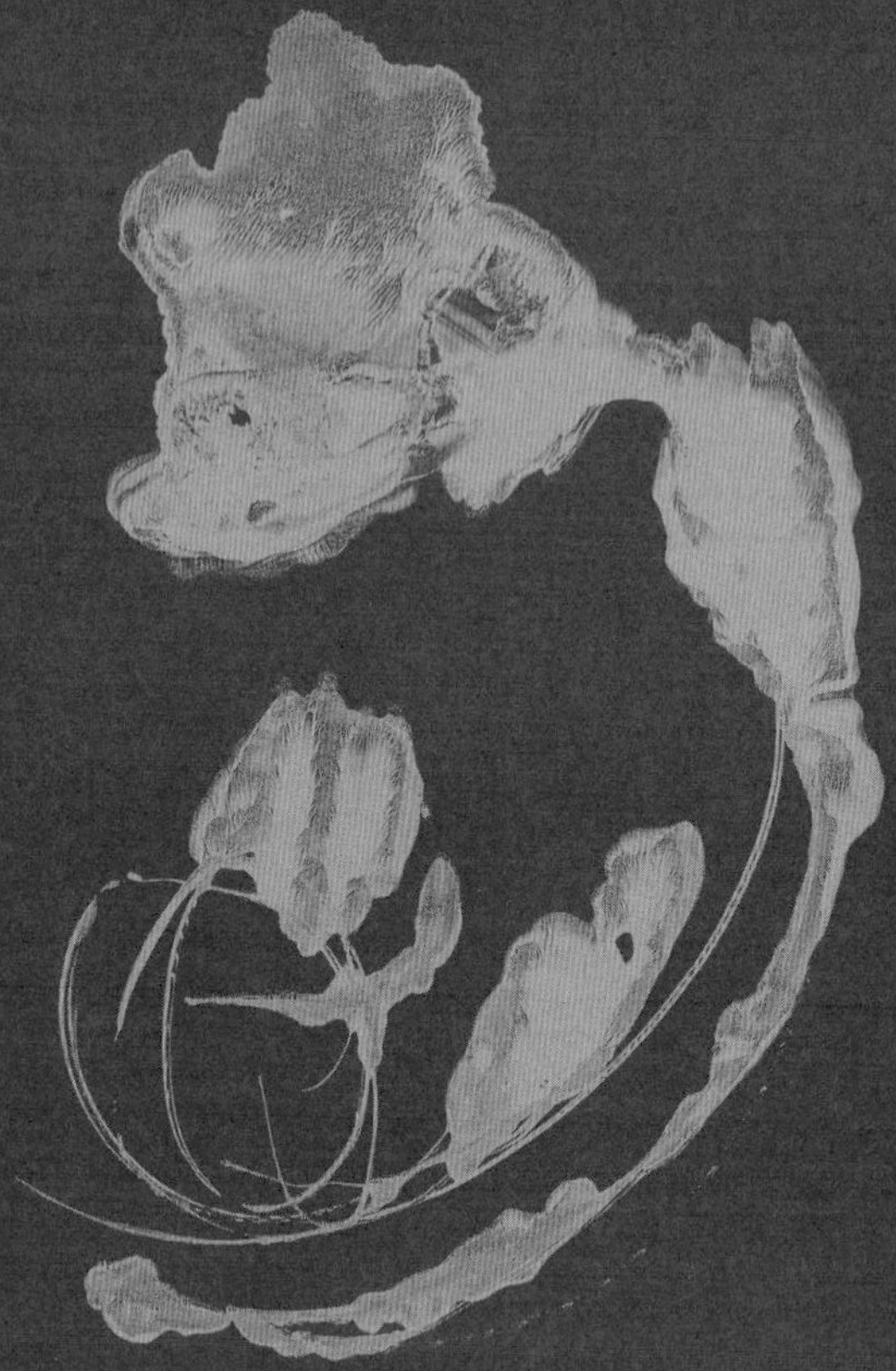

シュルレアリスムの25時

ジゼル・プラシノス

ファム=アンファンの逆説

鈴木雅雄〔著〕
SUZUKI Masao

水声社

目次

序章

女性とオートマティスム

ジゼル・プラシノスはシュルレアリストたちによって「発見」されたとき、一四歳の少女だった。すでに画家への道を踏み出しかけていた兄マリオが妹の書いた文章を、シュルレアリスムと関係の深い出版者アンリ・パリゾに見せたことから、その物語ははじまる。たしかに彼女がそのころに書いた詩やコントは、シュルレアリストたちによる自動記述との親縁性を感じさせるし、彼らを狂喜させるに足る奔放な想像力に満ちていた。だが突然与えられてしまった天才少女詩人などという位置づけが、やがて当人にとって呪縛のようなものになるであろうこともまた、誰にでも想像できるに違いない。だからプラシノスをめぐる言説が、「大人」の常識的な思考に捕らわれない自由な想像力の礼賛と、詩的霊感と性的磁力を兼ね備えた「ファム＝アンファン」という理想化されたあり方に押しこめることへの批判という二面性を持つことになったのも自然な成り行きだった。もちろんこの二つは必ずしも矛盾するものではない。シュルレアリスムという運動が多くの女性に対し、解放的な役割と抑圧的な役割をしばしば同時に果たしたことが論じられるし、とりわけ女性がその両義的な状況のなかでアーティストとしての主体性を勝ち取っていくプロセスを強調しようとするのが、八〇年代以降の女性シュルレアリスト研究の標準的な語り方であり[1]、プラシノスもまたしばしばそうした形で論じられてきた。だがこの文脈に置かれたとき、彼女はいかにも座りの悪い事例なのである。

　運動との関係が途切れたあと、プラシノスが自らの作品をシュルレアリスムという枠組みで語られることに反発を感じているような発言をしたことも、たしかにないではない。だがブルトンらが体現していたとされる男性原理の圧政に対し、自らを取り返す、あるいは確立するといったモチベーションは、彼女にはどうにも希薄なのである。やがて論じる通り、一九四〇－五〇年代、彼女が自らをシュルレアリスムの呪縛から解き放ち、小説家としてのエクリチュールを確立しようと奮闘した時期もあった。しかしそのときでさえ、シュルレアリスムという過去は端的に否定されたわけではなかったし、その努力の結末も、十全な作家主体の確立といったものとはおよそかけ離れた事態であったと、私たちは考える。ましてプラシノスは父や兄によって体現される男性的秩序に対し、およそ驚くほどに従順だった。しかもさらにいっそう不思議なことに、彼女の作り出したものが持つ攻撃性や破壊性は、まさにその従順さこそが可能にした結果のように思える。この逆説こそが、私たちの主題となるだろう。

シュルレアリスムをプラシノスにとっての「解放」として語るディスクールにとって、重要なのは初期（主として一九三〇年代）の詩とコントであり、それを「抑圧」として語るディスクールにとっては、中期以降（一九五〇－六〇年代）の小説および後期の短編小説が重要なコーパスとなる。だが私たちが重視するのは、前者から後者への移行プロセスそれ自体であり、とりわけ六〇年代に小説家としての自己を打ち立てたかに見えるプラシノスにおいて、実は生じていた奇妙な事態と、その結果として可能になった七〇年代の解放的体験である。この時期の成果、とりわけ『ブルラン・ル・フルー』と題された小さな書物にプラシノスの頂点を見ようとするこの研究の主張は、日本ではともかくフランスにならばそれなりに少なくないだろうこの作家の読者が読めば、あまりにも偏ったものに見えるかもしれない。だが一九七五年になって刊行された、時宜を逸したシュルレアリスムへの回帰ともいえるこのテクストは、運動の外部にいる書き手が、そこから影響を受けるとか、それをスプリング・ボードとして用いるといったあり方とは隔たった場所でシュルレアリスムを利用する、きわめて生産的なあり方を指し出すものと思える。これから語られていくのは、シュルレアリスムとのこの特異な関わりである。

たしかに私たちはプラシノスの主要作品のほぼすべてに触れることになるし、伝記的な情報もできる限り提供していくが、この書物は決して彼女の全体像を捉えようとするものではない。ここで提出されるのは、おおよそ次のような問いである。ブルトンやエリュアール、ペレやシャールといったシュルレアリストたちから、君こそがシュルレアリスムそのものだといわれてしまった少女にとって、その体験はいかなるものであり、またその後の彼女の人生のなかで、いかなるものとなっていったのか。このいわばありがた迷惑な体験とその記憶に対し、彼女はその後どのように対処し、どのようにそれを利用していくことになったであろうか。

まずはブルトンらシュルレアリストたちの側から見た場合、プラシノスの登場がいかなる意味を持つものだったかを確認しよう（第一章）。ついでこの出会いが、少女自身にはどのように体験されたのかを、未公刊の資料も参照しながら考える（第二章）。彼女と運動の直接的な関係についての記述はここまでだが、むしろそこからが本題といっていい。四〇－五〇年代、作家としてのプラシノスは長い迷走状態を強いられるが（ただし私生活が不幸だったといいたいわけではない）、シュルレアリスムの後遺症から抜け出そうとするかのような努力とその奇妙な結果について、語らねばならないだろう（第三章）。ついで作家としてのアイデンティティを確立したはずの彼女が、いかに不思議な形でシュルレアリスムと出会いなおしたか、またそのとき生み出された『ブルラン・ル・フルー』がいかなる書物であったかを考えるのが、この研究の中心部となる（第四章）。ところでプラシノスのシュルレアリスム体験には兄のマリオが深く関わっていたが、この兄妹の関係には、何か尋常ならざるものがあった。ジゼルはマリオに対し、終生強すぎるほどの愛情を抱いていくが、のちに画家として成功する兄の方は三〇年代当時、妹の才能に激しい嫉妬を覚えたのであって、この微妙な構図は、二人のシュルレアリスムに対する関係、あるいは作家・芸術家としてのあり方そのものを、深く規定していくことになる。二人の芸術観と、それぞれが作り上げたファミリー・ロマンスの対照性は、ジゼルの体験を捉えるための重要なヒントになるだろう（第五章）。最後には八〇年代以降のテクストについても、短めの一章を割くことにしたい（第六章）。

繰り返すなら、プラシノスのシュルレアリスムとの関わり、そしてその関わりが彼女のファミリー・ロマンスと取り結んだ関係といったものが、この書物の中心テーマとなるのだが、他方ここでは、二〇世紀的なイメージとしての「キャラクター」の問題がクローズアップされるであろうこともつけ加えておきたい。プラシノスはデッサンやオブジェ（むしろ「人形」というべきか）、そして特に「壁掛け」を作る造形作家でもあり、『ブルラン』などではテクストとイメージが緊密に結びついている。それに一定のページを割くのはしたがって当然ではあるが、これはいかなる意味でも脇道ではない。プラシノスによるシュルレアリスムの使用法、その使用法とファミリー・ロマンスの相対化との関わりという中心テーマは、彼女によるイメージの取り扱いと強く結びついたものだからである。

＊

ホイットニー・チャドウィックの著作(2)以来、シュルレアリスムと関わった女性の作家や画家の研究は豊かな成果を残してきた。そのほとんどは何らかの形でフェミニズムからインスピレーションをえたものであり、すでに述べた通り、大まかな枠組みを共有しているような印象がある。多くの論者は運動に関わった女性主体にとって、シュルレアリスムが果たした役割の功罪両面を記述しようとするが、それは正当な態度としかいいようがない。だがシュルレアリスムがプラシノスに、解放的体験と呪縛との両方を与えたのだとして、私たちにとって重要なのは、その解放と抑圧それ自体の奇妙で逆説的な性格であり、両者が取り結ぶ関係、あるいは両者をともに可能にした根源的な選択である。プラシノスによる（彼女自身にとって必ずしも意識化されていたとは限らない）その選択を私たちは、ときに精神分析的なモデルを利用して表現することになるだろう。したがってこの研究は、性別化のプロセスについて、ラカンの図式を批判的に援用することでアプローチしてきたフェミニズム的な批評言語とクロスする部分もあるに違いない。

だから私たちはシュルレアリスムにとっての女性という問題とある形で対峙することになるが、ここでの問いは、男性シュルレアリストたちについて語られてきた問い、すなわち彼らが女性を一方で讃美しつつ他方でいかに排除し、そのことによっていかにホモソーシャルな結びつきを作り出してきたかというそれとずれるだけでなく、女性シュルレアリストについて語られてきた問い、すなわちしばしば反動的な女性観に縛られたシュルレアリスムのなかで、いかにして女性たちはそれを利用し、自らの能力を解放しえたかというそれとも異なって、この出会いのなかで生じる、男性的ポジションと女性的ポジションの関係の複雑さや逆説性をめぐる問いであり、おそらく最終的には、男性シュルレアリストたち自身のうちにおける女性性についての問いでさえあるかもしれない。シュルレアリスムについての常識的な思考は、オートマティスムを無意識的な欲望の解放として、文化よりも自然の側に立とうとする態度として記述してきた。同じくこの常識的な思考は、シュルレアリスムは女性についての神話的でイデオロギー的な、要するに抑圧的な態度であって、女性を客体の側に、自然の側に位置づけるものと考える。だが仮にこの論理を信じるふりをするとして、そのときはたして男性シュルレアリストたちは自然の側にいたのか、それとも文化の側にいたのだろうか。この問いをオートマティスムの実践に即していい換えるなら、彼らは無意識へと自らを明け渡そうとしたのか、それともそれを統御しようとしたのかと、表現してもいいだろう。

こうした問いは、一見久しい以前に解決されているようにも見える。彼らは女性的なものを一つの本質として措定したうえでそれを支配しようとしたのだし、この様態は「未開芸術」を評価しつつ、自分たちこそ「未開社会」の成員たち自身よりその真価を理解できると考えた（とされる）モダン・アーティストたちと同様に、自然と文化の対立を仮構したうえで、自然によって文化を強化しようとしたにすぎないことになっている。こうした整理はわかりやすいものだし、結局のところシュルレアリストたちの書いたもの、作ったもののなかに、そのように理解できてしまう部分が存在すること自体は否定しようもない。にもかかわらず、一方でシュルレアリストたちが、魅力的な他者として見出したものたち、狂人や霊媒、他の社会のある種の創造者、等々に対し、客観的な観察者の立場にとどまるのを拒否したことはどこまでも事実である。自らが愛するものに対し、批評的な距離を取るのではなく、崇拝の対象として遠ざけておくのでもなくて、無謀なまでにそれに接近していくことを彼らは望んだ。その意味でなら、彼らは女性への愛を歌いあげつつ、他方で「女性になろうとした」のだといえるのではないか。もちろんそこでいわれる「女性」もまた、彼らの幻想に他ならない。だがその幻想の機能は両義的なものだった。言語を使って生きている以上、現実そのものと一体化することはできず、幻想とともに生きるしかない私たち一人ひとりを、ここで何より深く惹きつけるのは、シュルレアリストたちとプラシノスのあいだで交わされた、ずれや齟齬をはらみながらも、双方にとって避けがたい必然性を伴って現れた、幻想の交換の特殊な様態である。

シュルレアリストたちはプラシノスに（＝女性に、あるいは子どもに）なりたいと願う。しかしプラシノス自身は、シュルレアリストたちの模倣を試み、いわばそれに成功しすぎているにすぎない。ここには両性の差異を論じるときにしばしば持ち出されてきたラカンの図式を援用するならば、「ファルスを持つこと」と「ファルスであること」の対立から出発しながらも、ある地点からはそれを逸脱していくようなプロセスが見出せるともいえる。これから語られていくのはおそらく、次のような物語になるだろう。プラシノスは家族のなかで、とりわけ兄に対して「ファルスである」位置に身を置こうとする。だが彼女は本来不可能であるはずのこの行為に成功しすぎてしまい、兄が受け入れられる限度を越えた強すぎる幻想を（強すぎるファルスを）体現することで、結局は兄を無力化してしまう。だがシュルレアリスムには、このあり方を受け入れ、積極的な何かへと変えてしまう特殊な性格があったように思える。おそらくだからこそ、三〇年代の時点ではシュルレアリスムとの出会いの意味を意識化できなかったプラシノスが、のちに主体のあり方において、「ファルスを持つ」ことと「ファルスである」ことの両方に対する異議申し立てともいえるあり方を発明することが可能になった。だとすると私たちは最終的に、オートマティスムとは男性／女性の分割をめぐる幻想が別の何かに変化する希望を生み出す場所だと考えることができるのかもしれない。

だがこのように骨組みだけを取り出してしまうとこの物語は、一方ではあまりに図式的・抽象的に、他方ではあまりに恣意的に見えるだろう。五〇年代のラカンを利用したフェミニズムの主体論と接続するために持ち出されるこのような図式化が、結局は一種の理論的フィクションの側面を持っているのは否定できないし、そのフィクションが、シュルレアリスムをフェミニズムの批判から救い出すための恣意的な発明に見えてしまう可能性もある。だがともかくもそのようなフィクション、そのような恣意性を、他の誰にもまして引き出してしまうことのうちにこそプラシノスの特殊性はあるし、また逆に、レオノーラ・カリントンやレメディオス・バロを語ることによっては抽出することができない、シュルレアリスムの特殊な側面もそこには確実に存在する。シュルレアリスムと出会ったものにとって、その出会いが幸運であったか不運であったかをいうのはいつでも難しいが、とりわけプラシノスの場合、その災厄と救済は一つに結びつき、この運動の意外な可能性を照らし出すだろう。彼女の物語はシュルレアリスムを、過ぎ去った時代の記憶から切迫した現在へと引き戻してくれるような、秘められた水路を再発見するための地図なのである。

第1章

シュルレアリスムにとって プラシノスとは誰か

子どもの登場

ジゼル・プラシノスというと、誰もが真っ先に思い出してしまうあの写真(図1)、ブルトンやエリュアールに見つめられながら、緊張した面持ちの少女が手に持ったメモのようなものを読み上げているとおぼしきあの情景は、正確にはいつ撮影されたものだろうか。アンリ・パリゾがマリオ・プラシノスに、君の妹の書いた詩がシュルレアリストたちを興奮状態に落とし入れていると知らせた手紙は一九三四年九月二五日のものである。(1) 彼らの熱狂と賞賛は表現できないほどであり、誰もがこれを、できるだけ早く発表しなくてはならないといっている。シャールとツァラ、エリュアールは、「彼女の常軌を逸した天賦の才」を傷つけないために、テクストの真の価値を妹さん自身には明かさない方がいいと主張しているし、ブルトンはといえば、「一四、五歳の少女がこのようなものを書ける」というのがあまりに信じがたいので、テクストが真正なものかどうか確かめたいといっている。ついてはまず妹さんの名前と正確な年齢、教育レベルや読書傾向などを教えてほしい、さらには同じような詩をなるべく多く彼女に書かせてみてほしい。――パリゾはそんなふうにいう。続く一〇月一日の手紙で彼は、シュルレアリストたちが妹さんに会いたがっているので、「次の日曜」午後二時ごろにいったん待ち合わせし、一緒にマン・レイかブルトンのアトリエに行きたいと思うのだがどうだろうと提案する。すでに話の出ていた雑誌掲載について相談する「気送速達便」が一〇月四日のもので、そこに「木曜の朝」と記されているとすれば、前の手紙でいわれていた「次の日曜」は一〇月七日であることになる。この速達の追伸では、「シュルレアリストたちが妹さん一人の写真とグループに囲まれての写真を、マン・レイに撮影してもらおうといっているのだがどうだろう(2)」とあり、次の一〇月一五日の手紙には「マン・レイの写真を見たかい(3)」と書かれているとすれば、プラシノス兄妹とシュルレアリストたちの邂逅は、一〇月七日だったと考えて間違いなさそうだ。プラシノスの詩とコント四篇が、シュルレアリスムと関係の深いベルギーの雑誌『ドキュマン34』第二号に掲載されたのがこの直後の一一月、ついでブルトンの詩論「詩の大いなる現在」が序論の役割を果たす形で、同じく詩とコント計七篇が『ミノトール』誌第六号に掲載されたのは、その年の一二月のことだった。要す

図1　シュルレアリストたちが見つめるなかで自らのテクストを読み上げるジゼル・プラシノス（マン・レイ撮影）

るに、ジゼル・プラシノスという少女詩人の「発見」から「発表」までのプロセスは、非常に速やかに進行したのである。シュルレアリストたちの衝撃がそれほどのものだったのも事実であろうし、パリゾの手紙からは、社会・経済状況が悪くなるなかで、ジゼルのテクストを掲載あるいは刊行しようという雑誌や出版社があるならば、機会を逃さず発表してしまいたいという、「マネージャー」としての意図がはっきりと読み取れる。だがまたブルトンたちの側でも、このトピックが非常に好都合だった側面はあるだろう。すぐあとで見る通り、オートマティスムが万人のものであると証明することには、実は明確な政治的必然性があった。だがともあれ第一に、のちに「ファム＝アンファン」という形容と切り離せなくなってしまうプラシノスが、登場時点においては、単純に驚異的な「子ども（アンファン）」として現れたにすぎないことを確認しなくてはならない。

重要なのはまず、性別よりも年齢であった。本来「ファム＝アンファン」という表現が意味するのは「子どものような女性」であって、それはいうまでもなく男性の欲望の対象である。だがプラシノスはシュルレアリストたちにとって、決して欲望の対象とはならなかった。その意味で彼女は、レオノーラ・カリントンやレメディオス・バロ、リー・ミラーやフリーダ・カーロといった、三〇年代にシュルレアリスムに関わった多くの女性アーティストと比較可能な役割を果たしたのではない。シュルレアリスムはこれらの女性たちと出会い、彼女たちもまたシュルレアリスムと（よくも悪くも）出会ったといえるが、シュルレアリスムがプラシノスに出会ったのはたしかだとしても、プラシノスが三〇年代の時点でシュルレアリスムと出会ったといえるかどうかとなれば、にわかには決めがたいのである。シュルレアリスムとプラシノスのあいだには、何か奇妙なずれのようなものがある。この齟齬こそが、私たちの重要な主題となるだろう。

シュルレアリストたちが出会って高く評価し、しかし当人はシュルレアリスムが何であるかを理解せず、ついにシュルレアリスムに「出会う」ことはなかった作家や芸術家といえば、まず思い浮かぶのはレーモン・ルーセルである。ジョルジョ・デ・キリコはやや微妙なケースだが、フルーリ・ジョゼフ・クレパンのような「アール・ブリュット」の画家たちはそのように表現できるだろうし、最晩年にグループからのコンタクトを受けたウージェーヌ・アジェについても同じことがいえる。だが彼らがシュルレアリスムに出会わなかったのは、要するに早く生まれすぎたからだ。彼らの価値観は運動の生まれるより以前に形成されてしまっていて、革命的な前衛芸術など、海のものとも山のものともつかない別世界の出来事だったに違いない。しかしプラシノスが当時シュルレアリスムと「出会わなかった」とすれば、それは逆に彼女にとって、コンタクトが早すぎたからである。たしかに一四歳というのは微妙な年齢だが、のちに詳しく見ていくように、当時の彼女が自分を襲っている事態の客観的な意義など意に介していなかったことは、どうやら間違いなさそうだ。この出会いは何よりもまず、シュルレアリストたちにとっての出来事だったのであり、プラシノスにとっての出来事ではなかった。だが早く生まれすぎたことによってシュルレアリスムと出会わなかったアーティストたちと違い、プラシノスはその後、徐々に自分が通過した経験の意味を意識化するようになっていく。彼女はあとから、徐々にシュルレアリスムと出会うのである。その意味であの邂逅の日の記憶は、「原光景」のような位置づけを持つといってよい。ただし精神分析的な意味での原光景が定義上秘められたものであるとするならば、プラシノスにつきまとっていくのは反対に、それについて自ら口を開こうとする多くの証人が存在する、そんな奇妙な原光景である。私たちはこれから、この逆説的なプロセスがプラシノスにもたらしたものを考えていくことになるが、とりあえずはこの事実が、「シュルレアリスムと女性」という、今ではいささか手垢にまみれてしまった感もあるテーマのなかで、彼女が占めている位置の特殊性であることには注意を促しておこう。ついでにいうなら、まったく違った意味においてだが、やはり男性シュルレアリストたちにとって欲望の対象となることなしにシュルレアリスムの地平に登場した女性としてクロード・カーアンがおり（ただしプラシノスと違い、カーアンは確実にシュルレアリスムに「出会った」）、運動とかかわった女性作家・芸術家の問題を抽象的に扱ってしまうことの危険性と、個々の事例をその特殊性において取り扱うことの必要性を、まずは確認しておきたい。

繰り返そう。プラシノスがシュルレアリスムの舞台に登場したのは、セクシュアリティの文脈であるよりも、霊感に恵まれた子どもという資格においてであった。たしかに『黒いユーモア選集』に収録されたプラシノスについての注釈の冒頭で、ブルトンは《ファム＝アンファンのための帝国記念碑》というサルバドール・ダリのタブローに言及している。[4] だがダリのタイトルは控え目にいっても曖昧であり、ここでいうファム＝アンファンが、『秘法一七』でいわれるそれと同じものであるのかどうか、定かではない。ましてブルトンがこの注釈を書いたのは、早くとも一九三七年ごろと考えられる。一九三六年一二月にアンリ・パリゾがマリオ・プラシノスに宛てた手紙には、ジゼル・プラシノスが『黒いユーモア選集』に収録されるのは確実だと書かれているが、ブルトンの注釈はこの時点から、それが『黒いユーモア選集』での注釈として使われるのに先立って、ジゼルの詩集『マニアックな炎』に収録された一九三九年までのあいだに書かれたことになるからだ。それは「詩の大いなる現在」から、おそらく三年は遅れた文章なのである。もう一人プラシノスについて複数の文章を書いたエリュアールに関しても、「ファム＝アンファン」を前面に押し出したのが『マニアックな炎』の跋文であり、『関節炎のバッタ』（一九三五）序文の時点で重要視されていたのは、一人の「子ども」が自動記述を実践できることの驚異であった。エリュアールは一四歳の少女のテクストに、「分離と削除と否定と反抗のモラル、所有することを拒む子どもたちと詩人たちのモラル(5)」を見出す。プラシノスはシュルレアリストたちにとって、「ファム（女）」であるより前に「アンファン（子ども）」であった。そして彼らの、とりわけブルトンの語る子どもの問題とは、すなわち政治の問題である。これは一体どういうことか。

無意識／政治／他者

シュルレアリスムがプラシノスと「出会った」一九三四年後半とは、運動にとってどのような時期だったろうか。ファシズムと闘うための体制を整える必要はますます緊急なものとなっているが、共産党（第三インター）との共闘はあいかわらず生産的なものになる見こみが立たない。翌年の夏以降、運動は党との関係を正式に断ち切って、バタイユ周辺との接近や第四インターとの接触へと舵を切っていくわけだが、そうした転換に踏み切る直前の困難な時期を、三四年後半のグループは経験していた。そのなかでツァラやクルヴェルなど、重要なメンバーが離脱していくことになるのも周知の事実だろう。アンリ・パリゾからマリオへの手紙によればジゼルの詩を激賞する一人だったらしいツァラがあの写真に納まっていないことは、この期間における彼のグループとの関係の変化を物語るものかもしれない。だがこの困難な状況にもかかわらず、運動の将来が悲観的な見通しだけに支配されているわけでもなかった。その年の前半に相次いで実現した、ブルトンらのブリュッセル、プラハ、テネリフェにおける講演と現地の作家たちとのコンタクトは、パリ・グループにとって自分たちの運動が国際的に認知され、予想を超えた広がりを持ちはじめているというたしかな実感を与えていた。ましてブルトン個人についていうなら、五月二九日のいわゆる「ひまわりの夜」におけるジャクリーヌ・ランバとの出会い（正確にはこの日が「出会い」ではないのだが）、数カ月後の結婚という成り行きは、三〇年代はじめ、シュザンヌ・ミュザールとの恋愛の不幸な結末に打ちひしがれていた時期とはまったく異なった精神状態をもたらしていただろう。要するに、ブルトンは第三インター式の素朴な唯物論に対し、自らの理解するヘーゲル＝マルクス思想のなかにおいてシュルレアリスムの実践が正当化されうるものであることを、力強く宣言する必要があり、また公私ともに新たな方向に踏み出すよう、背中を押されていた時期だったといってよい。だが「詩の大いなる現在」に含まれていた共産党批判はグループ内に軋轢を生む（あるいは顕在化させる）大きな要因となる。共産党との共同行動を必要と考えるメンバーのなかでもとりわけツァラは、『南方手帖』一九三五年三月号に掲載された「『南方手帖』への手紙」において公式にこの文章をやり玉にあげ、ブルトンの論理と同時に彼の詩「水の空気」をも批判することになる。(6) このときのツァラの呼びかけに対し、グループのなかでも特に彼と親しかったクルヴェル、シャール、エリュアールのそれぞれが取った異なる態度(7)について、ここで詳細に論じることは避けるが、そうした反響も含め、プラシノスを押し出したブルトンの文章は、運動の歴史の転回点をしるしづけるものになったのである。

　ここで賭けられているのは、シュルレアリスムの理論と実践が持つ射程、いわばその「客観性」なのだといってよい。シュルレアリスムなど聞いたこともない一人の子どもが、運動の手法に近い実践によって驚くような詩を書くことができるとするなら、それはこの運動が誰にとっても有効なものであると証明することにつながるからだ。もちろん、たとえば共産党が、どんな形であれオートマティスムをプロレタリア革命にとって重要な一手段であると捉えるはずはなく、シュルレアリストたちにしても、そこまで楽観的なヴィジョンを持っていたわけではないだろう。だがそれでもブルトンは、この少女をシュルレアリスム的方法論の「客観性」を証明する事例に押し上げようとする。『ミノトール』誌でプラシノスに与えられた位置が示しているのは、彼のそうした強い意志に他ならない。

「詩の大いなる現在」は後半部分が「今日の芸術の政治的位置」(『シュルレアリスムの政治的位置』に収録)と重複しているためか、いかなるエッセー集にも再録されることはなかったが、シュルレアリスムをマルクス主義の視点から正当化しようとした三〇年代の文章として、重要な論考の一つだといえる。もっとも論旨それ自体はさほど目新しいものではなく、援用される文章の多様性を脇に置いておくなら、文学・芸術作品をプロパガンダに従属させようとする共産党の公式路線に対し、無意識に光を当て、人間についての認識を前進させるものとしてのオートマティスムの重要性を、手を替え品を替え強調しているにすぎない。最終的な拠り所となるのはここでもフロイトである。だが参照されるのは『自我とエス』であるものの、ここでの議論はまだ、三〇年代半ば以降着実に練り上げられていく第二局所論に支えられたユーモア論のように、フロイト理解における斬新さを垣間見せてくれるわけではない。ブルトンの引用するフロイトが語るのは、次のような主張である。何かが意識的になるのはいかにしてかといえば、「対応する言語表象との結びつきによって」なのであり、さらに抑圧された要素がどのように(前)意識的になるかといえば、「言語的記憶という前意識的仲介要素を、分析作業に従って復元すること[8]」によってであろう。つまりオートマティスムは、私たちに「より多くの意識」をもたらすことによってこそ価値を持つのである。

オートマティスムが無意識を直接「解放」するものではなく、間接的に読み取らせるにすぎないことを、まずは確認しておこう。ここで理論的に重要なのは、記憶痕跡を呼び覚ますのが、あくまでイメージ（視覚表象）ではなく言語表象（聴覚表象）だという点である。ではなぜ視覚表象ではなく聴覚表象こそが正しいのか。オートマティスムが思い浮かんだイメージの描写であってはならず、それ自体として（いわば無根拠に）与えられるものでなくてはならないというのは、一九三三年に書かれた「オートマティックなメッセージ」（『黎明』に再録）でも明言されていたテーゼだった。イメージの表象という外的な目的に従属してしまう言語は、最終的にリアリズムの罠に陥ってしまう。文学・芸術は外的な目的に従属してはならず、その限りでだけ政治的に正当化されるということの主張は、こののちもブルトンのものであり続けるだろう。政治はそれ自身のうちに根拠を持ってはならない。そしてこの危険な政治性をあらかじめ免れたものとして要請された人間の様態、それこそが「子ども」であった。

たしかにこれは、子どもの「純粋さ」に対する信仰にすぎないように見える。いや、事実そうなのだろう。ましてやプラシノスが「オートマティック」に書いたという保証があったわけではない。パリゾを通してシュルレアリストたちに与えられた情報のなかに、彼女が猛スピードで書いたとか、何も意図せずに書いたといった観察が含まれていた痕跡はないのだから。いやそもそも、ブルトンやエリュアールの文章にもそのようなことが語られているわけではない。要するにここには、「子ども」が意図的にこれほど奇妙なテクストを組み立てるはずはなく、だからこれはオートマティックなものに違いないという前提がある。子どもは政治的な意図を免れていて、直感のままに振る舞うものだといった信仰は、ずいぶんと素朴なものにも見える。子どもはそんなにアナーキーな存在であるはずがないし、むしろきわめて狡猾なものですらあるはずだ。だが価値判断はとりあえず括弧に入れておくとして、ここにはいわば一つの倫理としての、シュルレアリスム的な他者論があるのではなかろうか。

　ここで想定されているらしき子どもの「純粋さ」（という言葉をブルトンが用いているわけではない）は、実に奇妙なものである。プラシノスのテクストで展開されているのは、どう控えめに見ても無垢な幻想世界などではなく、寓意的な解釈の余地を与えない不合理な出来事や、意味も理由もない唐突な死が積み重ねられていく不気味なストーリーの群れである。たしかにシュルレアリストならずとも、私たちは彼女のテクストの前で一瞬たじろぐ。内面に何を抱えているかわからないにせよ、とりたてて家族や社会の規範に抵抗する態度を見せているわけでもなく、サドやロートレアモンを耽読するような早熟性を発揮しているわけでもない一人の少女に、これほど大量の不可思議なテクストを書きついでいく、いかなる理由があるというのだろうか。テクストの背後に何があるのかと問うのではなく、むしろそこに何かがあるのか否かを決められない状態に、読者は置き去りにされる。と同時に私たちは、多くの「自動記述」のテクストを読むときすでに一つの前提、それがどんなに理解しがたいものに見えるとしても、テクストは何らかの欲

図2　アンドレ・ブルイエ《サルペトリエールでのシャルコーの講義》，1887年

望に支えられているはずだという前提を信じているのであり、もしそこに読み取るべき実存的な欲望がないとするなら、逆にテクストを何も意味しないものにしようとする方法論的な意志が存在しているはずだという前提を受け入れていたことに気づかされる。そしてプラシノスのテクストの前で私たちが、もしかしたらここには本当に読み取るべき何ものもないのではないかという不安に襲われるとすれば、彼女のテクストはいかなる実験的なテクストよりも以上に、「他者」のテクストとして現れていることになるだろう。

ではこうしたテクストを書いてしまう「子ども」とはいかなる他者か。意識的であるにもかかわらず十全な意志の疎通のかなわない他者、かつて「私」自身それであったにもかかわらず「私」には操作することのできない他者である。シュルレアリスムのなかで次々に要請された他者の系譜を思い起こしてほしい。シャルコーの講義を表象した有名なタブローのなかでは、ブルトンの医学上の師であった他ならぬバビンスキーがヒステリー者を抱きかかえている（図2）。シャルコーは彼女について語っているが、もちろんそこに対話があるわけではない。あるいはエレーヌ・スミスのような霊媒を考えてもよい。彼女は端的に意識を喪失しているわけではないが、自らが何を語っているかは知らないものとみなされている。だがプラシノスをシュルレアリストたちが取り囲んだあの写真を思い出すなら、自らの詩を朗読する少女は、今自分が何をさせられているか、ともかくもわかっているはずだ（だからこそ内心とまどっているのだとしても）。にもかかわらず彼女の語る言葉は無根拠な外部の言葉である。コミュニケーションを脱臼させる言語、しかもそうでありながら相互的な関係を保証してもいるような言語。「子ども」とはそうした言語を語る他者である。

たしかに他者には違いないが、「自らがかつてそうであった」他者であるというこのあり方は、今後プラシノスとシュルレアリスムの関係を考えていくために本質的なものだ。やがて「ファム=アンファン」という形象が前景化してくると、男性シュルレアリストたちにとってプラシノスは、ともすれば端的に理解不能な他者として表象されてしまうが、彼女はまず誰にとってもそれを経由することで自らを捉え返すことのできるような何者か、いったんそこに立ち返って考えることで、自らが今と異なった何かに変わる可能性を担保してくれるような存在であった。このことの帰結を確認しておこう。

プラシノス（＝子ども）が大詩人に匹敵するテクストを生み出すとするなら、彼女は自動記述に当初からつきまとってきた問題、すなわち「資料」と「作品」の対立を乗り越える書き手であるともいえる。たしかに自動記述とは、はじめからこの対立をはみ出すものではあった。それがブルトンとスーポーという二人の詩人の共同作業としてはじまった事実はやはり決定的であり、そこではすでに一方の語る言語が「作品」を紡ぎ出す意図から遠ければ遠いほど、他方には強度の高いものに見え、そのことがまた新たな言語を生み出すという回路があった。一人にとっての実験（資料）が、他方にとっての詩（作品）であるような関係。あなたは私の思いもよらない他者の言葉を紡ぎ出すのだが、あなたは狂人でも霊媒でもなく、私とコミュニケーションを取ることができる、そうした関係を相互に取り結ぶのがシュルレアリスムというグループの理想なのだとしても、「作品」を生み出すという意図の外で書き取られた言葉が、書き手以外の誰かにとって「作品」として立ち現れてしまうという経験は、グループの外で具体化されることは難しかった。だが一人の「子ども」がそのような言語を語ることができるならば、誰でもシュルレアリストの体験を持ちうる保証が与えられるのではないか。あわよくば革命家たちでさえ、その価値を幾分か理解してくれるのではないか。プラシノスの登場はブルトンとその友人たちに、オートマティックな言語を話す他者に出会う体験の普遍化を夢見させた。そしてこの言葉がシュルレアリスムを知らない他者によって書き取られるのであるなら、運動の社会的な射程もまた保証されることになるだろう。

ただし注意が必要なのだが、誰でもシュルレアリスム的な体験、つまりオートマティスムの体験を持ちうるとしても、それは体験されるオートマティスムが、誰にとっても同質のものであることを意味してはいない。たしかに「詩の大いなる現在」のプラシノスに関する部分を読むと、万人が共有する無意識というユング的な夢が語られていると思えてしまうかもしれない。だが『マニアックな炎』序文（『黒いユーモア選集』にコメントとして収録）のよく知られた一節で、ブルトンは「ジゼル・プラシノスの調子《トーン》は唯一のものだ。詩人たちはそれをうらやむ[9]」と断言していた。普遍的な構造を前提しているかのような記述と裏腹に、無意識は書き手を個別化するのである。万人が共有しているが、社会によって抑圧されたままになっている無意識の力を、自動記述が解放するのであり、抑圧を被っていない子どもにはそれが容易にできるはずだというわかりやすい解釈を、たしかにブルトンの文章は引き寄せてしまう。だがプラシノスのテクストはこうしたテーゼの「例証」ではなく、あくまで一つの「発明」であった。

ローラン・ジェニーが整理しているように、三〇年代のシュルレアリスム、とりわけブルトンの思想には「革命の心理化、心理現象のマルクス化」と形容できる側面があった[10]。無意識はプロレタリアートが抑圧されているように抑圧されているのであり、それを解放することこそ革命であるという、無意識とプロレタリアートの平行関係が、たしかにこの時期のシュルレアリスムのレトリックを支えているように見える。だがマルクスが、あらゆるプロレタリアートが同じ欲望を抱いていると考えたはずがないように、すべての個人の無意識が同じ形で構造化されていると、ブルトンが考えていたはずもない。何らかの形で拘束された意識化されざるエネルギーは存在するのだが、それは個人によって異なる物語を生き、異なる方向に向かおうとしている。やがてプラシノスのテクストも収録されることになる『黒いユーモア選集』の各作家に捧げられた解説でブルトンが摘出しようとしたのは、まさしくそうした複数の欲望の、おのおの異なった物語であった。[11] 超自我／自我／エスという審級のそれぞれは、そこでオイディプスの物語を軽々と乗り越え、多様な物語を織りなすことのできる登場人物のように扱われている。プラシノスについての解説がそうした思想を直接に反映しているわけではないにしても、彼女のテクストが「スウィフトは視線を落とし、サドはボンボン容れを閉じる」ほどに「ユニーク」なものでありうるのは、この多様性が前提されているからに他ならない。あなたは私と同じ言葉を語りはしないが、だからこそあなたの無意識は私に呼びかけるのである。

＊

だが時間を進めなくてはならない。プラシノスとはシュルレアリストたちにとってまず、誘惑者／ファム＝アンファンではなく他者／子《アンファン》どもであったとしても、「子ども（アンファン）」は徐々に「女性（ファム）」へと移行していく。それもまた避けようがない。ではそのとき何が起こるのか。エリュアールは『マニアックな炎』のあとがきでこう書いている。

少女が女性になると、声は押し黙り、女性は言葉を要求する。答えたのは沈黙だったので、彼女は官能的で優しい過去へと滑りこんでいく。たくさんの親切な人形たち。そして声はふたたび語りはじめる。(12)

いくばくかの曖昧さは漂っているが、エリュアールはプラシノスが大人になりつつも子どもとして語る能力を保ち続けていると考えているようだ。だが彼女が「女性」となるとき、誘惑者でもある他者としての「ファム＝アンファン」の夢が、やはりここでは語られはじめているだろう。『黒いユーモア選集』のコメントでブルトンもまた、これに似た役割をプラシノスに割り振っていた。クイーン・マブ、エルンストの「若いキマイラ」、『シュルレアリスム革命』の表紙を飾った、「自動記述」をするかのような「不穏な女子児童」（図3）。呼び出されてくる形象は明らかにブルトンにとって、「かつて私がそうであった」ものとは違う他者としての側面を身にまといつつある。とりわけ『シュルレアリスム革命』表紙の「少女」は不思議な存在で、そもそもブルトンがいうように「児童」であるとは思えない。そしてその年齢も定かならない「少女」は確実に、「誘惑者」となりかけている。ただしここでもふたたび、「ファム＝アンファン」の両義性に意識的でなくてはならない。

女性になりつつあるこの「子ども」はしかし、同時にオイディプスの物語の否定としても機能しているのではないか。『黒いユーモア選集』とはブルトンが、超自我という概念を独自に解釈しなおすことで、フロイトの語ったオイディプスの物語を相対化する書物であった。すでに確認した通り、超自我／自我／エスという第二局所論の構図は別のモデルに置き換えうるものであることを、ブルトンはいわば実演しようとする。すると「ファム＝アンファン」もまた、アンチ＝オイディプス的装置としての側面を持つのかもしれない。異性の親への愛を「断念」することが「子ども」であるのをやめることだという要約もできそうなフロイト的ファミリー・ロマンスは、「子ども」でありつつ「女」でありうる「ファム＝アンファン」によ

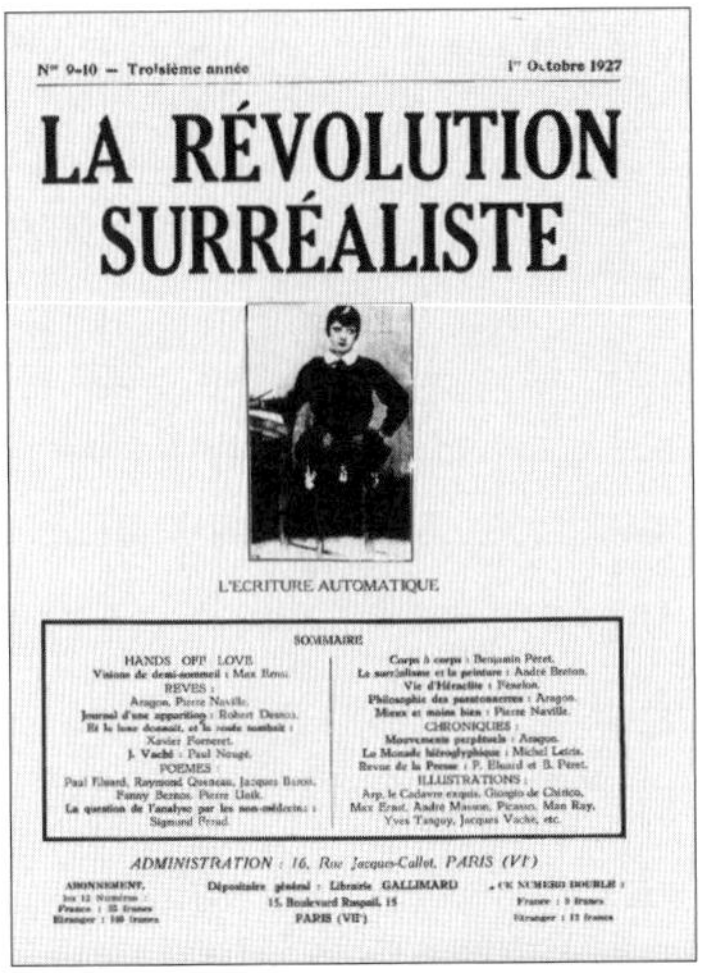

図 3 「自動記述」をする「不穏な女子児童」(『シュルレアリスム革命』第 9-10 号表紙)

って決定的に攪乱される。前オイディプス的な想像世界を我がものとしつつ、退行状態に引きこもるのでもない誰か。彼女は「知って」いても「子ども」なのであり、「子ども」(という他者)でありつつ誘惑する。女性に対して強引に押しつけられた幻想であるはずの「ファム＝アンファン」は、逆説的なことに他方で包括できないもの、多様なものの約束として現れる可能性を持つのである。

とはいうものの、「ファム＝アンファン」という形象がどこまでも曖昧なものであることもたしかであろう。ボーヴォワール以来、フェミニズム的な視点からなされたシュルレアリスム批判の多くがブルトンのこの表現に向けられてきたのは、あまりにも自然なことだった。その意味で、九〇年代以降のシュルレアリスム研究が「女性」というテーマを取り上げるとき、『秘法一七』がむしろ肯定的に語られてきたことには、「裏の裏」というべき側面がある。それには同時代の、いわゆる「第三波」のフェミニズムが持っていた逆説性の反映という側面もあるだろう。だがジェンダーの問題という視点から見たとき、プラシノスの持っていた逆説性は、シュルレアリスムに関わった女性芸術家たちのなかでも際立って特殊なものだった。はじめはあくまで運動が理想とする強度の高いオートマティスムを体現する特権的な「子ども」として見出された彼女が、やがてその資質と自らのジェンダーの関係を意識化していったとき、いったい何が起きたのか。またそれがそもそもシュルレアリスムにとってのオートマティスムの意味をどのように照らし出すものであったのか、私たちはあらためて考えることになるだろう。

脱臼したテクスト

それにしても、これほどまでにシュルレアリストたちを驚かせたテクストとは、具体的には一体どのようなものだったのか。それは「オートマティック」と形容される他のテクストと比べたとき、いかなる性格のものと考えられるだろうか。

次章で詳しく取り上げる、『夢』序文でのプラシノス自身の証言を信じるならば、『ミノトール』誌に掲載されたテクストは、彼女が手持無沙汰だったある日ふと書きつけた、まさのその最初のテクストであるようだ。「これらの汚物は素晴らしい／私の靴はそう答えた／ゴムのような匂いが／その籠を燃やした[13]」とはじまる無題のテクストだが、『夢』序文で語られる記憶と照合するなら、掲載されたヴァージョンは多少とも手を加えられていることになる。ともあれ「プロスペルスが近所のやり方に従って／自らの柱廊を軽くすると／一本の蚊のアンテナが／靴の修理屋を解放した」と続くそのテクストは、すでにしてプラシノスのトレードマークとなるであろう乾いたユーモアと不条理に彩られている。音綴数は揃っていないが、行末の音韻は非常に規則的で、[-k] という音と [-je] というそれが交互に繰り返される一六行の「詩」作品である (magnifiques / soulier / élastique / panier / portique / quartier...)。脚韻らしきものを作り出す必要性から唐突な語彙が次々に選ばれていったと考えて間違いないだろうが、そこから引き出された不条理は、すぐに音の規則性から解放されて、コントと呼ぶのが適当であろう散文テクストのなかでも縦横無尽に展開されていく。ただしプラシノスにおいて詩とコントの関係は複雑で、彼女がのちに最初期から六〇年代にまでいたる自身の作品を集めた詩集『まどろんだ言葉』（一九六七）には短いコントも収録されているし、形式的には詩と呼ぶのがふさわしいテクストのなかにも、ストーリー性を備えたものは少なくない。ただし第二次世界大戦後、長い沈黙を経たうえで五〇年代に作品の発表を再開してからは、小説と詩はあくまで異なった実践として捉えられていった。戦後に彼女が認められたのは何よりも小説家としてであって、詩作はいわば小説の季節が過ぎ去ったのちに、どこか慎まし気に復活したにすぎない。だが突飛な展開で読者を驚かすコントとは違い、しばしば言葉少なに「生」の意味を問いかけるかのような彼女の詩については、この書物ではほとんど触れることができないだろう。少なくともシュルレアリスム期についていう限り、彼女の主たるテクストはコントの形を取っていた。それはバンジャマン・ペレが二〇年代に量産したコント群やデスノスの「テクスト・シュルレアリスト」、あるいはブルトンの『溶ける魚』などと並び、両大戦間期シュルレアリスムによる詩的散文表現の中心的コーパスを形成している。

シュルレアリスムの散文表現を、ひいてはその言語観全体を捉えようとした大著『シュルレアリスムと小説』(『現実的なものの発明――シュルレアリスムと小説』のタイトルで再刊)のなかで、ジャクリーヌ・シェニウー＝ジャンドロンはプラシノスのコントをペレのそれと対比している[14]。ペレの場合、登場人物――行為項 actant――はいかに変身を繰り返しても同一人物であり続けるが、プラシノスのコントではしばしば、人物はその同一性を解除されてしまう。たしかに比較的複雑な筋書きを持つコント『ソンデュ』において、主人公ソンデュの見つけた不定形の肉塊は突然主人公自身によって「ヴィクラット」と命名されるが、ソンデュとフリュションによる奪い合いの結果、二つに分かれて「ヴィクラタン」と「ヴィクラドゥー」(それぞれ「ヴィクラット1」、「ヴィクラット2」とも訳せる)になってしまう[15]。もちろんプラシノスのコントすべてがそのような展開を見せるわけではないが、キャラクターのアイデンティティの極端な曖昧さの印象は否定しがたい。彼女のコントの登場人物に「思い入れ」をすることは、たしかにペレのコントの場合にもまして難しいだろう。「プラシノスにおいて、意味が掘り崩されるのはまさに、思考の論理的な支持体のレベルにおいてである」というシェニウー＝ジャンドロンの総括は妥当なものに違いない。「それは少女に違いなかった。なぜなら私は彼女の歯がクルミをかみ砕く音が聞こえたのだから」(「横柄な毛髪」)といった論理の脱臼は、たしかにプラシノスのコントすべてを覆う特徴の一つであろう。

　事実プラシノスの初期、ないし最初期のテクストを見ると、きわめて見事に論理がずらされているという印象を受ける。大雑把にいって、彼女のテクストは三〇年代を通じ、徐々に物語性を強め、支離滅裂にも見えながらそれなりの連続性を持ったストーリーが展開するようになっていくわけだが、最初期のより「詩」に近い性格のテクスト群では、たいていは方法論的な意識の一貫性を読みこませないような形で、つながりの見えにくい言葉が並べられている。任意の一例として、最初の詩集『関節炎のバッタ』に収録された「世代の連続」の全文を挙げてみよう。

ある日曜、月はタバコをふかし、魔法にかかった台所では一匹の猫が鳴いていた。月の横では人間の女が、注意深く回廊の平らな掛け時計を見つめていた。女は地面に座りこみ、一キロのおもりを使って、なでつけられた髪の毛の重さを計ろうと苦心していた。彼女の夫は外で大地に話しかけているところだ。彼が家に帰ってくる前に、彼の畑を占領しておかなければいけなかったのだ。雌鶏の声も子どもの声も聞こえなかったのだから。(16)

「雌鶏の声も子どもの声も聞こえ」ないと、なぜ「畑を占領しておかなければいけなかった」のかわからないといった論理の脱臼は、たしかに三〇年代のテクストでは汎通的に見られるが、どことなく教訓を伴ったお伽噺につながりそうな雰囲気をたたえつつ、決してそうなってはいかないという点が重要だろう。年齢にふさわしい、あるいはむしろその年にしては幼い読書傾向を持っていた少女が、自分の知っているストーリーの型紙を用い、それをずらしていこうとしているようにも見え、にもかかわらず一定の意味が予感されるような印象が消えることもない。何らかのモデルとなる言説の型を予感させつつ、しかしどう用いようとしているのか判断しにくいというこのあり方は、多くのテクストに見出されるものだ。たとえば「ある上昇の困難」では、一人のカナダ人（もちろんなぜカナダ人かはわからない）とビレッタ（聖職者の縁なし帽）が次のような会話を交わしている。

あるカナダ人——ああ、たしかにその通りだが、想像できる唯一のものはバラ色のティーカップだと思わないか。それは彼の仕事さ。彼には決して一つの快楽しかないだろう。すなわち苦悩だ。

ビレッタ——そう怒るなよ。空とその従僕たちは、まるで気難しい小悪魔のように、いつまでも彼を追いかけていくだろうさ。(17)

会話や手紙の体裁を取っていることが最低限の形式性を保証し、それがどうやら言葉を前へ進める原動力になっているとおぼしき例は多く見られる。何らかのモデルの存在が感じ取れるにはしても、そうしたモデルを使うことで、モデルを支える言説を解体しようとしているのか、何らかの新たな意味を作り出そうとしているのか、どこまでいっても決めることはできそうもない。この宙づり状態が、テクストの書き手が作家になる意図など持たない一人の少女であるという情報に多かれ少なかれ依拠しているのはたしかだが、私たちはここでオートマティックなテクストの不思議さを見出しているのではなく、オートマティックかそうでないかを決められないテクストの漂流に不安な気持ちで立ち会わされているのである。

だがこの両義性は、三〇年代も後期へと移るにつれて、徐々に意味の側へと傾いていく印象のあることはすでに指摘した。特にフェミニズムにインスピレーションを受けた研究には、そうしたコントから明確な主張を読み取ろうとする傾向が強い。一例を挙げるなら、アイネズ・ヘッジスはそのエッセーで、複数のコントを家父長制への抵抗や結婚制度への嘲笑といった視点から解釈している。[18] 図式的な解釈という印象がないわけではないが、たしかに納得できる側面も少なくない。たとえば「ヴァンダと寄生虫」は、生まれたとき父の手で首筋に寄生虫を埋めこまれた娘が、その虫の意志によって動かされ、最後には死んでしまうという話——少なくともそのように要約することの可能な話——であるが、それを父による娘の抑圧と解釈するのは不自然ではない。論理の脱臼を触媒にして進んでいくプラシノスのコントが、ある種の解釈を自然に引き寄せる側面を持っていることもまた、確認しておくべきだろう。

フェミニズム的な読解の例を、もう少しふやしておきたい。前衛芸術運動に参加した女性アーティストたちにとってのその参加の意味を鋭く捉えた『攪乱的な意図』の著者として知られるスーザン・スレイマンは、カリントンとプラシノスを中心的に扱った発表のなかで、男性シュルレアリストが作り出した黒いユーモアに対する女性シュルレアリストの態度が異なった三つの可能性を持つと主張する。[19]「同化」「敵対」「模倣」がそれである。黒いユーモアをストレートに体現することもあれば（「同化」）、攻撃的なパロディを繰り出すこともあり（「敵対」）、また中間的なあり方として、取り入れようとしつつ同化しきらないといった「模倣」の態度もあるという。一人の書き手にそれらすべての態度が共存しうるのだが、プラシノスについていえば「同化」は『黒いユーモア選集』に収録されたようなテクストのケース、「敵対的パロディ」の実例はベルメールの人形を扱った詩篇「誕生」、「模倣」に当たるのが「カマキリ」であるとされている。スレイマン本人のいう通りこの区別はきわめて微妙ではあるが、肝心なのはむしろ、ジェンダー間の関係がグラデーションを伴った複雑なものだと認識すること自体なのかもしれない。ともかく次の事実を確認しよう。ペレのコント以上に人物の同一性も論理も不たしかだが、決して完全に無償のものという印象を与えるわけでもなく、不可避的に解釈を引き寄せる、プラシノスのコントはそのようなものに見える。この曖昧さをどう考えればいいだろうか。

プラシノスのコントと比較してみると、たとえばペレの荒唐無稽なコントには、常により解釈の手がかりを与えにくい方向に逃走しようとする、明確な意志が感じ取れる。オートマティスムとは書く主体にとって、自分が何を書いているかの意識を免れてあるべきか、あるいは生まれてしまったものが向かおうとする方向を意識することを排除しないものなのか、それはおそらくシュルレアリスムの根幹に関わる問いだが、シェニウー＝ジャンドロンの図式でいえば、前者はブルトンの、後者はアラゴンの姿勢に近いといえる。そしてペレのコントがブルトンの思い描いたオートマティスムにより近いとすれば、プラシノスのそれはアラゴンの側にあることになる（事実シェニウー＝ジャンドロンはそう考えた）[20]。次章での議論を先取りしていえば、プラシノスにとってこれらの詩やコントの執筆は、何よりもまず周囲の大人たち、特に兄マリオを喜ばせるためのものだったのだが、つまり憂慮すべきは身近な読者を退屈させることだけなのであり、何らかの解釈が呼び寄せられることは、彼女にとって特別に忌避すべき事態ではなかったのだろう。だから私たちもまた、それが結局は恣意的な解釈をふやすだけかもしれないと承知したうえで、そこに何らかの意味／物語を読み取る努力をしてみたいと思う。

私のなかの誰か

たしかにストーリーの側面についてだけいうならば、ブルトンの『溶ける魚』やペレの一連のコントに比べても、プラシノスのコントには漠然とながら一定のパターンあるいはテーマが見つかるような印象はある。アイネズ・ヘッジスのいうような家父長制への挑戦を汎通的なテーマとまでみなすのは難しいが、主体の体験する何らかの不自由、生への違和感といったものが支配している印象は、三〇年代後半になるにつれて強まっていく。コットネー＝アージュは、「黒いメロン」や「死刑執行人」などシュルレアリスム期後期のコントを取り上げながら、そこでは「分割され疎外された自己」が扱われているというが、[21]多くの読者がこの印象を共有するのではないか。典型的な事例を取り上げてみよう。

『まどろんだ言葉』収録のテクストには執筆年の記されている場合が多いが、年号のみの表記であり、後年になってシュルレアリスム期のテクストを集成した『探さずに見つける』になると、日付は一切記されていない。だがパリ歴史図書館に所蔵される草稿資料には正確な執筆日時の記されているものがあり、そこから一九三八年の夏に書かれたものと特定できるコントのなかに、「ヴァンダと寄生虫」、「ヴェラがいうには」などがある。前者はヘッジスが父による娘の支配を扱ったものとみなしていたコントだが、身体への異物の侵入のテーマは後者のものでもある。ヴェラは自分の体のなかに一羽の雄鶏を養っている。その鳥が死にそうになると、一度は厄介払いができると思ったヴェラだったが、やはり鳥を愛していると感じ、彼の求めに応じて番《つがい》になる雌鶏を見つけようとする。だが死んだ雌鶏しか贖うことができず、果たしてそれでも役に立つだろうかとヴェラが考えこむところで、このごく短いコントは終わっているのだが、つまり結末は「ヴァンダ」の場合と反対に、受け入れと共生の続行である。同じ三八年の七月に書かれたコントだとすると、繰り返しを避けるために正反対の結末になっていると考えるのは自然なことだろう。だが八月に書かれた「探さずに見つける」でも女性の身体に住みついた男性の声と、それを女性の声と交換するプロセスが主題になっていた。これら身体への闖入者を男性原理を象徴する存在とする解釈は可能だと思えるし、だとすればそれはヘッジスの解釈とも矛盾はしない。「分割され疎外された自己」は、それに対するプラシノスの態度決定がどのようなものかはひとまず置いておくとしても、ある時期以降の彼女の主要テーマだったといえるだろう。

プラシノスのコントにはまた、奇妙な家族関係が頻出する。彼女が物語を紡ぎ出すときの「型紙」の一つがおとぎ話あるいは昔話であるとすれば、家族が枠組みとなるのは当然ともいえるが、あまりに過激な事例が多いのも事実である。たとえば「ある美しい家族」というコントでは、「私」の兄弟が次々に死んでいく。最初のモコは遊んでいるとき短剣を胸に刺して死に、「遠方からやってきた」次の兄弟のアベルは殺されてしまう。「私」がもう男の兄弟がいなくなってしまったことを残念がると、母はノルウェーにまだ「私」の兄弟がいたことを思い出して呼び寄せるが、そのジャンティも結局は命を失うのだった。陰惨なようでいて、誰も死を悲しむ感性を持たない「美しい家族」の物語は、ただ淡々と綴られるのみである。

同様に「子どもの献身」では、ある男に四人の子どもがいるのだが、長男はモグラであり、長女は鼻以外を毛で覆われている。次男は幼虫であり、三男は見かけは普通だが、冬から夏にかけて、順々に赤から緑、次に青、最後に黄色へと体の色を変えていく。目まぐるしく変わるストーリーを要約することは控えるが、後半どうやら物語の焦点は次男に移り、最後に彼はさなぎの状態を経て羽化すると、成虫（蝶？）となって飛んでいく。これらはいささか極端な例ではあるが、若きプラシノスの描き出す家族関係はことごとく、愛情に満ちたものでもなければ複雑な愛憎劇を展開するのでもなく、常に関節を外されたような状態で、ナンセンスだが血生臭いエピソードをひたすら積み上げていくのである。

シュルレアリストたちが、あるいは少なくともブルトンが、プラシノスのコントに反家族のテーマを見出して狂喜したことは間違いないだろう。事実ブルトンが『黒いユーモア選集』に収録したコント二編の片方は、歩きはじめた子どもと母親の反応をテーマにした「よちよち歩き Suite de membres」だった。子どもをあまり早く歩かせてはいけないと延々述べ立てる隣人に対し、母親は自分の子どもが「もし今日の午後地面に下してくれなければ一人だけで植物園までゴロゴロ転がりにいってやる」といい、「金庫の金を取ってやると脅す」のだと主張する。子どもの成長の速さを聞いた父親は突然ふざけた口調になって、「だったら三週間もすればやつは現場で俺の手伝いをしてくれるかな」などと口走るのだが、たとえば彼が事態をどう理解しているか、明確に理解することは難しい。台所で見つかった奇妙な木箱をめぐって結末は錯綜したものになるが、ともかくそこに、シュルレアリストたちならブルジョワ的家族イデオロギーへの抵抗を見たいと思うような要素が散りばめられていたことは、事実であるに違いない。

こうしてシュルレアリスム期後期——三〇年代後半、あるいは少なくとも『ソンデュ』以降——のコント群は、ブルジョワ的家族制度への批判であれフェミニズム的な家父長制批判であれ、あるいは疎外された自我の表現であれ、何らかの解釈を引き出しやすい。そこでは語の感触（脚韻など）よりも物語自体の意外性を呼び寄せることが試みられ、ストーリーの枠組みとして用いやすい家族のテーマが次々に分解／再構築されていったのだと考えられる。もちろんこれらのテーマのはじまりに、明確な日付があるわけではない。『ソンデュ』以前と考えられるテクストのなかでも、たとえば「我が妹」で、「私」（「私」の性別はわからない）は明確な理由もなしに、妹の胸にナイフを突き立ててしまう。一方「幻滅したことば」での母親と娘は、ほとんど奇妙な出来事を作り出すための記号的な背景にしか見えない。ともかく不可解なのは愛情も憎悪も決して前面に出てこないことで、この親子間の感情の希薄さは、やがて激しい恋愛感情の不在にもつながっていくだろう。プラシノスのコントでは不気味なほどに、誰一人愛するすべを知らないのである。

やや先走ってつけ加えておくと、プラシノス本人は決していわゆる不幸な家庭環境にあったわけではない。父や、早くに亡くなった母、二人の叔母、そしてとりわけ生涯にわたって彼女のきわめて強い愛着の対象だった兄との関係の錯綜したあり方については、徐々に語っていくことになるが、おそらく三〇年代についていう限り、彼女の意識は（兄を筆頭とした）読者の注意を引きつけ続けるために、家族関係というあらゆる物語の基本要素を、なるべく奇妙なやり方で操作することに向けられていたというべきではないか。もちろん彼女自身の意識はどうあれ、そこに父や兄との関係の複雑さや彼女自身の微妙な心理が反映しているのは当然だろうが、それを彼女自身が問題化していくのは、かなりあとのことである。ともかくもプラシノスは、自己の不たしかさ、漠とした生きにくさ、家族の不思議さ、等々といった、それ自体を取り出せば凡庸ともいえるようなテーマが現れるのを恐れない。読者はそこに、自らのイデオロギーに従ってそれなりに統一感のある意味を読みこむことが可能だし、そうした解釈のあるものが他のものよりプラシノス自身の気持ちのありようから見て妥当に思えるようなケースもあるだろう。だが彼女自身は家族や自己意識といったテーマを、一つの方向に発展させることには関心を寄せず、なるべく多くのヴァリエーションを作り出しながら、可能ならより奇妙な方向へ、より読み手に意外性を感じさせるような方向へと押し曲げていった。表現するためでも解決を見出すためでもなく、実験的な可能性を追求するためでもなくて、プラシノスはただ限りなく偏差を作り出していくのであり、シュルレアリストたちが魅せられたのもまず、この想像力の、目的地を持たないがゆえの鮮やかさであった。

第2章

プラシノスにとって
シュルレアリスムとは何か

回想の差異と反復

プラシノスはその生涯のうちに、相当量の自伝的な性格の文章を執筆した。小説のなかでその傾向がもっとも顕著なのが、そもそも自伝を意図して書きはじめられた小説家としての処女作『時間など問題ではない』（一九五八）であるのは間違いないが、それより一〇年以上前、すでに彼女はそれまでの人生を振り返るかのようなテクストを書きはじめていた。発表されたものとして一定の長さがあるのは、通常プラシノスの「シュルレアリスム期」の掉尾を飾るものとみなされる『夢』（一九四七）に添えられた、かなり長い序文であろう。そこで彼女は、自らの「自動記述」がどのようにはじまったか、どのようにシュルレアリストたちに紹介され、その後出版された自らの書物にどのような印象を持ったかなどを、かなり詳しく語っている。シュルレアリストたちに賞賛され、少女詩人として奇妙なデビューを果たしてしまった自らの一〇代を振り返ろうとする意図自体は、なんら不思議なものではない。だがそこにあるのは、早熟な少女がさらに前進するために、過去の体験を対象化しようとした努力の痕跡といったものではなく、そうした体験のすべてが自分にとって、いまだに明確な地平のなかに位置づけられるものとなってはおらず、価値があるかどうかすら疑わしいエピソードにすぎないという告白である。子ども時代を語る身振りが、たいていは自らが大人になったことの（あるいはなってしまったことの）証明であるとするなら、プラシノスの自伝的テクストは、むしろ彼女が決して大人になっていないことの証言であるかのようだ。

これはしかし、プラシノスが自らを対象化する意志を持っていなかったという意味ではない。たしかに過去に対して一定の距離を取って語りながら、しかしそれにどのような意味や価値があったか今もってわからない、そんな戸惑い続ける証言者として、彼女は自らの過去を語る。だがシュルレアリスム体験を何度でも語りなおしながら、プラシノスの語り方もまた微妙に、しかし確実に変化していったのであり、その変化のなかにはすでに、彼女にとっての過去を語る行為の意味が書きこまれている。このプロセスを考えるために重要な最初のテクストは、『夢』の序文のさらに数年前、おそらく第二次世界大戦末期に書かれたと思われる、十数ページの草稿である。

パリ歴史図書館に寄贈されたプラシノスの豊富な草稿資料には、未発表のテクストも多く含まれるが、あるノートの一一ページにわたって書き記された、三〇年代までの思い出を語る文章は、なかでもまとまったものの一つだ。日付はないが、冒頭に「私は現在二四歳だ」とあるのを素直に信じる限り、一九四四年ごろのテクストということになる。回想は一〇章に分かたれていて、[1]それは順に、「母の死」、「森の家」、「最初の学校」、「父」、「クロード」、「我が家の猫たち」、「シュルレアリスム」、「M〔マリオ〕の絵画」、「その他の学校」、「一九三四年から一九三六年まで」と題されている。このうち「シュルレアリスム」の章は、文字通り「自動記述」の発見やグループとの接触を語るもので、数年後に書かれた『夢』の序文の原型といえそうだ。それ以外の部分にももちろん重要な記述が含まれるが、それには必要に応じて触れていくとして、まずはシュルレアリスム期の記述が決して中心的な位置を与えられていないこと、より重要なのは家族や友人、とりわけ兄マリオに関係するさまざまな出来事であり、ブルトンたちに賞賛されたコントや詩の執筆体験は、家族との思い出に比べれば限定された意味しか持たないものとして扱われていることを強調しておこう。そしてシュルレアリスムに捧げられた、思いのほか素っ気ないここでの記述と『夢』の序文の差異は、無意味ではないに違いない。

語られている内容そのものにさほどの違いがあるわけではない。一四歳の夏——とはいえ時期については、草稿では明言されていない——、退屈していたある日、プラシノスはプレゼントされたばかりだった美しい便箋に、気まぐれに何かの文を書きこんでみた。「草稿」では、「それは思うに、『これらの汚物は素晴らしい magnifiques』だったはずだ」とされている。だが「序文」になると、「思うに」といったいい淀みは消え去って、このフレーズは記念すべきものであるかのように書き抜かれ、書いたとき彼女のなかで何が起きていたかが解説されていく。「私はこの語句をまず機械的に書いた」。そしてこのフレーズがちょうど紙片の端から端までの長さになっていたので、次の行の真ん中に、視覚的なバランスを取るようにして「いいじゃないか Pourquoi pas」と書いてみた。「私はやはり何も考えずに書き続けたが、ふと見ると三行目の最後の語もまた -iques で終わっている」。なるほど自分は詩を書いていたのだと気づいて嬉しくなった彼女は、支離滅裂だが韻を踏んだフレーズを書き継いでいき、紙片を言葉で埋め尽くしたのだった（とはいえ、『ミノトール』に掲載された「これらの汚物は素晴らしい」では、二行目は「いいじゃないか」となってはおらず、処女作『関節炎のバッタ』の表題作となった詩篇「関節炎のバッタ」の二行目こそが「いいじゃないか」となっているのだが、これが単なる記憶の混乱なのか、別の理由があるのかはよくわからない）。

草稿では、このあとプラシノスはそれを兄のところに持っていき、読んで大笑いしたマリオがこの「冗談 bêtises」をもっとやってみろと薦めたことになっているが、序文では、書き終わった紙片を放置しておいたのを、マリオが見つけたとされている。だがその後の経緯に関する限り、草稿と序文とでさして大きな違いはない。兄や大人たちが喜ぶのでしばらくは同じことを繰り返し、紙を文字で埋めていく日々が続くが、やがてマリオがエリュアールの詩集――序文でははっきり『公共のバラ』であると書かれている――を持ってきてプラシノスに読ませ、そのマネをするようにいう。そうして彼女は一種のパスティッシュを生産していった。自分はしかしまねをしろといって差し出されたエリュアールその他のテクストにはまったく興味を持てなかったのであり、一・五フランで売られていた小説の方が面白かったとつけ加えられている。

プラシノスにおける「オートマティスム」の季節のはじまりを語る二つの文章は、あとに書かれた「序文」の方が、より詳細で輪郭のくっきりしたものになっている。作為が入りこんでいるといいたいのではない。だが想起を繰り返すなかで、何が起きたかはより確信をもって語られるようになる。出来事が淡々と語られていた草稿に比べ、序文ではプラシノス自身のなかで起きていたことが明確に言葉にされていく。強調されているのは、すべてが自らの意志の外部で生じたという点に他ならない。それは「機械的」に書かれたのであり、テクストはマリオに（彼女の知らないところで）発見されたのである。すべては彼女自身のあずかり知らないうちに、彼女の傍らを通過していったかのようだ。それはたしかにオートマティックな出来事として語られているのである。

するとプラシノスは、自らのシュルレアリスム体験を対象化し、いわば清算しようとした文章のなかで、むしろシュルレアリストたちが彼女に求めた神話を、さらに強化してしまったと考えねばならないだろうか。書かれた内容を素直に読む限り、戦後すぐのプラシノスが自らの過去について、シュルレアリストたちに押しつけられた「ファム＝アンファン」の神話を進んで再生産しているという側面は否定しがたい。だが彼女の選択は、押しつけられたものとは別の主体を発明しなおすといった、いかにも政治的な正しさをまとったものではないにしろ、強制された神話そのものを逆説的な抵抗の場へと鍛え上げることであったように思えるのだが――まして六〇年代後半以降の彼女はさらにそれとも異なった選択を発明していったと、私たちは考えるのだが――、先走るのは控えよう。草稿でも序文でも、オートマティスムの発見について語られるのは、自らの詩が雑誌に掲載されたことへの驚き、そしてマン・レイのアトリエでシュルレアリストたちに囲まれて写真撮影をした際の、よく知られた逸話である。

雑誌に自らの詩が掲載されたことは、もちろん自尊心を満足させる部分もなかったわけではないが、文章というのがこんなに簡単に本になってしまうことに、むしろ落胆したのだとプラシノスはいっている。「人生とはこんなにもくだらないものなのか」。だからシュルレアリストたちと出会うこともそれ自体としては大した意味はなく、むしろ高校生になって以来いくらか距離のできてしまっていた兄が、連れ立って出かけてくれるのが嬉しかった。そして彼らはこのころからプラシノスの「マネージャー」のような存在になったアンリ・パリゾとともに、マン・レイのアトリエへと赴く。

草稿でも序文でも、この日についての記述に大きな違いは見られない。マン・レイのアトリエでは空に浮いた巨大な唇のイメージが印象に残ったこと（《天文台の時間――恋人たち》というタイトルを、プラシノスは本当に知らなかったのだろうか）、エリュアールは優しく、ペレは剽軽で、ジャクリーヌ・ブルトンは派手な帽子をかぶり、シャールは他のメンバーより頭一つ分大きかったという印象、自作の朗読をしたが緊張してどのような調子で読んでよいかわからずに困惑したこと、にもかかわらず与えられた賞賛、等々が語られている。処女詩集『関節炎のバッタ』巻頭を飾るあの写真、ブルトン、エリュアール、ペレ、シャール、パリゾ、そして兄マリオに囲まれてテクストを読み上げる、プラシノスといえば誰もが思い浮かべるあのふっくらした少女の写真が、マン・レイの指示に従って、時間をかけて撮影されたものだという説明も、いかにも本当らしく思える。この写真の演劇的性格は、誰の目にも一見して明らかであるからだ。

TRAGIQUE

FANATISME

I

II

図4　『ミノトール』第6号に掲載されたジゼル・プラシノスの写真（マン・レイ撮影）

続いてマン・レイはプラシノスを二階に案内し、彼女単独の肖像写真を撮影することになる。撮影のためにマン・レイは彼女に口紅を塗るが、粘り気の強い口紅で、口が開けられないほどだ。化粧などにほとんど縁のなかった少女はひどく場違いな思いをするが、ともあれ撮影されたそのポートレイトは『ミノトール』誌上で、ブルトンの「詩の大いなる現在」に続いて印刷されたプラシノスの数編のテクストを飾ることになるだろう（図4）。草稿で彼女はそれを「歴史的な写真」と呼んでいる。ことの次第を語るプラシノスの文章は、特に序文になると明確にユーモアを交えたものだ（アニー・リシャールのいう通りだろう[2]）。語られる内容にほぼ差はないが、序文の語り手は出来事に対し、より距離を取って冷静に、かつ余裕を持って扱えるようになっている。そこでの彼女は数年前の自分を、ただ翻弄されるだけの無力な証言者というよりも、たしかに行動面ではイニシアティヴを取る手段を一切持たないものの、他者にとっての「私」と自分にとっての「私」のずれを意識する存在として描き出すのである。

これ以後私は二人の人物になった。一方では印刷された人物としてのジゼル・プラシノスであり、彼女はめかしこんで夢うつつのままにブランシュ広場の会合に出席し、名誉などには無関心だ（それ以前、私は自分の名前がタイプで打たれるだけで強く感動したものだった）。他方では大いに威厳を身に着けた「若い女流詩人」などとは何の関係もない〈私〉である。

たしかにシュルレアリストたちが彼女のなかに見出そうとした、特殊な才能に恵まれた「子ども」を、そのときのプラシノスは自らと一致しない何かとして体験していた。だが同時にそのことは、だからこそあれらシュルレアリストたちから賞賛されたテクストが、意識的な操作なしに生み出されたものであることを証明しているのだともいえる。「私」(「意識」あるいは「自我」といい換えてもよい)とは一致しないからこそ真に「私」であるかもしれないという矛盾、第二次大戦直後のプラシノスはそれを受け入れた。シュルレアリスムから身を引き離す身振りそのもののなかで、彼女はシュルレアリストたちの望んだものを肯定するのである。

その後もプラシノスは折に触れ、何かというとシュルレアリストたちとの出会いを語るよう促されてきた。たしかに『黒いユーモア選集』に作品が収録されたことは彼女の知名度を上げるのにかなりの役割を果たしはしたろうが、四〇年代以降のブルトンがその後のプラシノスを意識していた形跡は見つけにくいし(『対話篇』でも彼女の名は口にされていない)、はるかな少女時代の一時期のことだけをしつこく聞かれるのはそう楽しい体験ではなかったろうと、誰でも想像するだろう。だがプラシノスは、運動を通過した多くの書き手同様に、シュルレアリストとみなされることへの違和感を表明することはあったにしても、シュルレアリスムの何かが自らのなかにとどまり続けていることを、思いのほか抵抗なしに認めていた。むしろ晩年に近づくにしたがって、少女時代の自分に割り当てられた神話的な役割を、いっそう強く信じこんでいったようにさえ見える。

一気に時代を飛んで、一九九三年にポンピドゥー・センターで開催された、ギリシャとシュルレアリスムの関係をめぐる展覧会のカタログに、回想的な文章を求められて書いたとおぼしき覚書を見てみよう。語られることの大筋は四〇年近く前の文章とさして異なるわけではないが、霊感に祝福された少女としての役割は、より力強く肯定されている。シュルレアリストたちは彼らの無意識に関する理論が一四歳の少女によって具現されたことを喜び、しかしそれが大人による偽作でないかどうか確かめるために自分をマン・レイの部屋に呼んだのだが、オートマティスムの真正性を試したい彼らの前でそのとき彼女が何をしたのかについて、記述はかつてのものと無視できない差異を示す。

私は内気ではあったけれど、これ以上に簡単なことはなかった。一枚の紙と鉛筆。私はただ確信を持ちたいと望むばかりの少なくとも四人の男たちの前で、すばやく一篇のコントを書いてみせた。続いて私は多くの同じようなコントを次々に要求された。私はそれを進んで受け入れたのだが、それはこうした大人たちの賞賛を維持するためではない。私は彼らを賞賛していたわけではないし、そんなことのできる状態ではなかった。私がそうしたのはむしろ、

コントを気に入ってくれていた兄や父を喜ばせたかったからにすぎない。(3)

数十年後の記憶のなかで、彼女はシュルレアリストたちに取り囲まれたとき、困惑しながら自作の詩篇を読み上げたのではなく、その場でコントを書いてみせたことになっている。シュルレアリストたちの神話から距離を取り、それが決して自らの真実ではないことを示そうとすればするほど、その身振りのなかで、彼女はファム＝アンファンの神話を強化してしまう。私たちはこれをどう考えたらいいだろう。

プラシノスはその後半生において、彼女の作品に魅せられ、その真価を広く知らしめようとする、数人の研究者と出会っている。それはジョゼ・エンシュとコットネー＝アージュ、晩年においてはとりわけアニー・リシャールであった。このなかでも自ら表現者であるエンシュは、研究者というよりは友人として接し、プラシノスと二人でさまざまな遊戯――彼女たちが「シュルレアリスムの遊戯」と呼んだもの――を実践している。彼女の作品が批評的なディスクールの対象となり、その生涯のさまざまなエピソードが記録として残ったのは、そうした人々の愛情に満ちた仕事があったからに他ならない。彼女に会ったことのある研究者は口をそろえてプラシノスの人当たりのよさを賞賛するが、シュルレアリスムに関する図式的な理解を適用されることにはさすがに一定の反発を覚えたにしても、彼女は研究者と安定した関係を築くタイプの表現者である。

その必然的な結果として、彼女についての研究はしばしば作家本人と交流したものたちの証言としての性格を持つことになるだろう。だがエンシュの記述をたどると、読者はその思いの深さにむしろ不安にさせせられることがある。

一九八六年に刊行されたローズマリー・キーフェールとの共著『ジゼル・プラシノスに耳を傾けながら』でエンシュは、プラシノスがいつも「私はシュルレアリストとして生まれた」と繰り返していたと証言している。もちろん本当にそうなのだろう。だがその証拠として、マン・レイのスタジオを訪れたあの日のことが語られるとき、文章はエンシュ自身の告白のような様相を呈してくる。プラシノスはシュルレアリストたちの前で、自らのオートマティスムが真正なものであると証明するために、その場で何らかのテクストを書いたはずなのだが、それがどれであったか、何度聞いても思い出してくれない。『夢』の序文は、たしかにすでに書かれていたテクストを朗読しただけだったように理解できなくもないが、事実はそうでなかったという確信があると、エンシュはいう。[4] さらに興味深いのは回想的な文章を依頼されたとき、プラシノス自身がキーフェール／エンシュやコットネー＝アージュの書物を参照していた形跡があるという事実である。自らの半生を振り返って跡づけようとした八〇年代（以降）の文章の草稿には、こうした研究書からの引用予定個所と思われる指示が見つかるからだ。[5] ここでは作家と研究者の言葉のあいだに、相互参照的な循環構造が作られている。事実の歪曲を批判しようとしているのではない（もちろん逆に、プラシノスの純真さに感嘆しようというのでもない）。まるでプラシノスは常に、自らを相手の欲望に合わせて作り替えるための対話相手を必要としていたかのようであり、それは何か彼女にとって、生きる上での、あるいは書く上での基本的な原理をなしていたのではないかと、そんなふうにさえ思えてしまう。かつては自らの内に眠る何かを引き出すなどという動機とは一切無縁なところで、父や兄を喜ばせたいがために驚くべきテクストを量産してしまったプラシノスは、今そのテクストを生み出したのが自らの無意識であったと語ってほしい誰かのために、自らの記憶を生み出そうとする。おそらくそれは必要なことなのだ。プラシノスは常に誰かのために、あえていうなら愛されるために書く。だがもちろん、これはきわめて矛盾に満ちた態度でもあった。

プラシノスはファム＝アンファンと呼ばれることを、三〇年代当時に喜んで受け入れたわけではない。だがそこから抜け出そうとしながら彼女は、自分がシュルレアリストたちにとってそう呼ぶべき存在であったことは事実なのかもしれないと認める。そう認めることが、自分が兄に愛される存在だったことを証明するとでもいうかのようだ。「あなたがいうならそうなのかもしれない」というこのあり方がプラシノスを、「主体＝大人」でも「客体＝子ども」でもない何者かの位置に宙づりにしたかのように、その後の事態は進んでいった。私たちはこれからそれを見ていくのだが、だからアニー・リシャールが著書に『ジゼル・プラシノスの宙づりになった世界』

というタイトルを選んだのは、実に妥当な判断である。「時間など問題ではない」といえる場所、次第に自らを獲得していくプロセスとしての人生の時間とは別のどこかであるような場所。シュルレアリスムという諸刃の剣が、どのようにして彼女にそれを差し出したのかを考えていこう。

父と兄と彼女

ジゼル・プラシノスは一九二〇年二月二六日、イスタンブールに生まれた。生涯にわたって、深い愛情の対象であり続けた四歳年上の兄マリオとの二人兄妹である。父リザンドルはフランス文学の教師であり、文芸誌『ロゴス』の編集長でもあった。母ヴィクトリーヌはイタリア系で、姉クロティルド、妹マリーとの三人姉妹だったが、彼女たちの母（ジゼルの祖母）アナスタジー・マッシモと叔母二人は、ジゼルの生活のなかで大きな役割を果たしていくことになる。リザンドルは一九二二年、これら家族を引き連れてフランスに移住するのだが、二歳だった彼女にイスタンブール時代の記憶はないし、この移住の詳細も、当然記憶してはいない。だがギリシャ系だった父親が、トルコ軍に入ってギリシャと闘うことを嫌がり、兵役を拒否する目的で移住の決意をしたことはたしかなようだ。リザンドルは妻と二人の子ども、妻の姉妹二人を引き連れてフランスに渡るのだが、妻の母はヴィクトリーヌたちの父とは別のパートナーと暮らしており、一足先にフランスの土を踏んでいた。祖母たちと合流した親族はまずピュトーに、次いでパリ郊外ナンテールに移り、リザンドルの亡くなる一九三六年までそこにとどまった。プラシノスの母は父より早く、一九二七年には世を去っており、母の姉クロティルドも父リザンドルと同じ年に死んでいる。だが幼いころから強い結びつきを持っていた母の妹マリーは、後年までプラシノスの近くにとどまり、第二次大戦後の小説作品で、その思い出は陰に陽に語られていくだろう。（なおプラシノス家の人々の名を何語の発音に従って表記すべきかは微妙な問題だが、ここではジゼルにとって実質的には母語に近いであろうフランス語に従って表記する。）

「マリー叔母さん」は一時期、母親（アナスタジー）ではなく父親とその新しいパートナーの家に引き取られていたが、二〇歳を過ぎたころ母や姉の家に戻り、一家のフランス移住にも同

図5　ジゼル，1923年頃

図6　父リザンドルと母ヴィクトリーヌ，1920年頃

図7　左から「マリー叔母さん」，ジゼル，母ヴィクトリーヌ，1925年頃

行する。ジゼルは二〇代半ばまで同じベッドで眠るほどこの叔母になついていたらしい。母の死後、家族が祖母と伯母（クロティルド）、父と叔母（マリー）の陣営に分かれて言い争うようになると、ジゼルは子ども心にどちらの顔も立てようと腐心していたらしく、それが発作症状の原因にもなったようだが、小説作品などからうかがわれるところでは、内心では父と「マリー叔母さん」の側に自らを位置づけていたようだ。

だがプラシノスと父や兄との関係は、両義的な要素も含んでいる。リザンドルがジゼルを可愛がったことは間違いないが、知的・芸術的領域で自分や息子マリオと同じ世界に属する存在としては認めなかったらしく、ジゼルがそうした領域に対する憧憬の念を抱いていたことは確実だろう（父のそうした傾向は、しばしばギリシャ的＝オリエント的メンタリティーのなせる業であると説明される）。だがジゼルの態度は、憧れの対象である世界に、自らも何とかして入りこもうとするものではなかったし、それとは別な場所にアイデンティティを確立しようとするものでもなかった。今後も一貫した彼女の選択は、父や兄の世界に寄り添い、決してそれを侵すことなく、彼らの傍らに自らの位置を（彼らから愛されるものの位置を）確保しようとするものだった。しかも驚くべきことに、そのあまりに控えめな意志こそが、兄マリオを嫉妬させるほどの成果をしばしば生み出してしまう。三〇年代におけるジゼルのシュルレアリスム詩人としてのデビューは間違いなくそのような成り行きだった。四〇年代を通じて書くことから遠ざかっていたプラシ

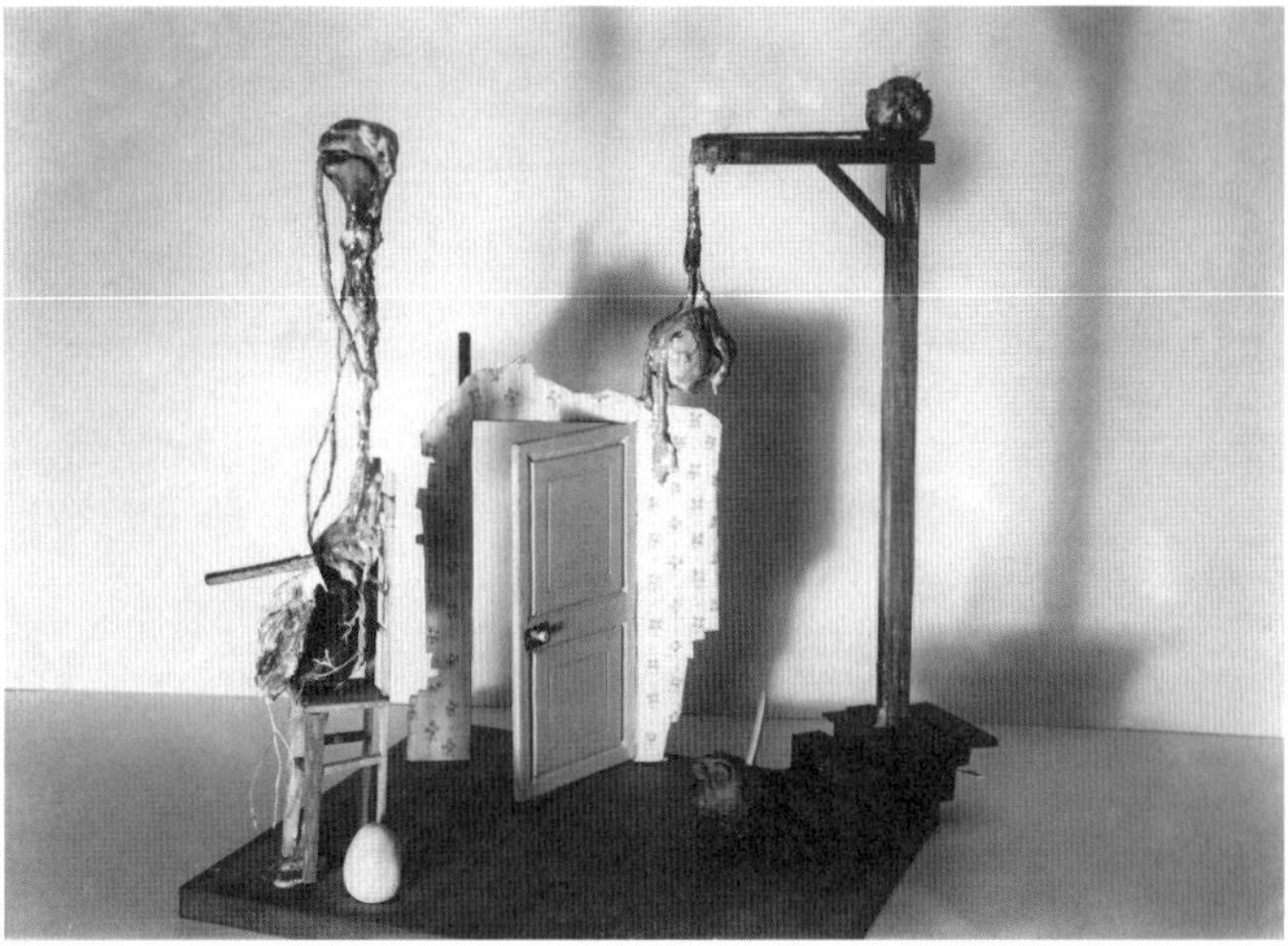

図8　リザンドル，マリオ，ジゼルの共作による「死刑台」

ノスがふたたび自己表現に立ち戻ったときも、小説という形式は画家であるマリオの領域を侵すものではなかったし、六〇年代後半以降に造形領域での活動を拡大しようとしたときに彼女が選んだのも、「壁掛け tenture」というささか意外な形式だった。やがて詳しく見ていくことになるが、それは絵画でないというだけでなく、ギリシャ／トルコにおいて高い位置に置かれた（父や兄の領域である）「タピスリー」と区別される限りで選び取られた手段なのである。

幼いジゼルにとって父の部屋は特権的な場所であり、それは『時間など問題ではない』のなかで「至聖所の部屋」と呼ばれることになる。父がそこに入ることを禁じていたわけではない。彼女が自らの選択で足を踏み入れなかったのであり、はじめから彼女は父と兄に対し自分自身を、知や芸術の領域においてマージナルな存在、「プロフェッショナル」ではない存在として定義していたかのようだ。とりわけ七〇年代に制作されたオブジェや壁掛けには、いわば意図的に作り出されたアウトサイダー・アートとでも呼ぶべき、矛盾したあり方が刻印されていく。ただし父や兄は、ジゼルを彼らのゲームにまったく参加させなかったのではないようで、たとえば彼女の子ども時代に三人が合作した「死刑台」という名のオブジェは、この時期のものとしては例外的に写真が残っている（図8）が、兄妹二人にながらくつきまとっていく残酷なユーモアをすでにはっきり内包している。もちろんジゼルの「黒いユーモア」は、「自動記述」のなかで全面的に開花していくのだが、それはとりもなおさず父や兄の模倣、より正確には彼らの傍らにいることを許されるための許可証のようなものだった。彼女は大人／男性の作り出すものを人一倍巧みにコピーできる（けれどもその領域を侵すことはない）子ども／女性として自らを定義しようとし、逆説的にもその身振りによって、父や兄の思惑を超えた何かを作り出してしまうことになる。

プラシノスが子どもを「演じて」いたといいたいのではない。ある意味彼女は、たしかに「純粋」な存在だった。いいたいこと、主張しなくてはならないことなど何もない。彼女の欲望はまずもって父や兄の世界をコピーし、その世界の傍らにいるのを許されることだったが、彼女がその能力を発揮したのは、テクストより先にイメージの領域においてだった。至聖所たる父の書斎でジゼルは、文章を書く父の「孤独」を脅かさないように気をつけながら（リザンドルはギリシャ語で書くのが普通だったので、ジゼルに彼の書く文章は読めなかった）、父から近すぎも遠すぎもしないところに座りこんで、彼女自身が「カリカチュア」と呼ぶデッサンを描いていた。一方早くから画家を志していたマリオは、同時代のさまざまな潮流にも敏感であろうとしており、その画風は神話的な主題を扱った画面からキュビスムへ、アール・ネーグルに近かった時期を経てシュルレアリスムへと移行していく。そのころジゼルもまた兄のタブローの幻想的な雰囲気に浸っていただろう。のちに彼女は、当時から兄のタブローを見慣れていたのでシュルレアリストたちの作品は新鮮には思えず、兄の作品の方が優れていると感じたと告白している。(6) ありえない生物や荒涼とした風景の描きこまれたマリオの画面を、ジゼルはそのコントのなかで再現ないしコピーしようとしたのかもしれない。マリオのシュルレアリスムがシュルレアリストたちのコピーだとするなら、ジゼルのそれは、あるいはシュルレアリスムをコピーしようとする兄のコピーだったともいえる。するとプラシノスにオートマティスムの純粋性を見ようとしたブルトンは、正しかったのだろうか、間違っていたのだろうか。彼女のうちにある実存的な動機がそこで十全な表現を得たと考えることは間違いだろうが、誰にでもこうしたコピーの能力が備わっていて、うまくやってのけようという余計な意図のないところでなら誰にでもオリジナルを超えたコピーの可能性が与えられるというのがブルトンの考えであるとするなら、プラシノスはたしかにそれを証明しているともいえる。シュルレアリスムとは、コピーをオリジナルより不純と考えることの拒否でもあった。やがて彼女は一九四九年にピエール・フリーダと結婚したあとも、夫に対してかつての父や兄に対するこうした態度を（もちろん異なった形で）反復していくことになる。

だが、もう少しプラシノスの子ども時代にとどまりたい。彼女が書き残した回想的文章のなかに何度も現れる、兄妹の想像力を長く占領していた重要な名前がある。「クロード」である。このエピソードはすでに何度か触れた四〇年代の回想文で一章を割り当てられ、『時間など問題ではない』でも大きく取り上げられている。「クロード」とは一九二七年のクリスマスに贈られた大きな人形であるが、プラシノスはそれにこの名をつけ、徐々に人格化しつつ特別なものとして扱った。彼女の記述を信じるならたしかにそれは奇妙な人形で、赤ん坊の顔をした陶器の頭部に布製の胴体が取りつけられており、足首のないおかしな脚がついていた。頭部だけが明確な形を持っていて体は不定形のこの人形は、その異常な身体構造のゆえに子ども時代のプラシノスを喜ばせたのであり、彼女のコントに（八〇年代のものにいたるまで）現れる頭と胴体が別の存在であるかのような生命体――「ヴィクラット」など――を明らかに連想させる。あるいはむしろそうした連想を誘うので、プラシノスはクロードの思い出を喚起しているというべきか。普段人形などには関心を持たない兄のマリオもこの件では協力的で、二人は「クロード」を登場人物とする物語世界を徐々に構築していくのだが、やがて「人形としてのクロード」からは独立した、

「精霊としてのクロード」の物語が生成するまでになる。

「クロード」は愚かな国粋主義者と想定されており、兄妹の視線は彼を一貫して滑稽な役回りに追いやるものだったが、この過程で「クロード語」と呼ぶべき言語が作られていったことは重要だろう。「クロード語」の記録はあまり多く残されていないが、「父 père」が「péroche」と呼ばれるといったものだったらしい。回想に現れる「雌ネコ chatterie」なども、この物語のなかでの「猫の精霊」を指すという。クロードの物語はさまざまに分岐しながら発展していったようだが、マリオが一八歳になったときクロードも一八歳だったのだとすれば、ジゼルがシュルレアリスム・グループとコンタクトした時期にさえ、その物語は成長をやめていなかったことになる。「回想」の時点でもクロードの物語は休眠状態にあるにすぎないといわれている以上、この個人神話は少なくともプラシノスの一〇代全体を覆う形で力を発揮したのだろう。マリオとジゼルは何度でも愚かなクロードを嘲笑した。ズボンの染みについてありえない言い訳を発明させて、その嘘を暴いては彼を罰するといった、いかにも子どもらしい残酷さはしかし、プラシノスにとってのコントの意味を想像させる。彼女は兄との共犯関係のなかで、幾分かは自分たちの投影でもあろう愚かで不気味な存在を迫害し嘲笑するのだが、三四年以降書き綴られていった彼女の物語もまた第一に、兄を爆笑させるためのもの、不可思議で愚鈍な自らの創造物によって兄から共犯者の笑いを引き出すためのものだったのではなかろうか。

事実四四年ごろの草稿でシュルレアリスムに捧げられた章の冒頭に、プラシノスは「クロードから chatterie まで、そしてシュルレアリスムまではほんの四、五年の間隔しかない」と書いている。「私の最初の文章の一つは、まさしくネコを主役の一人としていたではないか」。暗示されているのは、『ミノトール』にも掲載されたコント「悲劇的狂信」であるが、つまり彼女は「オートマティスム」体験を直接的に、兄と二人で練り上げた私的な神話と結びつけるのである。だがすでに確認した通り、「草稿」でも、まして『時間など問題ではない』ではなおのこと、シュルレアリスムの通過にはさほどの重要性は与えられていない。たしかに「草稿」では比較的長い一章が割り当てられているが、それが父や叔母、兄との生活のなかに割りこんできた一過的なエピソードとして扱われていることは間違いがなく、運動を通過した多くの作家や画家が、「元シュルレアリスト」の資格で振り返るような回想録と、この「草稿」は根本的に異なっている。

プラシノスが当時、自分の書いたものを「面白い amusant」と思ったのは、それが「我々〔マリオと彼女自身〕の発想に合った」ものだと考えたからであり、彼女から見せられたテクストを読んで大笑いし、もっとこの「馬鹿な文章 bêtises」を書いてみろと命令したのもマリオなら、テクストがだんだんつまらなくなってきたときエリュアールの詩集を手渡して「意図せざるパスティッシュ」を書かせたのもマリオなのである。ある日彼女の文章が『ドキュマン34』誌に掲載されると告げたのも、シュルレアリストたちのところに連れて行こうと考えたのも彼なのであって、あたかもアンリ・パリゾなど、何の役割も果たしていなかったかのようだ。マン・レイのアトリエに行く日、叔母たちが特別に仕立ててくれた服が自分には似合わずに気後れを感じたが、叔母や祖母は感激し、父は何もいわず（リザンドルがこの出会いをどう感じていたかは、実際よくわからない）、そしておそらく普段より正装していたのであろうマリオは一際「美しく」、自分を誇りに思ってくれていそうな彼の様子が何よりも嬉しい。ましてマン・レイのアトリエでの会話について、プラシノス自身はほとんど何も覚えていないという。「質問はされたのだが、幼くて無知な少女にすぎない私は質問を理解できなかった」。そこで自分の持ってきたテクストを読むだけで満足するしかなかったのだが、どんなふうに息継ぎをして読んでいいかわからず、文の最後で何度も息が詰まってしまう。「それでも私は賞賛された。彼らは私が彼ら全員を凌いでいるといい、私はじっと見つめられて真っ赤になった」。

「草稿」を信じる限り、この日よりあとプラシノスがグループとコンタクトを持ち続けたわけではなく、ブランシュ広場での毎日の会合に顔を出したのも一度だけだったようだ。マリオはシュルレアリストたちと何やら議論していたが、自分にはまったく意味がわからず眠たくなってしまったと、彼女は素っ気なく記している。このの ちグループと再会したのは数年後のシュルレアリスム展（三八年の国際展のことだろう）のとき一度限りで、それ以外はシュルレアリストたちのうちの幾人かと、散発的に同席しただけらしい。ムードンのハンス・アルプ宅に招かれたときエルンストとカリントンがやって来て一緒に車で帰ったが、途中で車の調子が悪くなり、心細い思いをしたこと、エリュアール宅で知り合ったベルメールが非常に美しい字を書くのに兄妹で影響され、同じような字体で書こうとしたことなどが報告されるが、一つだけブルトンについての記述もある。「黒いユーモアについての講演」（一九三七年一〇月九日の講演と思われる）の前、ブルトンはプラシノスに、自分が体験した驚異的な冒険の話をしてくれと頼むが、彼女の方はこれといって思いつくことがない。たとえばどんな話のことかとプラシノスが聞くとブルトンは、そうだね、たとえば「オランウータンにつかまっていじめられたというような話だよ」と答えたという。そうした切れ切れの回想をメモしたところでプラシノスは、以上で「私のシュルレアリスムの話は語り終えた」と呆っ気なく記述を結んでしまう。

グループと接触した断片的な思い出をその数年あとから振り返ったとき、プラシノスはこうしてそれを、父や兄との思い出よりもはるかに表面的なものとして記録する。だが他方マリオにとって、妹の詩やコントがシュルレアリストたちに熱狂的に迎え入れられたことは、決して軽いエピソードで済まされるものではなかった。四歳の年齢差以上に、兄と妹の精神年齢は離れていたという印象を、プラシノスの回想的文章は抱かせる。事実そうだったのかもしれないが、彼女の記述のなかに、自らを愛され庇護されるものの位置に置こうとする傾向があることも否定はできない。逆にマリオは、このころすでに自分の作品を発表する希望を抱き、新しい美術の流れにも意識的な、早熟な青年だったようだ。妹の奇妙なテクストの価値を見抜く力を持っていることは、彼にとって誇るべき鑑識眼の証明だったかもしれないが、自分が主体的な芸術家であるとすれば、妹はあくまで自分に評価される対象でなくてはならない。彼女の才能が想像をはるかに超えてシュルレアリストたちにもてはやされるようになったとき、彼が自分の才能も認めさせたいと考えたとしても、まったくもって自然なことであったろう。

アンリ・パリゾとプラシノス兄妹の書簡が刊行されている今では、当時の彼らの心の動きをか

図 9　ジゼル（マリオ撮影, 1934 年）

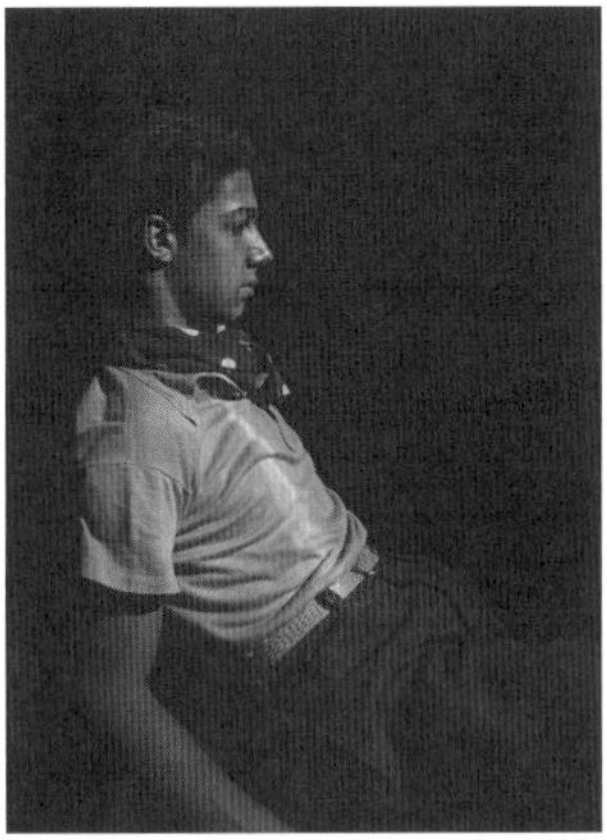

図 10 マリオ（ジゼル撮影, 1934 年）

なり詳細にたどることができる（ただし主としてパリゾとマリオの書簡であって、ジゼルの書いたものは少ない）。三〇年代のシュルレアリストたちは当時の彼らの政治的必要性に従って、ジゼルの霊感をなるべく純粋な形で取り出そうとするが、マリオには妹のテクストをめぐるすべては一種の反逆的な嘲弄行為だという意識があったようだ。ジゼル自身の回想からわかる通り、マリオは彼女にエリュアールやペレを読ませてそのパスティッシュを書かせようとしたが、シュルレアリストたちは彼女に余分な知識を与えまいとする。最初の『宣言』の時点でのブルトンにとって、オートマティスムが「偽の小説」を書き「偽の演説」をするための方法でもあったとすれば、妹にオートマティックなパスティッシュを書かせようとするマリオの意図は、さほどシュルレアリスムのあり方から離れたものではないという考え方もありうるだろう。だがこうした意図を持つとき、彼にはやはり、妹に書かせているのは自分であり、オートマティスムの「実験」結果ではなく「作品」として評価するなら、自分の方が優れた成果を生み出せるはずだという気持ちもあったに違いない。事実パリゾの手紙からは、マリオが自分でも詩作品を書き、それをパリゾに見せていたことがわかる。彼がそれをブルトンたちに評価してほしいという気持ちを持っていたであろうことも、それを評価できないパリゾとのあいだに一時的とはいえ不和が生じたことも、まったくもって自然な成り行きだった。一九三五年一一月二五日のパリゾからマリオへの手紙には、不和の内容が明確に読み取れる。おそらくその日、自分より妹のテクストを評価することを咎めるマリオと口論になっていたのだろう、パリゾはその諍いを「グロテスクな出来事」と形容し、君がいうのと反対に、むしろ君の作品を評価するとき自分は好意的すぎる態度を取ってきたといえるほどであり、自分と意見の違う人々（シュルレアリストたちも含まれるだろう）に対し、君を過度に擁護さえしてきたのだという。そして若い画家に対し、思いのほか強い怒りをぶつける。

　私がこういった本質的に好意的な態度を取る以上、文学的な駄作をして天才的なものと断言するほど盲目になるべきだというつもりなのか。この駄作は一年かそれ以上前の君のデッサンと同様に、単に将来の可能性を――しかもごくあやふやな可能性を――垣間見せているだけだというのに。つけ加えていうが、私の批評に多少とも意図してペダンティックな調子が含まれていたとしても、それは君自身がとりわけ妹さんについて判断をする際に、何度となく示してきた尊大な態度に対しての、多かれ少なかれ陰険な反応にすぎない！　君が認めようとするかどうかに関わりなく、慎み深さという美点さえ含めて、ジゼルは君をはるかに上から見下ろしている(7)！

この不和はやがて解消されたらしく、マリオも基本的にはパリゾの（そしてシュルレアリストたちの）意図を受け入れて、ジゼルにテクストを書かせるための仲介的な役割――彼にとってはおそらく屈辱的な役割――を放棄することはなかった。マリオに対してジゼルの書いた新しいテクスト、未公刊のままのテクストはないかとしつこく迫るパリゾの手紙は、マリオにとって鬱陶しいものだったろうが、やり取りは決定的に破綻することなく持続していく。またそののちパリゾは、マリオの書いたコントについて一定の肯定的な評価をすることもあった。ただしパリゾはそんなとき、それは本当にマリオ自身のものなのか、ジゼルの書いたものではないのだねとすかさず念押しすることを忘れてはいない。マリオの画風も三〇年代末にはシュルレアリスムを離れているし、結局彼がジゼルの兄という立場を超えて、グループと真に直接的な関係を取り結ぶことはなかったのであって、数年間続いたこの曖昧なつながりは、彼にとってどこまでも苛立たしさを含んだものだったと想像できる。やがて彼が四半世紀を経て書いた回想録は、シュルレアリスムとの関係をはなはだ不可思議なやり方でスルーしていくが、同じ時期にジゼルがシュルレアリスムとのあいだに作りなおした関係とマリオの態度の鮮やかな対比については、あとの章であらためて語ることにしたい。

　だがこの書簡集が、間接的ながら教えてくれるもう一つの重要な事実は、結局のところジゼル自身が当時から、書く主体としての一種の矜持を持っていたという点だろう。どうやらジゼルの校正刷りに、パリゾとエリュアールが目を通していたらしいことが一九三五年五月二四日の手紙からはうかがわれ、発表された彼女の詩やコントが生のままの資料ではなかった可能性を示唆している。だが別の手紙（一九三六年三月二九日）では、ジゼルが発表された自らの作品が勝手に修正されていることに不満をもらしていた様子もわかる。パリゾの返事を信じる限りそれは彼の単純な手違いだったことになるが、いずれにしてもジゼルがすでに、自らの「作品」の著者としての意識を抱いていたことはたしかだろう。事実彼女は初期のテクストについて、自分にとって何の価値もないものと割り切っていたわけではまったくなくて、三〇年代も後半になると、想像力が枯渇していく感覚に苛まれていたことをもまた、『夢』（一九四七）の序文などからはっきりと読み取れる。第二次大戦までの彼女の時間は、この感覚との戦いのなかで過ぎていった。

嫉妬しない妹

ふたたび『夢』の序文に戻ろう。「若き女流詩人」という評価と実際の自分との分裂に違和感を覚えつつも、「賞賛者たちの愛すべき笑い」のために（つまり父や兄のために）、何とか新しいテクストを書き続けようと努力したと、プラシノスは語る。サイズや色の変わった用紙に書くなどの方法で自らに刺激を与えつつ、『ソンデュ』その他の「小説」は出来上がっていった。だが特に一九三七年以降、書くことへの熱意は目立って衰えていく。三八年の夏には友人であるギリシャ人の小説家が彼女をコート・ダジュールの別荘に招待し、午前中は彼女を部屋に閉じこめると、自分の書き物を抱えて彼女の目の前の机に座り、見張りの役目を果たしてくれたらしい。おかげでその夏の収穫のなかから「マネージャー」（＝パリゾ）が好きなものを選び、出版することができた。だがこうした数年間を通じ、彼女は「意識しないうちに自動記述を放棄し、シュルレアリスム的精神のなかにとどまりつつも、理性が一定の役割を果たしているような物語を語り」はじめる。一九四七年にこの序文を書いた時点でのプラシノスが、自らの体験を遡行的に「自動記述」と認め、「シュルレアリスム的」なものとみなすことに同意している点はもう一度確認しておこう。ともあれこうして徐々に進行する彼女にとってのシュルレアリスムの終わりは、ブルトンとその友人たちが望んだ驚異的な「子ども」でなくなることではあるのだが、「大人」としてのアイデンティティを確立したいという望みにつながるのでもなく、いわば何度でも「子ども」になり続けようとする不可思議な人格、まさに「女性（ファム）」と「子ども（アンファン）」のあいだで宙づりになったようなあり方を生み出すだろう。この宙づり状態は、何よりも彼女の恋愛に対する両義的な態度に現れている。

三〇年代終わりから戦争中にかけてのプラシノスについて私たちが手にしている断片的な情報からすると、彼女にとってもっとも影響力が大きかった出来事は、やや評価の難しい父の死を別にすれば、マリオの恋愛と結婚であったと想像できる。重要なのは、マリオの恋愛対象に対するジゼルの感情が、単純な嫉妬からはかけ離れたものであり、むしろ三人での共生生活への欲望が読み取れること、さらにはそれが以後のテクストに表現されていく、自らの子ども時代をめぐる倒錯的な時間感覚とつながっているという事実であろう。

何度も言及している戦争末期の回想録草稿でも、あるいは『時間など問題ではない』でも、近所に住んでいたイタリア人の美しい娘とマリオの恋愛は、かなり大きく扱われている。父リザンドルの死より前のことであるから、三五‐三六年ごろなのだろう、この娘をマリオに引き合わせたのは、ジゼル自身であったようだ。美しさ、優雅さにおいて彼女の目を強く引きつけていたその娘と、友人の仲介でやっと知り合いになったジゼルは、奥手な性格のために面と向かうと何も言葉をかけられないのだが、あまりに強い執着のせいで周囲から不安を抱かれるほどの状態になる。彼女をマリオと出会わせるという考えを抱いたのは、知り合いになって数週間が過ぎたころだった。企みは成功して二人は恋に落ちたように見えるのだが、その恋愛にははじめから不穏な影がつきまとっていた。ジゼルは三人で過ごすことを望み、ナンテールからほど近いサン＝ジェルマンやパリ中心部へと連れ立って出かけもするのだが、兄と彼女の表情は明るくならない。ジゼルの奥歯にもののはさまったような記述から正確なところを想像するのは困難だが、イタリア人の娘にいろいろと悪い噂が立っていたのはたしかなようだ。ジゼルの家族、特に叔母たちはマリオが彼女とつきあうことに反対する。この状況はジゼルを極端に不安定な精神状態に陥れてしまい、わざと病にかかるため、大量の酢を飲むようなこともあったらしい。確実なのはマリオが結局は恋人と別れる苦渋の決断をしたこと、またその後この女性は、大戦中ドイツ軍将校とつきあっていたせいで、戦後になるとさらに評判を落とすが、ジゼルの彼女に対する評価はついに否定的な方向に傾かなかったことである。

マリオは内気なジゼルと違い、若いころから女性とのつきあいはあったようだが（兄が性的な話題をほのめかすことを妹が嫌がっていた様子は、回想的な文章の端々からうかがわれる）、彼にとってもやはり決定的なものだったらしいこの恋愛体験ののち、少なくともジゼルにとっては非常に唐突な形で、別の女性と結婚してしまう。一九三八年のことであるからマリオはまだ二二歳だったわけだが、兄が早くに家を出て行ったことをジゼルはもちろん悲しむものの、マリオの妻となったヨー（ヨランド）に対してもまた、ジゼルは嫉妬よりは奇妙なほどの愛着を抱く。『時間など問題ではない』の表現を借りるなら、たしかに強い嫉妬はあったにしても、それはヨーに対するものというよりは、「彼ら二人を結びつけている絆が、自分の方に枝分かれしてこないこと」[8]に対するものだった。同じ男性を愛する女性との親密な関係というこのモチーフが端的に表現されるのは、『時間など問題ではない』でもかなりのページを割いて語られる、やや例外的な逸話である。

一九四〇年六月、ジゼルとヨーは、従軍中のマリオと合流するための長い脱出行を試みた。五月にドイツ軍によるフランス侵攻がはじまったとき、この時期まだフランスに帰化していなかったマリオは兵役の義務はなかったが、志願して従軍していった。ジゼルとヨーの目に、彼はフランスの危機に際して立ち上がった英雄と写っていたようだ。しかし悪化する戦況のなかでマリオが負傷したという知らせが届き、ジゼルとヨーは彼と合流して救い出すべく、配属先であるレンヌを徒歩で目指すという決断をする。大胆な行動力といったものとはきわめて縁遠いプラシノスの生涯のなかで、この三週間近くに及ぶ彷徨は、類例のない大イベントだったといってよい。女性二人は彼女たちの共通のヒーローのため、叔母たちを説き伏せて出発するが、迫りくるドイツ軍を避けようとして移動するうちにレンヌとはまったく反対方向の南に進路をとってしまい、ポワティエ、アングーレーム、ボルドーを通過したのちベチャラムで反転し、カオール、リモージュ、オルレアンを通ってパリへと帰還する。この「エクソダス」を語る『時間など問題ではない』の十数ページは、実は実際の旅程の最中に取られたメモがもとになっているのだが、やはりパリ歴史図書館で閲覧できるそのメモを見ると、小説では必ずしもはっきりとわからない重要な事実がわかる。一九四〇年の六月は

図 11　右からジゼル・プラシノスとヨー・プラシノス，1940 年頃

暑い日も多かったらしく、食事や衛生面などを含め、かなり厳しい条件での行程だったはずであり、また近くで爆撃があったことなども語られているのだが、にもかかわらずその記録に三年後の時点で書き加えられたメモには、その後諸般の事情でこれをより詳しく文章化することはできなかったが、「私は何も忘れていない。私はこのエクソダスのあいだほど幸福だったことはかつてなかった」と記されている。日常の時間から突然暴力的に切り離されてしまったこの三週間、ジゼルはヨーとの彷徨のなかでかつてない解放感を見出し、おそらくはその最中に生涯ではじめての恋愛を体験することになる。

歴史図書館の資料は二つの部分からなっていて、一つはリアルタイムで取ったと思われるメモそのもの、もう一つはそれをもとに組み立てようとした未完成の物語である。行程は六月一三日から三〇日までだが、物語の記述は二〇日で途切れており、そのあとに先述の通り、残念ながらこの物語《レシ》を中断せざるをえなかったことについてのコメントが三年後に加えられている。草稿の表紙には行程全体のラフな地図も書き加えられていて、記念すべき日々を文章化しようとする意気ごみが伝わってくるようだ。しかもいったんは打ち捨てられたこの計画は、のちに別の形で甦る。かなりの部分がほぼそのままの形で、『時間など問題ではない』に転載されるのである。詳しくは次章で扱うが、小説中でジゼル自身は「ミュゲ（＝スズラン）」、マリオは「チーフ」、ヨーは「クローディーヌ」と呼ばれている。中心となる時間軸に別の時間が絶え間なく介入してくる複雑な構成のせいで、旅程の記述はしばしば分断されてはいるが、事実の経過は乱されてはおらず、プラシノスがほぼ忠実にヨーとの道行を再現しているのがわかるだろう。だが自伝小説では全体を包んでいるむしろ陰鬱なトーンのせいでやや印象が異なるが、たしかにここで再構成されている物語は、意外にも開放的なものだ。普段人に話しかけるのが得意ではないジゼル＝ミュゲは、ここではむしろヨー＝クローディーヌをリードしており、戦争中の町々を渡り歩くという非日常のなかで、兵士を含む多くの男性たちとも次々と親密な関係を築いていく。ジゼル＝ミュゲ自身が認めている通り、この瞬間においては従軍中のマリオが独身状態に戻っており（ジゼルのものではない代わりに誰のものでもない状態にあり）、彼を愛する別の女性とその思いを共有しつつ親密な関係を作れるというこのあり方が、彼女を一種の狂騒状態に陥れているようだ。理想的な対象に愛を捧げるものどうしの共同体は、成就しない愛を、しかし悲劇的な結末へと導くことなしに永続させられるという意味で、愛されるもの（＝子ども）と愛する危険を受け入れるもの（＝大人）の中間にい続けることを可能にするだろう。愛の最終的な対象が誰にとっても手の届かない場所にあることによって、共同体の構成員はその踏破できない距離との対比において互いの距離を無化することができる。そして神への無限の距離が信徒どうしの距離を縮めるようなこのあり方のなかで、ジゼルははじめて物理的に接触可能な恋愛対象を見つけるのである。

『時間など問題ではない』で「外国人学生」と呼ばれている人物は、小説ではかなり早い段階からその登場が予告されていた。時間構造の錯綜のせいでわかりにくいところもあるが、それが「エクソダス」の途上で出会ったアメリカ人のジャックであることは間違いない。草稿資料を確認すると、ジゼルとヨーがジャックと知りあい、行動をともにすることになったのは六月一七日のことである（学生はメモでもすでにジャックと呼ばれているが、するとこれは本名なのだろうか）。外国で戦争に巻きこまれ途方に暮れていた彼を、二人が拾って面倒を見ることにしたという事情のようだが、二日後の一九日のメモではすでに、ジャックがジゼルの手を握って「君は素敵だ」といい、一緒にアメリカに発とうとまでいうが、彼女が「それは馬鹿げている、私はあなたのことをよく知らない」というと、彼はほとんど泣きそうになったという記述がある。小説をたどっていっても、細部について不明確な要素が多いという印象は残るが、彼らがその後もつきあい続けたこと、はじめは微妙な感情だったものの、徐々にジゼルも彼を愛するようになり、自らに愛する相手がいるという状態に驚きと喜びを見出しえたこと、しかし最終的には彼の求めを断ってフランスにとどまる決断をしたこと、などは読み取ることができるはずだ。おそらくこのころ、ジゼルは自分がはっきりと、もはや「子ども」と呼べない何かになったことを感じ取った。だがその何かを全面的に受け入れることは、どこまでも彼女の選択肢のなかにはなかったように見える。

第二次大戦中のある時期、年齢でいえば二〇歳をいくらか過ぎたところで、プラシノスは「女

（ファム）」と「子ども（アンファン）」のあいだで宙づりになったあり方を、何かしら自分にとって本来的なものと認識したといえそうだ。このとき彼女のシュルレアリスムは明確に終わる（彼女はもはやオートマティスム＝シュルレアリスムを体現する「子ども」ではない）。だがこれは、実に不思議な終わり方ではなかろうか。プラシノスは決して自分がグループのメンバーになったと考えたことはなかった。にもかかわらずもはや自分がシュルレアリストではないという意識だけは厳然として存在するのである（『夢』の序文末尾で彼女はそう明言していた）。シュルレアリスムという空間の不思議さは、いつでも閾の位置の不確定性にある。自らがその内部にいるという、揺るぎない確信を抱くとき、人はそこからはじき出されてしまい、やっとそこから逃れたと考えたとき、いまだそのなかにとどまっている自らを見出すことになるのだから。初期のシュルレアリストたちが、シュルレアリスムとは何かという問いを共有するものとして（つまりそれが何かを知らないものの共同体として）出発したことを、何度でも強調しておこう。追放者や離脱者が、それを拒否しようとする身振りのなかで、シュルレアリスムにつきまとわれる自分を見出してしまう事例もまた枚挙に暇がない。プラシノスもやはりこの運動のパラドックスを、そこに進んで入りこんだ記憶はないにもかかわらず（それこそあの邂逅の日を回想するなかで、彼女が反復し続けた声明に他ならない）、気づけばその領土から追放されていたという意識の形で経験する。シュルレアリスムとは彼女にとって、もはや失ってしまった、自らの「子ども」というあり方それ自体なのだが、しかしこの奇妙な原体験は、原体験であるにもかかわらず、自らの幻想にのみ依存した出来事以上のものとして、彼女の想像力のなかにとどまり続けた。子ども時代を回想する主体はたいていの場合、それが本当はどのようなものだったのか、自分自身を含めた誰にも決める権利のない過去について、つまり実在したことがないからこそ現実的な過去について語るしかない。要するにそれは「幻想」である。しかしここで「子ども」としての彼女は、シュルレアリスムという逆説的な共同体によって、その確固たる実在性をいつまでも保証され続けてしまう。もはや自分は「子ども」ではないが、にもかかわらず「子ども」としての自らが他者の集団にとって実在してしまうという二重になった疎外の体験はプラシノスに対し、自らの物語を語ることで「私」の輪郭を作り出すというだけでなく、その輪郭と、他者が自分に与えてしまう輪郭とが、互いを経由することで無効化しあうような、逆説的な装置を差し出したといえる。魅入られた時間としての「子ども」時代が自らの幻想であると「私」は知っているのに、いや、それはあなたの現実なのだと、誰かが語り続ける。だから幻想と現実のあいだで宙づりになった「私」は、そのどちらとも異なった別の時間を発明しなくてはならない。大戦後のプラシノスが、作品を書くことのできない長い期間を経て、ついに想像的な自伝という形式を発明し、小説家としての自らを受け入れていくまでのプロセスは、おそらくそのようなものとなるだろう。

第3章

「本質的な女性」の物語

折り返された自伝

一九五八年刊行の自伝的小説『時間など問題ではない』は批評家たちによって好意的に迎えられ、以後ジゼル・プラシノスは小説家としてのキャリアを積み上げていくことになる。二作目『乗客』が一九五九年、三作目となる短編集『騎手』が一九六一年、四作目『秘密の聞き役』が一九六二年に発表され、やや例外的な性格を持つ一九六四年の『愁いを含んだ顔』を挟んで『大饗宴』が一九六六年に発表されるまでが、一つのサイクルをなしている。六〇年代後半からは「壁掛け」を主要な表現手段とした造形分野への回帰があり、言語表現においても、多くの詩が発表されるとともに、一九七五年の『ブルラン・ル・フルー』では新たな局面が展開していくことになるだろう（私たちはその時期を非常に重要なものとして扱う）。五八年から六六年までが一つのサイクルであるという印象はプラシノスを論じるほとんどの研究者が共有しているが、たしかにこの時期の一連の著作によって、彼女は真にシュルレアリスムの引力圏を脱し、小説家としての自己を見出すことに成功したと、一見したところはいえそうだ。たしかに『騎手』の前半に収められた短編や『愁いを含んだ顔』には、いかにもシュルレアリスム的と形容されそうな不条理なストーリー展開も少なくないが、詩と軒を接していた三〇年代のコントが過去のものとなったのは間違いない。私たちが注目するのはこれら小説作品自体より、身分の曖昧な主体であった三〇年代のコントの書き手が、作家としての主体へと移行していくプロセス（少なくとも一見そのように見えるプロセス）と、確立したはずの作家主体が相対化されていくそれ以後の成り行きなのだが、まずこれら小説群の内容を手短に紹介しておこう。

最初の「小説」である『時間など問題ではない』が小説化された自伝であり、以前に書かれた回想的なメモや、とりわけ第二次大戦中の記録を利用していることはすでに述べたが、事実プラシノスにとって、過去の記憶はあくまで小説の形を取ってのみ語りうるものだった。そこにいたるまでの長い葛藤について論じるのは後回しにするが、結果として書かれたものは、単に事実を虚構に移し替えたというのではなく、過去を語る主体の立ち位置そのものを問題化する自己反省的なテクストである。子ども時代「ミュゲ（＝スズラン）」と呼ばれる少女だった語り手は、その少女時代を過ごした「狂気《ラ・フオリ》」という名の街に、タイム・スリップするようにして帰還し、過去の自分や兄（「チーフ」と呼ばれている）が演じなおす時間に立ち会っていく。思い出をまるで現実のようにまざまざと蘇らせる能力を持った主体の想像力が繰り広げる情景を、寓話的に描いた小説と要約してもいいだろう。当然ながらストーリーは断片的なものとなるが、難解な観念小説へと脱線していくようなこともない。だがここに時間についての決然とした思考が見出されるのも事実である。それは主体が確立する過程を語ろうとする教養小説の倫理性を爽快なまでに放棄し、真に現実性を備えた時間は過去のみであると断言するような、永続的な回帰のループを受け入れる態度に見える。境界を越えた主体（つまり大人になってしまった主体）が過去を懐かし気に語るような、あるいは境界を越えたことを証明しようとする主体が過去を相対化して語るような、そんな語りの対極にあって、プラシノスは子ども時代を回帰し続ける現実に変えようとする。だとすれば、現在を過去と隔てる手段としてのいわゆる「自伝」が彼女にとって不可能だったのも、しごく当然のことだろう。

中心になっているのは当然ながら家族の話題であり、父や叔母（たち）も登場するが、もっとも重要なのが兄（「チーフ」）であることはいうまでもない。一方、画家として活動しはじめた兄の作風について、それが「シュルレアリスム」的になった時期などが語られたりはするが、グループとの接触はほぼ完全に無視されている。そればかりか、「ミュゲ（＝私）」が何らかの創作活動をしているのは感じ取れるにしても、実際に書く場面や書けなくなった時期の苦悩といったテーマも扱われることはない。もう一人の重要な登場人物は「ミュゲ」の最初の（あるいは結婚前のただ一人の）恋人であった「外国人学生（＝ジャック）」だが、彼との出会いが第二次大戦中の実体験だったことはすでに述べた。それが何らか新しい生命を与えるような体験だったのは事実なのだが（それ以前「私は年老いていて、自分を愛していなかった」のだが、今や「私はどこまでも若い」[1]）、プラシノスの時間はそれによって切断されたというよりも、むしろ一つの円環構造を完成させたといえそうだ。何が原因だったのか、現実的な事情は今一つ不明確ではあるが、数年間の交際の末に、結局プラシノスは「外国人学生」とともに旅立つことを受け入れられず、彼に別れを告げる。その時点、つまり第二次大戦が終わって少しあとまでが小説の舞台だが、最後は「ミュゲ」とミュゲを見ている「私」とが一つに溶けあういささかトリッキーな場面で物語が閉じられる。洗面台の前でルネ・クルヴェルの自殺を思い出しながら、ミュゲは自分の腕首に刃を突き立て（ただしクルヴェルの自殺は、実際にはガスによるもの）、血を流しながら鏡を見るとそこには「私」が写っている。ミュゲは自分より少し年を取った自分自身の姿の前で一瞬たじろぐが、やがてそれを受け入れて「私」と一体化するのである。「それはいつもこのイメージで終わる。私は決してその先に進むことはできない」[2]。「私」は何度となく子ども時代から「外国人学生」との別れまでの時間を反芻しては、それを現実の時間以上に現実的なものと感じつつ、自らをそこに閉じこめてきたのだろう。

子ども時代の遅すぎる、とはいえ決定的な終わりははっきりと意識されており、しかしそのあとの時間には現実的な価値が認められていない。これはまた、なんとも不思議な態度ではなかろうか。シュルレアリストたちが彼女にそうあってほしいと願った「子ども」のあり方を乗り越え、別の何かになろうとする彼女の試みは、結局自らを「子ども」の時間に縛りつける結果になったように見える。あるいは小説にそのような結末を与えることが、現実のプラシノスにとって悪魔祓いになると考えるべきなのだろうか。彼女の選択を倫理的な見地から云々しようというのではない。だがともかく明らかなのは、プラシノスにとって過去を（そしてシュルレアリスムを）乗り越えるとは、過去を捨て去ることではなく、単に過去を語れるようになることだったという事実である。オートマティスム（＝語られること）から小説（＝語ること）への移行は、自らを作りなおすこと、つまり「大人」になることではなくて、幾分かの諦念とともにではあるにせよ、「大人」になることのない自らを受け入れることだった。ともかくもその選択によって、以後プラシノスは「子ども」でなくなろうとする脅迫的な意志から解放されたかのように、次々と物語を紡ぎ出していくことになる。

時間とつきあう方法

これ以後『大饗宴』にいたるまでの小説でプラシノスは、何よりも大切な過去の記憶を傍らに感じ取りながら、同時に現実の時間を生き続けるためのさまざまな処方を差し出しているように見える。とりわけ第二作『乗客』と、短編集を挟んだ第四作『秘密の聞き役』は、プラシノスがシュルレアリスム的な想像力の横溢からもっとも遠ざかった作品であるというのが、大方の読者の印象だろう。

『乗客』は、離れ離れになっていた家族が外国に暮らしていることを知ったローラが、その家族（つまり「過去」）のもとに向かうか、あるいは夫ミシェル（すなわち「現在」）のもとにとどまるかで葛藤した末に、夫と生きることを選ぶというストーリーである。物語の時間はローラを乗せた車が飛行場に着くまでのわずか数十分にすぎないが、そこに無数の記憶が介入することで、時間は無際限に引き延ばされていく。もっとも重要なのは明らかに叔父ロリスの記憶だ。ロリスの存在はローラの幸福な子ども時代に強く結ばれているとともに、詩と芸術を体現するものであり、おそらくは兄マリオの影を背負っている。ロリスは第二次大戦中、ナチスに逮捕され殺されたことになっており（もちろんそれはマリオの身に起きたことではない）、『大饗宴』に幽霊の姿で現れるエリック叔父の先触れとしての性格も持つだろう。いずれにしても結末は両義的なもので、夫とともにとどまるという決断は、現在を選択するという以上に、過去を無垢なままに保存しようとする態度にも思える（コットネー＝アージュやアニー・リシャールが指摘する通りだろう）[3]。

短編集『騎手』に収められた一五編のテクストに、無理やり統一的な主題を見つける必要はないが、やはり印象的なのはもっとも長いテクストでもある表題作「騎手」における、現在と過去の相克である。アプリリアとセプタンブリーヌという双子の姉妹が主人公だが、二人がともに生きた幼年時代を永遠のものにできる死者の国に、セプタンブリーヌを呼びこもうとするアプリリアと、強く誘惑されながらも最後までそれに抵抗し続けるセプタンブリーヌの対比が物語の核心をなす。書物全体は、ときに異世界と接し、ときに不可解な論理に支配された前半の短編群と、とりあえず現実的な世界としての一貫性を守る後半のそれに分かたれている。印象批評になるかもしれないが、ストーリーの整合性に拘束されやすい「小説《ロマン》」以上に、プラシノスの筆は短編においてとりわけなめらかに滑っていくように感じられる。『時間など問題ではない』が批評家から好意的に迎え入れられたことで以後しばらく「小説《ロマン》」の形式を選び取ったプラシノスだったが、のちに彼女自身がアニー・リシャールによるインタビューのなかで、自分にはむしろ「短編《ヌーヴェル》」の方が書きやすいと認めており、この発言は理解できるものだ[4]。だが彼女がこの形式を自らの主要な表現様式とするのは、『ブルラン・ル・フルー』とともに新しいエクリチュールを手にしたのちのことになる。

続く『秘密の聞き役』で主人公が関わるのは自らの過去ではない。語り手の女性は古くからの知りあいであるマリーとニコラの夫婦の家に滞在するのだが、諍いを繰り返している二人の聞き役となり、過去の幸福な記憶の断片を探し求めてはそれを彼らに思い起こさせるような役割を演じていく。そうした行為に意味や有効性があるのかという語り手の自問自答が、プラシノス自身の過去との関わりへの問いと連動すると考えるのは自然なことだろう。幸福なものとはいえない結末はまた、語り手が夫婦の家から連れ出すことになる子どもとの関係において、それまでプラシノスのテクストでほとんど前景化することのなかった母性のテーマを提出する点で重要であるという、コットネー＝アージュの指摘も正当であるに違いない[5]。特権的な時間としての過去との関わりは、ときに肯定的に、ときに否定的に扱われるが、いつでもプラシノスの想像力の核であり続ける。そして最初の四冊を見る限り、過去の「聖別」としてはじまったプラシノスの小説世界が、それでもやはり徐々に過去の「超克」へと向かっていったというストーリーを、読者は思い描きたくなるだろう。事実このサイクルの掉尾を飾る『大饗宴』は過去の清算としての性格を強く持つ。だがこのあまりにわかりやすすぎるストーリーは、一面の真実を含むにしても、プラシノスのその後の展開を説明し尽くすものとはとても思えない。ここで重要になるのが過去の超克（要するに「大人」になること）の物語ともっとも無縁に見える『愁いを含んだ顔』であり、この小説を勘案したとき新しい様相のもとに現れる、『時間など問題ではない』と『大饗宴』を結ぶ軸である。だがいったん時間をさかのぼり、プラシノスが何も書けないことに悩んでいた第二次大戦直後の時期に戻らねばならない。

書くのは誰のためか

それにしても、プラシノスは本当に「小説家」になりたかったのだろうか。詩人に「なる」前にお前は詩人「である」と告げられてしまった彼女は、そのせいで何かに「なる」あるいは「なりたいと思う」ことに、長いあいだ失敗し続けていったような印象を、私たちは抱く。『夢』の序文に書かれている通り、すでに三〇年代後期、たしかに彼女はなかなか書けないことに悩んでいた。それはしかし、書くべきものに形を与えられないという苦悩ではなく、書くべきものの端的な欠如である。オートマティスムに成功してしまったことの記憶を別にすれば、結局のところ一〇代後半のプラシノスは、漠然と作家を志し、しかし何を書いていいかわからない無数の凡庸な書き手たちと、何ら異なった状態にあるわけではなかった。唯一違うのは、ことの起こった順番である。何かを書こうとする少年少女が、間接的にであれ、主題として自らの生活を選ぶのはほぼ不可避であろう。だがプラシノスは、いかなる主題もなしに書くことに成功してしまってい た。その後彼女は主題としての「過去」を、つまり主題としての「自分自身」を見出していったわけだが、したがって「私の過去」という、近代文学のおよそもっとも凡庸な主題はしかし、彼女には真に一つの発見でありえた。兄や父を、ときにはアンリ・パリゾのような誰かを喜ばせるために、できる限り何も考えずに書くよう要請された少女にとって、自分の書いていたものが実は自分自身に関するものだったという（周囲の観察者にとってははじめから自明にも思える）発見は、どのような意味を持っただろうか。

『時間など問題ではない』を書く二年前、プラシノスが言葉本来の意味での自伝を書こうと試み、どうしてもそれに成功しなかったこと、現実に起こった出来事の順序を無視し、思い浮かんだ逸話から書いていくスタイルを取ってはじめて想像的自伝が出来上がったことを、私たちは知っている。五〇年代の彼女は、たしかに書くことを何度も試し、失敗を繰り返していたようだ。だがたとえば第二次大戦中のプラシノスが作家、あるいは詩人としての自分をどう意識していたか、あまり多くのことがわかっているわけではない。パリ歴史図書館の草稿資料(6)を調べると、六〇年代以降のものと思われる回想的なメモによって、大戦中から戦後にかけての時期、あるときは幼稚園の（正式な資格を持たない）保母として、あるいは何らかの事務所のタイピストとして働きながら、書きたいという意志を持ち続けていたらしいことがうかがえる。だがタイピストとして手紙を打つ合間に自らの詩を打とうとしたこともあったというのが事実だとしても、本当のところ当時の彼女が表現者となることに、どの程度の意欲を持っていたか、結局は曖昧なままである。ともあれ確実なのは、事務所などでの勤務がプラシノスにとって決して楽しいものではなく、五〇年代には書くことへの意志を（ふたたび？）抱いていた彼女が、まずはギリシャ語の小説（主としてニコス・カザンザキスの作品）をフランス語に翻訳するなかで進むべき道を予感していったらしいこと、そしてついに自らの過去を文章にするのに成功したのが、夫ピエール・フリーダの勧めに従った結果だったことである。

ここですでに次のようなあり方を予測することができる。おそらくプラシノスにとって書く行為は、あくまで他者に対する反応であった。たしかに「書ける人になりたい」のではあるが、厳密にいえば「書きたい」のではない。「書くべきこと」など何もないのだから。理想的なのは「書くべきことなしに書ける」こと、いわば反射運動のようにして書けることだ。それが「子ども」の状態である。兄や父、あるいはシュルレアリストたちのために書くことから出発したプラシノスは、いったん創造者としてのあり方を離れたあいだも、あるいはタイピスト──すなわち考えずにただ書くこと──を、あるいは非正規の保母──つまりは考えずに書く存在としての子どもたちの傍らにあること──を職業に選び、その後他者の文学言語を翻訳するという段階を経て、実は自分が過去に書いたもののなかに、すでにして書くべき主題があったことを知る。『時間など問題ではない』はたしかに自伝ではあるが、過去の自らを対象化し乗り越えることで、書く主体としての自らを見出すための書物ではなく、書くべきことなしに書ける状態をふたたび見出すための試みだった。だから常にそのまわりをまわっていれば書くことのできる対象、過去の自分自身を見出して、貧しいとも豊かであるとも決めがたい、こうした円環構造が成立した時点で書物は終わる。この構造が成立する過程で彼女が経験した葛藤を覗いてみよう。

一九五〇年から五一年にかけてプラシノスが書き記した二冊の日記は、彼女の思い悩む姿を生々しく伝えている。[7] 一冊目のノートは一九五〇年三月二日から七月二九日にかけてのものだが、読書ノートという趣もあって、自分に文学の知識が決定的に欠けていると感じたプラシノスが、手当たり次第にさまざまな書物を読んでいったさまがうかがわれる。サドゥールの映画史を読んだとか、ドストエフスキーはどうも苦手であるとか、スタンダールをかなり楽しく読んだなどの記述があるが、特にカフカに対して非常に評価が高い（七月二八日の記述には、「カフカは素晴らしい。彼とミショーとが（特にカフカが）私がそうなれたらと思う唯一の作家だ」とある）。自らの文体を作りたいという気持ちもはっきり綴られていて、テクストの構成においてもフレーズの構成においても、「明快、慎重、聡明 clair, mesuré, intelligent」（七月二八日）であること、などと書かれている。オートマティスムから離れようとする意図がはっきり読み取れるわけだが、それは前年に結婚した夫ピエール・フリーダの意見でもあったようだ。フリーダがプラシノスに対し、仕事を続ける必要はないから家で好きに文章を書くようにと勧めたことは、複数の草稿から見て取れる。[8] そこでジゼルは夫の提案する方向に従って、「意識的に」文章を構成しようとするのだが、思うようにいかないことに苛立ちを隠さない。「私の書くすべては、今では苦心の跡が明らかで凡庸なものであり」、「一つのテクストを書きはじめても、あまりにひどいので二ページ目からはすでに無駄なものに見える」。だから「自分の下意識と再会し、ふたたび子どもになる」べきだといった記述も現れる。「ピエールは正しい。彼は私をシュルレアリスムから遠ざけようとした。しかし薬が強すぎたので、私は正しい限度を越えてしまった」（六月二九日）。ジゼルは兄マリオを喜ばせるために実現したものを離れ、夫ピエールの指し示す方向に進もうと苦闘するのである。

だが八月四日からはじまり翌年六月二三日まで続く二冊目の日記では、ピエールとの関係がうまくいっていないという悩みについての記述もふえていく。一冊目のノートでは、結婚して一年がたつが、夫の優しさに満足していると書き記していた（五月二日）ジゼルだが、二冊目では冒頭から夫との関係について、磁気治療師と交わした会話を報告している。その診断によると、彼女は性的欲望の強い人間であるらしい。夫との「関係」の頻度を聞かれ、「三週間に一度」と答えたがそれは嘘で、ピエールは一カ月以上自分に触れてもいない。彼は病気なのだろうか、あるいは自分が欲望を感じさせることができないということか、以前ほど頻繁ではないにしろ、今でもマスターベーションが救いになっている。――ジゼルの日記は率直にそう語る。もちろんこれは文章が書けないこととは別次元の話ではあろうが、夫との関係についての疑念と、彼が指し示す方向についての迷いとが並行しているという印象もまた、否定できないものだろう。九月ごろの記述からすると、一度はオフィスでの仕事に戻るもののやはり追い詰められた心境になり、すぐにやめてしまったのではないかと想像できる。本格的に自伝を試みて失敗するのが五六年、そのあと方針を変えてついに『時間など問題ではない』を完成させるのが五八年とすると、試みを中断した時期などもあったかもしれないが、書こうとして書けない時期が延々と続いていたことは間違いなさそうだ。だがこの五〇年の日記にもすでに、その後の方向性をはっきり予感させる断片が挿入されている。それはとりわけ九月二〇日の記述である。

「マリオは私に、自分の身に起こったことに従って書くよう助言する」が、「ずっと前から私はそうしてきた」のであり、それが子ども時代を語った『夢』の場合だとジゼルは明言する。記述にはわかりづらいところもあるが（日記である以上は当然だろう）、オートマティックに書こうとする試みの最後の達成である『夢』のヒロイン「エッサンシエル」の物語に自伝的な要素が含まれ、ただし自分はそうした記憶を「自分のやり方で」「間接的に」語っていたのだと、彼女はいう。だが問題は「自分の身に起こったことを、未知の読者の関心を引くようなやり方で書けないこと」だ。自分の子ども時代の話を読んで面白いのはマリオだけだろうし、あるいは夫である以上ピエールもそれを読んで楽しむかもしれないが、それ以上のことが自分にはできない。まして悩ましいのは自分が「あらゆる領域であらゆる人を喜ばせたいと思ってしまうこと」である（九月二二日）。「パリゾは私の夢の文学を好んでいるが、マリオはもうそれを好まないし評価しない。そしてマリオこそ正しいのだ」。ジゼルは相変わらず、自らのなかに動機を見つけることができない。彼女が書くのは常に「あなた」のためなのだが、「あなた」が誰で何を望むのか、そのために「私」には何ができるのか、今やその回路が狂ってしまった。果たして自分の身に起こった出来事を書くことは、誰をどんなふうに喜ばすことができるのだろうか。

『時間など問題ではない』がこの問いに答えるものだったことを思い起こそう。自分の言葉を見出すのではなく、どこまでも他者の言葉を語るように語ること、結局それが自分にできる唯一のことだとジゼルは気づく。自らの体験を、それが真にそうあったようにではなく、今現在においてそう思えるがままに書くこと、出来事が他者の言葉としてふたたびやって来たかのように書くこと、それによって彼女は一冊の小説を完成し、はじめて不特定多数の読者を「喜ばせる」のに成功する。そしてこの成功は彼女にとって、切断というよりはむしろ持続の発見として経験された。実は自分は以前から自分の話を書いていたのであり、余計なことを考えずに自分のことを書けば喜んでもらえる。それでいいのではないか。彼女はそう考えるのだが、そのようにして発見される「私」は、無媒介な真の「私」ではないのであって（それは「あなた」を喜ばせるためのものなのだから）、本質的に屈折を蒙っている。再発見される真実でありながら、実は鏡像でしかないこの奇妙な「私」を体現するものこそは、『夢』の主人公として現れた「エッサンシエル」であり、この名がたどった運命である。それは『時間など問題ではない』では地下に潜ったあとで『愁いを含んだ顔』で顕在化し、やがて『ブルラン・ル・フルー』を準備するものとなっていくだろう。

「本質的な女性」とは誰か

五〇年の日記ですでに、『夢』の主人公がプラシノス自身の子ども時代であることは明言されていた。だとすれば狭義での自伝を執筆することが断念されたのち、いわば自由連想的な方法で書かれた「自伝」の主人公が『夢』のヒロインと同じ名で呼ばれるとしても、それは自然な成り行きではなかろうか。たしかに、すでに述べた通り『時間など問題ではない』の語り手は子ども時代「ミュゲ」と呼ばれており、現在時においてはただ「私」としか名指されてはいない。だが実はプロン社に送られた際のタイプ原稿[9]を見ると、そこで「私」が「エッサンシエル」と呼ばれていたことがわかるのである。原稿の表紙には、「プロン社編集部の求めに応じ、このテクストからは『エッサンシエル』という登場人物の名が抜き取られた」と明記されている。この原稿と発表されたテクストを比べていくと、実際この名前を葬り去る作業は、ときにかなり複雑なものだったようだ。

プロン社がこの名前を取り去るよう要求したのは、おそらくわかりやすさを求めてのことにすぎないだろう（その点について何らかの証言があるわけではないが）。発表原稿では、「私」に特別な名前はないし、ときに「大人になったミュゲ」などとも表現されているが、草稿ではそれが「エッサンシエル」と呼ばれていたわけだ。子ども時代に「スズラン」というあだ名だった少女が、どうして大人になると「本質的な女性」などという名に変わってしまうのか、いやそもそもなぜことさら大人になった主人公に別の呼び名が与えられねばならないのか、編集者が疑問に思っても不思議ではない。一方おそらくプラシノスにしてみれば、『夢』のヒロインと自伝で「私」と語る存在が、抜き差しならない関係を取り結んでいるのはあまりにも当然のことだったのだろう。だがプラシノスはこのときもまた、自らの表現について他者から何かを求められたときのいつもの態度に従って、その要求を素直に受け入れてしまう。内心忸怩たるものがあったのか、あるいはさほどこだわりもなしにそうしたのか、知るすべはない。ともかくも、プラシノスは自分がシュルレアリスム時代の最後に書いたテクストのヒロインを自らの分身として発見しなおし、そのヒロインの名を語り手のそれとして利用することでのみ、自伝を書く主体となることに成功した。もう少し詳しくそのプロセスを見てみよう。

　もちろん『夢』の自伝的な性格は、一般の読者にとって自明のものではない。しかし『時間など問題ではない』を読んだ目で再読するなら、そこに伝記的な細部が含まれていたことは容易に見て取れる。数年前に地面に埋めたカメの死骸を掘り起こすと、それが美しい白骨となって出てくるといった、明確に共通するエピソードもあるし、『夢』にはすでに「〈狂気《ラ・フォリ》〉」の街まで散歩しませんか」といった表現も見つかる。さらに重要なのは兄の登場だろう。カメの骸骨を胸に抱いたエッサンシエルは自分の前に別のカメの骸骨を手に持った兄がいるのに気づく。だがもう大人になっているはずの彼が少年の姿なのでいぶかしく思い、あなたは「結婚して、サン＝ヴァレリー＝アン＝コーで洗濯屋をやってる」(10)と聞いたのにと、夢のなかの彼女はつぶやく。だがこのテクストで兄以上に大きな役割を果たすのは母であって、この点は母に関する思い出があまり語られない『時間など問題ではない』とは大きく異なっている。ジゼルが幼いころに母を亡くしていることはすでに述べたが、事実『夢』のなかでエッサンシエルは母に出会うと、「あなたは死んだんじゃなかったの？」(11)と声をかける。一方母は彼女を自分の娘と認めることができず、「私の娘は決して六歳になることはなかった」のだと語り、そこから二人の会話はいっそう支離滅裂になっていく。まるで母は、エッサンシエルの知っているものとは別の世界で生きているかのようだ。つまり『夢』はプラシノスにとって、過去を順序立てて語ったものではないというだけでなく、過去のさまざまな断片が（現在の）彼女の想像世界のなかに立ち現れ、（現在の）彼女自身と不条理な関係を取り結ぶようなテクストなのであって、たしかに五八年のテクストを予感するものであるといっていい。そしてこの、過去の自分自身と相対し、たしかにそれがかつての自分であることを知りつつも、現在と連続しない他者として捉えてしまう、そんな現在の「私」の名こそはエッサンシエルであった。だとすると、『時間など問題ではない』からのその名の消去は、作品としての完成度という視点からは正当化できるにしても、やはりプラシノスの想像力にとって、一種の犠牲を強いるものではなかったろうか。

小説から「エッサンシエル」の名を消すのは、子細に追っていくとかなり複雑な操作であって、単純な「私」への置き換えではない。もともと草稿では、同一のパラグラフのなかでさえ「私」という一人称と「エッサンシエル」という名が共存することがあった。たとえば子ども時代を過ごした街へと立ち戻った「私」は、かつて家族で住んでいた家の前に来たとき、「私のあらゆる夢の枠組み」となっていたこの神聖な場所に、「現在どのような冒瀆的な家族が住んでいるのか知りたいとは思わない」し、「この窓の下にやって来るたびに、私は自分のなかに空虚を感じる」というのだが、続くフレーズは次のようになっていた。「しかしながらエッサンシエルは、カーテンの隙間から彼女の父親の顔がのぞくのではないかという期待を捨て去ることができない」[12]。一人称と三人称が突然に入れ替わるのであり、これが文章を著しく読みにくいものにしていることは否めない。その意味で編集者の判断はまったく正当なものだろう。このような箇所は多くの場合、発表原稿では一人称に統一されていくが、三人称のままにしたいようなときは「大人になったミュゲ」などの表現で置き換える工夫がなされている。だが問題は、そもそもなぜこのような複雑な書き方が要請されたかであろう。

以上の変更は現在時における「私」(過去の世界に入りこんでいき、それを観察する主体)に関するものだが、これは「ミュゲ」(過去のなかの存在であり、「私」によって観察される対象)の側にも影響を与えていく。過去の私/ミュゲについても呼び方はもともと不明瞭で、「私」と「ミュゲ」とは混在していた。もちろん回想のなかで、かつての自分を「私」と呼ぶのは自然なことであるから、その混在そのものは決しておかしくはない。だがエッサンシエルの名の消去とともに、何カ所かで「ミュゲ」がわざわざ「私」と呼び変えられているのはやや不思議にも思える。たとえばミュゲ(=ジゼル)が父と兄との三人で子ども時代に作った「オブジェ」である「死刑台」には細かなバラ模様のついた紙が貼りつけられているが、それは「チーフ(=マリオ)」の作品であって、「ミュゲは長いあいだそれをうらやんでいた」と草稿には書かれている。それが発表原稿では「私は長いあいだそれをうらやんでいた[13]」と書き換えられるのだが、そのような変更は一つ一つを単体で見る限り、どちらでもかまわない無償の変更にすぎない。しかしプラシノス本人がどの程度意識していたかはわからないが、このような変更が積み重なることによって、子ども時代の「私」と、今そこに侵入している現在の「私」とが直線的につながったものという印象が強まっていることは事実である。草稿では現在の私は「私」あるいは「エッサンシエル」と呼ばれ、かつての私は「私」あるいは「ミュゲ」と呼ばれていた。発表原稿で現在の私が「私」に統一され、かつての私も「私」と呼ばれる頻度が高まるとすれば、テクスト全体がいわゆる自伝としての一貫性を強めたという結論になるだろう。「私」がかつての「私」自身を客観的に、何らかの意味で「乗り越えた」ものの目で語る、それが多くの自伝であるとすると、乗り越えられつつ維持される弁証法的な「私」は、その乗り越えを証明するために、「私」と呼ばれ続けねばならない。過去と現在のあいだに絶対的な断絶が介入してしまえば、自伝は成立しないのである。たしかに草稿段階の『時間など問題ではない』が、そのような断絶を完全な姿で露呈したテクストだったといえるわけではないが、編集者に要請された変更が、それを常識的な自伝に近づけるものだったことは、やはり事実ではなかろうか。

ここから振り返ると、おそらく次のようにいえる。自伝としての一貫性をいたずらに混乱させてしまうであろう「エッサンシエル」と「ミュゲ」の併用(そしてそれらと二重の「私」の共存)がプラシノスにとって必要だったとすれば、それは彼女が現在の「私」と過去の「私」のあいだに断絶を感じ取っていたから、いやもっと正確にいえば、断絶の前後に位置するものとして、現在と過去を対置したかったからではないか。私はかつての私を乗り越えてなどいない。「外国人学生」と別れるまでの「私」、子ども時代からそこまでで一つのサイクルを作っている「私」は、それ自体で完結した、いわば不可侵の存在なのであり、対象化し、見下ろすようにして記述できる対象ではないのだ。またさらにいうなら、それをあえて語ろうとする「私」は、かつての「私」を分析し支配することなどできないのであるから、かつての「私」と関わろうとするなら、まったき他者としてのそれに襲われるしかない。双方ともに「私」であるのはたしかなはずなのに、別の名で呼ばれざるをえないほどに他者どうしであるような「私」、それが「エッサンシエル」と「ミュゲ」なのである。

繰り返していうが、外からの要請にもとづいたこの書き換えが、プラシノスにとってどのように意識されていたのかはわからない。だがともかく彼女は、いったんは自らの過去を現在と断絶したほとんど神聖なものとして、絶対的な他者として語ることに成功したのであり、そのようないくばくか倒錯した形で、書く身振りを取り戻した（なぜ倒錯的かといえば、書く主体としての自らを見出したのでなく、それに襲われることで、いわば主体性を括弧に入れたままで書くことができるようになる、そんな他者としての自らを見出したのであるから）。「本質」は「存在」と切り離され、そのうえであらためて、自らでありながら我有化できないものとしての別の「存在」と出会いなおしたのである。

「本質的な女性」の回帰

だがこうしていったんテクストの表層から消え去ったエッサンシエルの名は、数年後別のテクストのなかにふたたび姿を現す。『愁いを含んだ顔』がそれである。とはいえ、プラシノスが一度は消し去ることを命じられたこの名に新たな生命を与える機会を、虎視眈々と狙っていたかというと、必ずしもそのようには見えない。そもそもこれは特殊な事情で書かれた「小説」だった。

プラシノスは『乗客』の成功ののち、好条件で誘ってくれたグラッセ社から『秘密の聞き役』を出版するわけだが、残っていたプロン社との契約を果たすべく、この小説の執筆を企てる。しかもそれは、マリオやその友人たちとの賭けの産物でもあるらしい。ジゼルは彼らと、期限以内に「奇抜な」テクスト、「誰でもわかるようなものではない[14]」特別なテクストを書けるかどうかという賭けをしたのだという。どうしても書かざるをえないという状況で三たび呼び出されてきた名、いざというとき頼りになる、いわば手持ちのキャラクターのような何か、プラシノスにとってエッサンシエルとはそのような存在だったのかもしれない。

たしかにこれは「奇抜な」テクストである。エッサンシエルとその夫の「学者」の物語であることは間違いないし、その限りで登場人物のアイデンティティは、三〇年代のコントのような不安定さの犠牲になってはいない。だがストーリーそのものが荒唐無稽であるだけでなく、プラシノス自身がいう通り『運命論者ジャック』などの一八世紀小説をモデルとしたかのような筋の運びはさまざまな

図 12　左からピエール・フリーダ,「マリー叔母さん」, ジゼル・プラシノス, 1949 年頃

脱線やサブ・ストーリーに満ちている。しかもここでエッサンシエルが相手にするのは、もはや過去の自分自身ではなく、夫である「学者」の過去である。依然としてエッサンシエルがプラシノスの分身であることは疑いないが、それ以上にここでは「学者」がプラシノスの現実の夫、ピエール・フリーダの分身なのであり（彼女自身、繰り返しそのことを明言した[15]）、その意味で彼女は今回、過去ではなく現在と向き合おうとしているともいえそうだ。まずストーリーを振り返っておこう。

成り行きの詳細は書かれていないのだが、とにかくエッサンシエルは何が何やらわからないうちに、ある学者と結婚することになる。相手は並外れた知性の持ち主であるらしいが、自分の研究以外に一切関心を持たない人間だ。まして彼は常に銅製の兜をかぶっているのだが、そのなかには機械仕掛けの人工知能が隠されているのだった。かつて炭鉱夫だった彼は事故に巻きこまれて脳を損傷し、世界で唯一というその脳を埋めこまれたらしい。以来人間的な感情の大部分を失った状態にあるのだが、エッサンシエルはコミュニケーションの不可能な夫との生活に疑問を持って、やがては立ち去ることを考える。しかしその計画を実行に移そうとした矢先、窓の外から眺めた学者の顔が、思いがけず「愁いを含んで」いるのに気づき、彼の心のなかに眠っている感情を取り戻せるのではないかと考えて、その後超人的な努力を重ねていくことになる。お伽噺ともＳＦともつかない奇妙な顛末を詳細に追っていく余裕はないが、夫の感情を取り戻すために自分自身学者となったエッサンシエルの活躍が、さまざまな脱線によって中断されながらも、小説の本筋をなしている。この過程で、炭鉱夫になるより以前の学者の過去が徐々に解き明かされていくのだが、実は彼はロシア出身のダンサーだったのであり、かつての妻オリガとのあいだにフョードルという息子をもうけていた。夫に感情を取り戻させる実験に失敗したエッサンシエルは多くの苦労の末にオリガとフョードルを探し出し、夫と引き合わせて過去を思い出させるという最後の手段に出る。身を引く覚悟のエッサンシエルだったが、このときまるで奇跡のように、それまで彼女を妻と見分けることもできなかった学者は身振りによって、彼女を選ぶ意志を示すのだった。

学者がエッサンシエルに対して十全な恋愛感情を抱いたとわかるような結末ではないし、要するにこれは「非＝コミュニケーションのドラマ」であるというコットネー＝アージュの表現[16]は大方の読者の印象であろう。だが私たちにとって重要なのは、作品に対する解釈や評価ではなく、これ以前のテクストとの両義的な関係である。自分自身であるとともに自分とは別の意志を持った存在であるエッサンシエルは、プラシノスにとって自らの過去を意味づけることなしに呼び出すための媒介だったわけだが、ここでそれは、いわば現実の夫であるピエール・フリーダの分身を呼び出すための装置として機能している。彼女が現れると、プラシノスは現実の出来事の順序や因果関係を括弧に入れたままで、自身のもっとも重要な（本質的な）出来事を呼び出すことができるのだが、それはまるで現実と非現実の境界を突破して、夫をめぐる彼女自身の真実を生み出していくかのようだ。このテクストが書かれた時点で彼らの夫婦生活は十数年が経過しており、すでに触れた五〇年ごろの日記だけからしても、ジゼルにとってその生活が楽しいばかりのものでなかったことは想像できる。『愁いを含んだ顔』のさまざまなエピソードが、彼らの生活の現実の出来事を参照しているといった証拠があるわけではないし、『時間など問題ではない』に比べてはるかに短時間で書かれたこのユーモアに満ちたテクストに、特別実存的な動機を探す必要などないのかもしれない。だがこの名が書きつけられるとき、プラシノスは現実と空想の中間に浮かんでいる自らの真実を、一貫性を持った虚構を意識的に構成する努力を免除されたような形で文章にすることができる。エッサンシエルという守護精霊——理想的な鏡像——の力を借りることで、プラシノスはオートマティスムの終わりとともに失ったもの、主題なしに書く力、「大人」になることなしに語る力を取り戻すのである。

こうしてプラシノスは過去も現在も、兄や父や叔母たち、はじめての恋人や夫をさえ語ることに成功する。まだ語り残していることはあるだろうか。五八年からはじまったサイクルを閉じる次の小説『大饗宴』で、『夢』では中心的なテーマでありながらその後の小説では明快な輪郭を与えられなかったもっとも神話的なテーマ、すなわち母を語り、それとともにもう呼び出すべき真実は何もないとでもいうかのように、彼女は「小説家」としての——小説を構成しようとする意志から常に逃走し続ける奇妙な小説家としての――キャリアに終止符を打つのである。

母の神話の清算

だが『大饗宴』には、緻密に構成された小説という趣もある。形式的な完成度という点からいえば、あるいはこれがプラシノスの最高傑作かもしれない。端正な印象の一番の要因はおそらく、小説を構成する一五ほどの短い章が、ほぼ交互に「外」の章と「内」の章とに分類され、だが徐々に「内」へと重心が移動していった末に、「内＝外」の章である最終部「大饗宴」によってその対立構造が内破するという、バランスのよい筋立てのせいだろう。事実プラシノスが残したメモ(17)を見ると、この構造が明確に意図されたものだったことがわかる。構成案では各章タイトルの右側にH（＝dehors／外）あるいはD（＝dedans／内）の文字が書きこまれており、別の場所には「HDHD / HHDD / HDD / HDDD」という四行を括ったうえで、「リズム」というメモが見られる。またD（「内」）の章のいくつかには「GR」（＝le grand repas／大饗宴）あるいは「エリックの愛の物語」という指示があって、あとで述べる通り、二つの中心テーマである母による「大饗宴」の準備とエリック叔父さんの悲恋とをどのような位置と順序で配置するか、考えをめぐらしていたようだ。「内」と「外」をいかなるリズムで交錯させ、それと二大テーマをいかにからめるか、どうやらプラシノスは慎重に検討していた。最後の「小説」はしたがって明確な構成の意志に貫かれているともいえようが、同時にその構成が、意味のレベルよりもまず「リズム」のレベルで決定されていることは意識しておくべきだろう。

重要なのはまず、主人公が男性に設定されている点である。三〇年代のコントには話者が男性と考えられるものが複数あるが、戦後の長編小説群で一人称が男性の作品はこれ以外にはない(『騎手』収録の短編には例外もある)。たしかにコットネー＝アージュが指摘する通り[18]、本文中には男性であるはずの話者にかかる形容詞が女性形になっている箇所があり、話者の性別を曖昧なものにしているといえなくもない。とはいえこれ以後に書かれたテクストでは一人称が男性の場合が少なくなく、このころから話者と作者の関係に変化があったような印象もある。だが結論を急ぐよりもまずストーリーの大枠を確認しておこう。

青年の成長と母親からの自立といった、月並みといえばあまりに月並みな主題が扱われていることは間違いない。母が体現する秩序によって守られた家族の領域、すなわち「内」と、不可解な人々の住む街や予測できない異変によって脅かす自然、すなわち「外」との対比のなかで物語は進む。話者である青年にとって、母の支配から脱することが望みであるのはたしかなのだが、親子の関係はそれなりに愛情を伴ったものであるし、彼女が中心になって年に一度催される大饗宴は、地位のある人々をも招いて行われるもので、話者にとっても一大イベントのようだ。それが近づくと家族は寝食も忘れて準備に没頭するのだが、次第に近づいてくる大饗宴の準備と並行して語られる「エリック叔父さん」の幽霊との出会いもまた、もう一つの中心的な主題である。話者は（話者だけが）家のなかにいるその幽霊の気配に気づく。おそらく父親の弟と思われる「エリック」は、話者が物心ついたころには死んでいたが、どうやら自殺らしいその死のいきさつは、親族のなかでは語るべからざる話題であった。生前の出来事の大部分を忘れていた幽霊は、話者とのつきあいのなかで少しずつ記憶を取り戻していくが、どうやら悲恋の末に命を絶ったらしく、その恋の相手が話者の母であったことは小説のなかほどでほぼ明らかとなる。母が彼をどう思っていたか、明確に語られることはないが、最終章では、最後の大饗宴の途中で生きる力を燃やし尽くすようにして息絶えていく彼女を迎えに来たのが「エリック」だったと理解できる記述があり、母の秘められた恋愛こそが小説の真の主題であるともいえそうだ。母が別の世界へと去ったあとで家全体が消え去り、話者を含めた会食者たちが夜の荒野に取り残されるという結末を話者の「狂気」[19]と考えるべきか否かは解釈次第であるにせよ、そこで「内」と「外」の対立構造が終わり、「通過儀礼」も完成するという見方[20]は自然なものだ。だが本当にこの小説は、プラシノスがついに「大人」であるのを受け入れたことを、つまりは彼女のシュルレアリスムの、今度こそは本当に完全な終焉を意味するのであろうか。

結局のところ常に自らの過去（とりわけ子ども時代）を主題とした小説しか書いてこなかったプラシノスであってみれば、ここでの話者をも彼女自身の分身とみなすのは自然だし、依然として曖昧さを払拭しきれない現在と過去の関係についに決着を着け、この小説とともに悪魔祓いを済ませた彼女はもはや「小説」という自己表現を必要としなくなったという整理のし方を、誰もが一瞬信じたくなる。だが会食者たちに供される食事の描写をはじめとする「内」の生活に捧げられた細部はあまりに豊かであり、そもそも数年後から当時を回想しているプロローグでの話者は、「内」での日々を、単調な現在と対比して懐かし気に喚起していた。まして『ブルラン・ル・フルー』を含むのちのテクストにおいて、子ども時代が依然として大きなプレゼンスを持っていることを考えると、私たちはいささか戸惑わずにはいられない。それでもやはりここで何かが変わったという印象があるとすれば、ではそれはなぜなのか。ここで清算された何かがあるとするなら、それはいったい何であろうか。

これ以後のテクストでも過去という主題は消え去らないが、過去と現在との境界は次第に目立たないものになる。過去と現在の対立が、物語を駆動することはなくなるのである。『ブルラン』はきわめて特殊な事例ではあるが、六〇年代末以降、表現手段そのものが詩と造形芸術(壁掛けやオブジェ)に移っていくし、晩年の短編でも過去が乗り越えの対象として語られるような場面は少ない。では「子ども」は乗り越えられたのか。しかし「子ども」も「子ども時代」も変わらず主題であり続ける。消失したのは「子ども」から「大人」への移行の問題、すなわちファミリー・ロマンスだというのが、多くの読者の印象だと考えられる。エッサンシエルは現実世界で「大人」になってしまったプラシノスに、まるで「子ども」であるかのように語ることを可能にしたのだが、それ以後一連の「小説」によって「大人」としての書き方に接近を試み、それなりの成功を収めてきた彼女は、しかし『愁いを含んだ顔』によって、「大人」となった現在についてすら「子ども」のように語れることを証明する実験――意識的でありつつ、まるで無意識であるかのように語る実験――に成功する。まさにこのとき彼女のテクストからファミリー・ロマンスの負荷が取り除かれるのだとすれば、おそらくここで彼女は、「子ども」と「大人」の関係の物語、あるいは「子ども」から「大人」への成長の物語そのものが、文字通り一つの「物語」、つまりは相対化しうる虚構にすぎないことを感じ取ったと考える余地もありそうだ。「子ども」とか「大人」とか、そんなものははじめから存在しなかったのではないかと、プラシノスは自問するのである。

だが『大饗宴』をプラシノスの個人史と結びつけようとすると、問題はきわめて錯綜してしまう。息子と父ではなく息子と母の物語ではあるにせよ、親の支配からの脱出というオイディプス的なテーマが前景に置かれた小説であるのは間違いないが、ここでの母親に、ジゼルたちの現実の母を見るべきなのか、あるいはむしろ父(リザンドル)を読み取るべきなのか、はたまた話者の青年に、ジゼルだけでなくマリオの横顔を垣間見ることも可能であるかどうか、そうしたことを考えはじめると、出口のない迷路に迷いこみそうだ。主要なストーリーの一つである母親とエリック叔父さんの関係についてはさらに複雑であって、すでに述べた通り『乗客』のロイス叔父とエリックに何らかのつながりを見るならば、そこには幾分かマリオの影が差しこんでいることになるのだし、親族の秘密であった恋愛関係というテーマについていうなら、ジゼルたちの周囲で囁かれていたのは、実は父リザンドルと叔母マリーとの関係であった。のちにマリオの自伝がジゼルのそれとまさに表裏をなすような関係にあることを論じる際に立ち返るが、この噂は常に家の空気のなかに漂うものであったらしい。ジゼル自身はこれが事実であることをあくまで否定するのだが、マリオがこれを本当らしい逸話として語るのと対照的な彼女の頑なさは、やはり意味を読み取りたくなる体のものだろう。すると『大饗宴』での母とエリック叔父の恋愛には、父と叔母の関係に対するジゼルの否認が反映していると見るべきなのだろうか。——このようにして、解釈のゲームはどこまでも錯綜していくことになる。

そうした解釈のどれが正しいかを決めることに大きな意味があるとはいえないが、他方小説と書き手の生活史を切り離そうとする文学批評の倫理もまた、ここではさほどの妥当性を持たない。自伝的な細部へと送り返すことを拒否しない書き手自身の態度のせいで、これらのテクストが精神分析的な解釈を誘発してしまうというあり方そのものが、まずは重要である。プラシノスは一方でオイディプス的なファミリー・ロマンスを呼び出すための仕掛けを準備し、同時にその仕掛けが機能することを妨害してもいるかのようだ。「子ども」の知らない秘密を「大人」が隠しているのではなく、秘密は「大人」をも翻弄する。(21)では何が起きているのだろうか。

そもそも実生活において、家族のなかでのジゼルの位置は逆説的なものだった。母が早くに亡くなったあと、家のなかで最年少だった彼女は、父や叔母、祖父母に可愛がられて育つが、父や兄のようになることと、父や兄に愛されることのあいだで常に揺れ続けていたように見え、性別の引き受けにおいては遅延を抱えた主体だったようだ。のちのちまで彼女は性的体験に消極的だったし、テクストのなかにおいてさえ、激しく残酷な描写を躊躇しない一方で、直接的な性描写はどこまでも避けている。どうやらここには、性別化に関するラカンのよく知られた図式を敷衍することで、整理することのできるような状況がありそうだ。男性的な位置とはファルスを「持つ」ものの位置であり、女性が彼の幻想に応じてしまうようなファルスを望むことだが、女性的な位置とはファルス「である」ものの位置であり、男性の幻想を絶えず掻き立てるほど強いファルスであろうとすることだというのがそれである。こうした図式そのものが結局は一つの物語であるとしても(ましてラカン自身がそれを文字通りの意味で信じていたのは、むしろ短いあいだだったかもしれない)、それを経由してプラシノスという主体の「揺れ」を記述する試みが、彼女についての恣意的な物語をふやすことにすぎないとは限るまい。

一見するとプラシノスとは、ファルスに対する自らの位置を選択することができず、その選択以前の位置に、つまりは「子ども」の位置にとどまった主体であるように思える。彼女が父や兄のものである芸術的領域に惹きつけられていたことは間違いないが、彼らと同様ファルスを「持とう」とする選択は厳しく排除されていた。彼女自身が決して父や兄の領分に割りこんでいこうとはしない。だがファルスに「なる」という選択においてのロールモデルを持たないせいなのか、二〇歳近くまで（異性愛的な）恋愛経験に踏み出すこともできなかった。しかしあたかもそれを想像的なレベルで埋め合わせようとするかのように、父や兄（とりわけ兄）に対し、自らを彼らの創造行為を引き出し強化するファルスとして捧げようとする。この場合、彼らのファルスに「なる」とはすなわち、父や兄という芸術家の「意識」に対し、自らを彼らの企ての正当性を証明する「無意識」として与えること、すなわちオートマティスムの実践であった。しかもこれは兄の思惑とも一致する。マリオにとって妹は、強いファルスを持つものたちの列に加わるための、この上ない供物であるはずだった。だがジゼルはファルスに「なる」ことに、いわば成功しすぎてしまう。男性の幻想を掻き立てることのできるファルス「である」位置を踏み越え、男性の幻想が応じきれないほどの過剰なシニフィアンとなることで、彼女は父や兄を（とりわけ兄を）去勢するのである。それは男性が、自らの存在論的な統一性を保証するために必要とする「正常な」去勢ではなく、いわば彼（ら）から統一性への権利を奪ってしまうような、倍加された去勢に他ならない（シュルレアリスムとはこうした去勢を経て別の何かに変わろうとするものたちの集団であり、だからこそマリオの目論見は外れざるをえなかったわけだが、この点には結論部で立ち返ろう）。ジゼルは女性の位置に身を置く試みにおいて、いわば過激な失敗を繰り返していくのである。

だが五〇年代以降、プラシノスはこれと対照的な別のフェイズを生きることになった。おそらく小説を書こうとする試みはプラシノスにとって、父や兄の領域（絵画）に踏みこむのを避けながらも、何らかの別の形でファルスを「持つ」位置に身を置こうとすることを意味していただろう。彼女にとっての「小説」は、決してファルス的なものとは異なった別のエクリチュール（いわば「エクリチュール・フェミニン」）を獲得しようとすることではない。だがこの試みに、彼女はまたしても成功しすぎてしまうのであり、「小説」と呼ばれる何かを書くことは、十全なファルスを「持つ」ことなしに可能であることを証明してしまう。自伝を書くこともまた確立した自己の証明ではなく、自己を確立せずに自己を語る方法の発明、いわばファルスのシミュレーションを作り出すことなのであり、結果として彼女は、ファルスに対して自らの位置を決定することにあくまで抵抗し続けたといえる。ファルスを「持つ」というあり方の虚構性を、要するに「男性」であることの虚構性を（またしても）証明してしまうのである。彼女がファルスに「なる」ことを推し進めると、「男性」は形を保つことが不可能になり、しかしファルスを「持つ」ことを試みてもやはり、「男性」など容易にシミュレートできる虚構にすぎないことが証明されてしまう。男性か女性かを選択すること、つまり「大人」になることがどこまでも不可能であることを、プラシノスは身をもって証言するのである。だとすれば彼女が『大饗宴』において、『夢』以来忘れ去っていた母のイメージを呼び戻し、自らのモデルとなるかもしれなかったものの力――「正しい」やり方でファルスに「なる」ことを彼女に教えてしまったかもしれないものの神話的な力――をも清算したとすれば、しかも同時に、家族のなかで彼女を排除する形で機能していた「秘密」が「大人」たちにとってさえ操作できないものであることを示したのだとすれば、今やファルスを「持つ」ものたち、あるいはファルス「である」ものたち、すなわち「大人」たちの権力は、最終的に無力化されたといえるに違いない。

こうした理解はたしかに、精神分析的装置の戯画的なパラフレーズに見えるかもしれないが、十全な意味で「小説を書く主体」になることのできないプラシノスが、いわば「偽の」小説を書こうとする試み（それはまさに『シュルレアリスム宣言』が勧めていたオートマティスムの使用法でもあった）に成功しすぎてしまい、そのことで「小説家」と呼ばれるべき存在を追い越してしまったかのような印象は、さほど的外れのものとは思えない。近代小説全体の主題であった「私」の成立、ファミリー・ロマンスとしてしか語りえないであろうその物語を、プラシノスはあまりに見事なシミュレーションの身振りによって踏破し、少なくとも彼女自身にとってはもはや無用のものにしてしまう。彼女は「文学」を去勢するのであり、そしてこのとき、彼女にとって新たなイメージの時代がはじまる。

第4章

『ブルラン・ル・フルー』あるいはイメージの勝利

家族の肖像

『大饗宴』の上梓とともに、一九五八年にはじまった小説のサイクルが終結し、これ以降八〇年代中期まで、プラシノスの活動は文章表現よりも造形表現の比重の大きい状態が続く。しかし不思議なことに、その時期に書かれたいくつかのテクストは、同時期の造形作品と相まって、彼女のキャリア全体のなかで特権的な空間を作り上げた。『大饗宴』と『ブルラン・ル・フルー』のあいだに何らかの断絶があることは、プラシノスを論じるほとんどの論者が認めるが、とりわけアニー・リシャールは七〇年代を「自立性の獲得と、家族の結びつきの再確認とのあいだでの特殊な均衡の時期」であるとし、プラシノス自身がこの時期を「創造の喜びにあふれた時代」として思い返していたと証言している。[1] 彼女の思考に大きな負荷をかけてきた家族の主題は、ここでは脅迫的な力から解放された姿で語りなおされていく。私たちの立場もまた、『ブルラン』のなかにこそプラシノスの創造力の頂点を見ようとするものである。この書物が彼女の「文学」上の最高傑作だと主張したいわけではない（文学史的に価値あるテクストを決めることは、この研究の目的ではない）。おそらくこの時期、プラシノスは創造行為と自らの生とのあいだにそれまでありえなかった関係を作り出したのだが、それこそが彼女のシュルレアリスムとの再会であり、真に彼女自身のものであるようなシュルレアリスムの使用法の発明だった。いかにしてそうなったかを考えることが、この章の課題である。

『大饗宴』のあと、小説家としての断筆宣言がなされたわけではないし、その後の活動についてどのような計画や意図を持っていたか、プラシノス自身がどこかで明言したわけでもない。ましてデッサンという表現方法は彼女にとって、三〇年代以来ごく親しいものだった。これまであまり触れなかったが、プラシノスは自らのコントのイラストともみなせる戯画的なデッサンをしばしば描き、その何枚かは実際コントとともに発表されている。さらにのちには、パリゾ訳のルイス・キャロル『スナーク狩り』などにイラストを提供してもいた（図13）。したがって彼女が造形表現にあらためて乗り出そうと考えたのは特別不思議なことでもないのだが、小説のサイクルの終わりがアッサンブラージュによる人物像および布やフェルトによる壁掛けの制作開始と同期し

図 13　アンリ・パリゾ訳『スナーク狩り』のためのジゼル・プラシノスのイラスト

図 15　ジゼル・プラシノス《大いなる三位一体》, 1975 年（壁掛け）

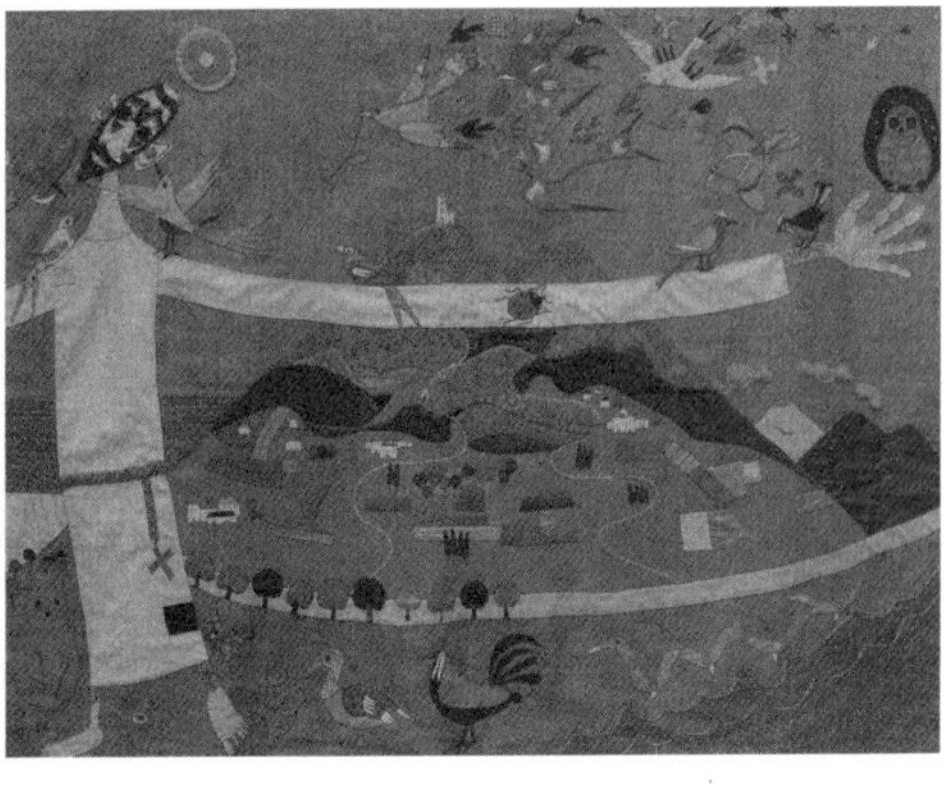

図 14　ジゼル・プラシノス《アッシジの聖フランチェスコ》, 1967 年（壁掛け）

ているのは事実であり、同時にこのころから、ながらく後景に退いていた詩作も再開される（とはいえ三〇年代においてコントと詩作品の境界ははなはだ曖昧だったが）。「物語」の時代が終わり、イメージと、イメージに触発される言葉の時代がはじまったのである。

繰り返すなら、このあとプラシノスのテクストから家族のテーマが消え去ったわけではない。『ブルラン・ル・フルー』で語られるのも依然として家族の神話なのだが、ただしその性格は更新されている。イメージに優先権が与えられるときプラシノスの登場人物一人一人は、解決すべき課題を負った実存ではなく、任意の組み合わせが可能な記号的存在に姿を変えるかのようだ。そしてこのテクストとイメージの新しい関係のなかで、彼女は小説の執筆によって遠ざかろうとしたシュルレアリスムと再会する。だがまずはもう少し具体的に見てみよう。彼女自身がアニー・リシャールに語ったところによれば、テクストとイメージの関係の転回点として決定的なのは、『ブルラン』の表紙にもなっている「家族の肖像」（別図1）であるらしい(2)。

プラシノスによる壁掛けは一九六七年（つまり『大饗宴』刊行の翌年）の《アッシジの聖フランチェスコ》（図14）からはじまる。それは彼女が残したほとんどのイメージと同様に、すでにデフォルメされ記号化された表現ではあるが、人物も鳥たちもまだ『ブルラン』のシリーズのような幾何学的形態ではない。その後イメージは徐々に様式化を推し進めていき、七〇年代中期にはきわめて独特なスタイルに行き着く。作品を年代順に見ていくと、一九七五－七七年ごろ、長方形に目鼻と手足をつけたような人物が集中して現れており、『ブルラン』のシリーズはすべてこのスタイルだが、これ以外では《大いなる三位一体》（一九七五）（図15）や《ダビデとゴリアテ》（一九七七）などを挙げることができるだろう。《アベルとカイン》（一九七五－七六）（別図2）などのような首と胴体の境界が曖昧な人物像もこの時期に多く現れるが、総じてこの数年間、壁掛けのイメージは自然主義的描写からもっとも遠ざかったといえる（これはあくまで壁掛けについての話で、八〇年代でもデッサンにはきわめて記号的なものが少なくない）。それを体現するのが『ブルラン』のイメージ群だった。

「家族の肖像」がプラシノスの頭に思い浮かんだのがいつだったか、正確にはわからない。だが六〇年代後半以降の布製作品を集成した書物『ジゼル・プラシノスのシュルレアリスム的聖書』では、壁掛け自体はテクスト出版と同じ一九七五年のものとされている。また『ブルラン・ル・フルー』を飾るすべてのイメージは壁掛けとして作品化され、出版と同時に出版元ベルフォン社のギャラリーで展示された。様式からしても、これらのイメージすべてが同時期のものであるのは一目瞭然だろう。しかもプラシノス本人の証言によれば、これらのイメージはテクストのイラストとして描かれたのではなく、「家族の肖像」こそが『ブルラン・ル・フルー』を生み出したのである。事実『大饗宴』の刊行以降この時期まで、プラシノスに目立った出版物はなかった。しかしそれは五〇年代前半までのような、書けないことが重荷としてのしかかる状態ではなく、「創造の喜びにあふれた時代」として記憶されているのであり、つまりこの時期彼女はただ単に「書く」必要を感じなかったのだといっていい。だが物語によって自らの過去を可視化する欲求を後方に置き去りにしてきたプラシノスは、およそ現実とのつながりがもっとも希薄に見える幾何学的な人物たちの集団を描いたそのとき、新たな虚構世界に襲われる。描かれた人物の一人に偉大な物理学者の姿を認め、彼らの生きた世界をテクストの形で定着しようと思い立つのである。一九三七年の『起源の災禍』ですでにジゼルは兄のデッサンに詩的なテクストを添え、兄妹共作の詩画集を作っていたが、八〇年代の『我が心は彼らの声を聞く』にいたるまで、イメージがテクストを呼び出すあり方は彼女にとって親しいものであり続けるだろう。しかしとりわけ物語表現から離れていたこの時期、手繰り寄せる必要をまったく感じてもいなかったはずの虚構世界が、イメージの形で向こうからやって来たという体験は、やはり創造行為の新たな段階を画するものだったに違いない。

『ブルラン』の一二の章それぞれに対応する一二のイメージが、どのような順番で、物語とどの程度の連関を予想しつつ描かれたのかはわからない。ともかく「家族の肖像」が出来上がると、物理学者ベルジュだけでなく、描かれた七人の人物が誰であるか、自然にその素性が浮かび上がってきたらしい(3)。他のイメージについてもまた、各章の記述が「家族の肖像」と同様に、しばしばイメージの不可解な細部に少しずつ意味を与えていくようなスタイルを取っているとすれば、常にイメージがテクストに先行したと考えたくなるのは自然だろう。もちろん実際の順番はそれほど単純なものではなかったろうが、ともかく『ブルラン』全体について、イメージがテクストのイラストなのではなく、テクストがイメージの解説をしているのだといえる。「家族の肖像」にしたがって、登場人物を簡単に見渡しておこう。

テクスト全体の中心となるのは右から二番目の「ブルラン」と、その弟である左から三番目の「ベルジュ・ベルグスキー」の二人である。学者として大成し、国家の栄誉とさえなったベルジュに対し、一方のブルランは、天性の詩人でありバリトン歌手としての才能にも恵まれていたのだが、生まれつき精神的な異常を抱え、常軌を逸した露出狂的行動のせいで、一六歳にして両親によって去勢されてしまい、その後は明確な社会的身分なしに一生を送ったとされる。左から二番目が根本的には善良だが暴君としての側面も持つ父ベルジュ・ベルギエフ、右から三番目が若いころにはコケットな女性だったが母親としてはベルジュに尊敬されていたサリアである。中央が美しく慎み深い、ベルジュの深く愛した妹ペニアだが、嫁いだ貴族が二年後に戦死すると、あとを追って自殺する。左端が末の妹ゲリットで、父には愛されたがその恩に報いることなしに、ベルギー人の肉屋とともに出奔したという。右の端にいる子どもは素性がわからず、母サリアが儲けた不義の子であるという推測がほのめかされている。

ここですでに明らかなのは、プラシノスがイメージから引き出す描写や解釈のユーモアに満ちた恣意性である。何もいわれなければ、中央のフィギュールが美しい女性であると認識する読者は少ないだろうし、ベルジュは「深刻で気がかりがあるように」見え、ブルランは「夢見るようで、どことなく驚いたようなまなざし」[4]をしているというのもなかなかに意外な解釈ではなかろうか（もっとも壁掛けでは、ブルランの視線にいくらかそうしたニュアンスを感じ取れるようにも見えるが）。たしかに何らかの「触発」はあるのだろうが、テクストとイメージのあいだには積極的にずれが持ちこまれており、互いが互いを明確にするといった効果、いわゆる「投錨 ancrage」のようなものがあるのでもない。またユーモアがあるのは間違いないにしろ、コミカルな効果が最終的な目的であるとも考えにくく、次々と追加されていく詳細な設定はときに民族学的な、ときに精神分析的な想像力を巻きこんでいくだろう。あるときプラシノスに訪れたこの新たな虚構世界は、それでもやはり彼女にとって、抜き差しならない必然性を持ったものだったと考える余地はあるはずだ。おそらくここにあるのは、なぜそうであるかわからないままに必然的なものとして現れる、そのようなフィクションを生産するための装置なのである。

データベースとレイヤー

『ブルラン・ル・フルー』にはストーリーはなく、設定だけがある。大物理学者ベルジュ・ベルグスキーの伝記という体裁ではあるが、実際には伝記を構成するための情報の列挙にすぎない。

ベルジュとその家族の人生、彼らが住むフリュビ＝オストという国の風習や文化、ベルジュの業績、等々が語られていくが、それらが結びついて一貫した「物語」を織り上げることは慎重に避けられており、すべては断片的な情報の集積である。つまりここにあるのは物語そのものではなく、物語を語るための設定を集めたデータベースなのだが、驚くべきことにこれは、データベースにとどまることによって物語よりも挑発的かつ情動的であることに成功するデータベースだといっていい。要素の各々は、矛盾しあって物語の可能性を破壊することはないが、結びついて一貫した時間の流れを作ることも自らに禁ずる。これはおそらく、ファミリー・ロマンスが終わったあとで（あるいは端的に「近代文学が終わったあとで」とさえいっていいかもしれない）、なおかつ言語そのものを目的とした実験性、つまり前衛性の誘惑にも屈することなしに書こうとしたとき何が可能であるかという問い、シュルレアリスムそのものであったといってもよいその問いに対しての、プラシノスの答えなのである。彼女は言語やイメージそのものを目指して、つまりは「芸術」を目指して書く／描くのではない。「芸術」とは彼女が決して侵そうとしない、父と兄の領域である（侵すまいとする意志が「芸術」に、そしてそれをファルスとして所有しようとする「男性」に、致命的な打撃を与えてしまうのだとしても）。だが他方、彼女はもはや「小説」のシミュレーションを試みていたころのように、テクストを紡ぎ出すことで自らの人生に意味《サンス》／方向を与え、それを正当化しようと試みているのでもない。解決すべき問題はないにもかかわらず、書く必然性はあり、作り出す理由はあると確信しているが、その理由が何かはわからないままに作り出している、ここにあるのはそんな様態である。理由はわからないが執着せずにいられない細部、喚起力はあるが何を喚起しているかいうことのできない語彙、プラシノスはそれらを、ただ嬉々として積み上げていく。

これが可能であるためには、イメージとテクストのあいだ、あるいはより一般的にいって意味するものとされるもののあいだに、常にずれが感じ取れるのでなければならない。プラシノスは各々のイメージについて、それが何であるかを断言するのだが、その断言は常に思いがけないものだ。緩やかな曲線を描いているベルジュの目はあくまで「深刻で気がかりがある」目なのであり、ブルランは「どことなく驚いて」おり、これら単純な幾何学的形態の組みあわせにすぎないイメージ群は、暴君的な父やコケットな母や慎ましく美しい妹なのである。言葉がそれの意味するはずのものと別のものを意味してしまっているという感覚、イメージがそれの表現するはずのものとは別の価値を持ってしまっているという感覚がなくてはならない。このずれがあればこそ、「私」は意味作用を捻じ曲げようとする、「私」自身にも統御できない力によって貫かれることが可能になるからだ。このずれを呼びこむためにこそ、書物は最終的な真実の審級を慎重に奪い取られ、テクストやイメージは対応しあいながらもどれ一つとして特権化されないような、折り重なった無数のレイヤーを作り出していくことになるだろう。

『愁いを含んだ顔』はすでに『運命論者ジャック』のような一八世紀小説を一つのモデルとしていたが、『ブルラン』はより複雑な重層構造を備えている。全体は大物理学者の伝記を書こうとして取材を進める研究者が集めた情報なのだが、完成した書物の体裁を取ろうとはしていない。その研究者ないし記者は、フリュビ＝オストの首都ズィティスクの日刊紙『管理者』（『ブルラン』に現れるネーミングはすべてこのように、意味ありげであるとともに意味を確定しにくいものである）に、近ごろある「ルビ（＝粗末な小屋）」で死んだ「フルー（＝九〇歳から九五歳までの老人）」が残したという、生地を縫いあわせて作った絵画の複製を見つけ、そこに他ならぬ物理学者の姿を認める。その絵画こそ「家族の肖像」であるのだが、彼女は調査の結果、それがまさしくベルジュ・ベルグスキーの家族であり、死んだ老人が彼の兄ブルランであったことを突きとめるとともに、同じようにして作られた他の一一枚の作品をも入手することに成功した。さまざまな資料に当たってみると、それらは実在の写真をもとにブルランが作り出したものであり、ベルジュの生涯についての貴重な資料でもあることがわかる。天性の芸術家でありながら精神に問題を抱え、生涯最後の二五年間を貧しい住まいで過ごしたらしい芸術家の作品の発見というエピソードは、明らかにアール・ブリュット以降の発想だろう。この書物はその一二枚のイメージについての解説および考察として織り上げられていくのである。

一二枚の「イラスト」は、しかしブルランの作品そのものではない。残念ながら出版社の事情で「フルーによる驚異的なイメージをカラーで印刷することができない」からだ。「しかしながら私は、私自身が描きなおしたデッサンが、ブルランという知られざる芸術家がどのような人物かを考えさせ、ベルジュ・ベルグスキーという例外的な人間の生きた環境を、いくらかなりと知らしめることに貢献できればと願う(5)」。そのように締め括られる序章のあとに、「G.P.」というイニシャルが置かれているとするなら、イメージについても文章の書き手の身分についても、はてしなく錯綜した重層性が存在するといわねばならない。ブルランの作品そのものが、実在の人物を前にして描かれたのではなく写真をもとに構成されたものであり、写真に基づいて作られた壁掛けもまたそれ自体は印刷できないので、テクストの書き手がそれをデッサンしなおしたのがここにあるイメージなのだが、他方表紙には「家族の肖像」がカラーで印刷されており、他の一一枚も「実在」するだけでなく、単行本の出版に合わせて展示さえされていた。しかもそれらデッサンの作者は「G.P.」と署名するのだが、壁掛けの実際の作者もテクストの作者も「ジゼル・プラシノス」であることを私たちは知っている。登場人物たち、その写真、そこから作られた壁掛け、それを写し取ったデッサンは、一つの系列をなすとともに、「実在」するのは壁掛けとデッサンのみにすぎない。それらは実在性の階梯が絶えず反転しあうような、何重にも積み重なったレイヤー構造をなしているのである。

さらに各レイヤーのあいだには、無視できないずれが確認できる。ベルジュやブルランに関する記述と「家族の肖像」のイメージの齟齬についてはすでに触れたが、生まれたばかりのベルジュを抱く母サリアの姿（図16）も興味深い。上半身は背もたれにもたれかかっているようにも見えるが、母親の下半身は椅子と完全に一体化しているのであって、椅子の脚が母自身の脚として描かれている。だがイメージを解説するテクストにこの点についての記述はなく、読者はこれを何らかの象徴的表現と考えるべきなのか、あるいは実際のサリアの身体の特徴を表現するものなのか、判断することはできないだろう。またこうしたずれは、イメージどうしのあいだにも存在する。表紙に印刷された壁掛けとイラストのデッサンを比べただけでもそれは確認できるが、書物には収録されていない他の壁掛けとイラストのあいだにも同じような関係を見出すのは難しくない。色彩と布地の感触が何らかのニュアンスをつけ加えるのは当然として、一般に壁掛けはデッサンよりも装飾において複雑であるからだ。だがより重要なのは架空のものである写真とそれに基づくという設定の壁掛け（とデッサン）のあいだの関係だろう。テクストでは、「家族の肖像」で右端にいる子どもは写真には存在せず、隠されていた家族の秘密をブルランが作品のなかで表現し

図16　ジゼル・プラシノス《母と子》（『ブルラン・ル・フルー』収録）

たらしいとされており、またベルジュではなくブルラン自身に捧げられた最終章「芸術家の理想的な肖像」の冒頭に置かれた、着飾ったブルランの姿は、社会的な身分を持たないままに生きた彼が自らに与えようとした理想のイメージだとされている。各レイヤーは少しずつずれながら、各々の真実を隠し持っているのである。

考えてみれば、そもそもこれらのイメージは何らかの象徴なのか、それともマンガのキャラクターのような記号的身体そのものなのか、実に曖昧である。マンガを読むとき、あるいはアニメーションを見るとき、私たちは普通、それが別個に実在する人物の行動を象徴的に表現したものだとは考えない。動くのはあくまでそのキャラクター自体であろう。だが小説の挿絵となると、イメージの権利ははるかにあやふやだ。一つの小説が異なったイラストレーターの挿絵を伴って再版されるのはごく普通のことだし、小説を読む私たちが頭のなかで人物を動かしているとして、それがイラストに描かれた人物であるかどうかは決めがたい。では『ブルラン』の人物たちも、物語世界を想像するための補助手段にすぎないだろうか。そういい切ることは、やはりどうにも難しい。またそうでありながら、二〇年間にわたって制作された壁掛けの題材のほとんどがキリスト教神話やギリシャ神話から題材を取っているのであってみれば、それらは架空のキャラクターに対するプラシノスの解釈であり、無数の宗教画像とはヴァージョン違いの挿絵のような関係を持つだろう。たしかなのはとにかく、外在する対象の「表象」には還元できないキャラクター的な記号であるこれらのイメージが、にもかかわらず他のレベルに存在する言葉やイメージに対し、意味するものと意味されるものの関係を保ってもいるという不可解な重層性である。イメージのレイヤー各々は他のレイヤーとのあいだにシニフィアン／シニフィエとしての関係を取り結んでいるのだが、シニフィアン連鎖の各階梯は前後の階梯に対し、常に意図してずれを作り出しているのであり、そこにこそ、語る主体の「真実」が書きこまれるためのスペースが作り出されていくのである。

プラシノスは、何を表象しているかわからないままに自分自身の描いたデータベース的なイメージ群を凝視し、なぜかはわからないがそれらの人物たちが演じなくてはならない役柄を割り当てる。その図像の一つが学者だと決まった瞬間に、他の図像も役柄を身にまとうのだが、それはいわば、マンガ家がストックしてあった手持ちのキャラに物語の登場人物を演じさせるような行為であろう。だが彼女は意図して、それらのキャラが物語を十全に演じはじめる手前の場所、キャラ設定のイメージボードが図像で満たされながらまだ物語が語られ出してはいない、そうした地点にとどまろうとする。もはや物語を語る必要などない。自らの人生の何かを彼らに仮託して、物語を紡ぎ出すような時期は過ぎ去った。結末を見つけるべき物語などすでに存在しないのだが、にもかかわらず、あるいはだからこそ無数のキャラが自らの物語を主張しはじめるのであり、だがそれらを前にして、もはや物語を作り出す義務を負わないプラシノスには、あるキャラはどうしても「学者」でなくてはならず、別のキャラはどうしても去勢された「詩人」でなくてはならないという事実だけで、テクストを紡ぎ出すには十分なのかもしれない。なすべきことがあるとすれば、それは物語を作り出すことではなく、自らの真実を差し出すことを可能にするような記号を次々に発見することだけだ。そうした細部は『ブルラン・ル・フルー』において、まるで二〇世紀の新たな知の布置をなぞるかのように、言語学的、人類学的、精神分析的水準で、際限もなく増殖していくのである。

脱＝全体化する言語

『ブルラン・ル・フルー』に現れるあらゆるネーミング、フリュビ語のあらゆる語彙は、不可思議であり、しかも見事に組み立てられている。それらは必然性と恣意性のあいだで巧みにバランスを取っており、さらには必然性と恣意性の矛盾など存在しないかのように振るまっているともいえる。「フルー frou」という語は「狂人 fou」にプラシノスの「r」が加わったものではないかとアニー・リシャールは考えており、「r」の解釈はやや不たしかであるものの、「Brelin le frou」というタイトルが、たとえば「Pierrot le fou（気狂いピエロ）」といった表現を思わせるのは間違いない。「ブルラン」という語のなかに「動揺 ébranlement」が読み取れるというのも、リシャールのいう通りだろう。(6) 多くの名は明確には解釈できないが、たとえば末の妹「ゲリット

Guérite」の名は「哨舎、小屋」を意味するフランス語であり、また「ベルジュ Berge」という名がすでに、「川岸、土手、急斜面」といった意味を持つ（あるいは大学者ベルグスキーのうちにベルグソンの名が響いているといった想像も不可能ではない）。だがこうした名がその人物のものとして「ふさわしい」かといえば、そのようにも思え、そうでないようにも思えるとしかいえないだろう。肝心なのは、明確な動機づけと恣意性のどちらにも軍配が上がらないように配慮しながら、テクストとイメージの織り上げる脱臼したシニフィアン連鎖同様に、各々の読者が自らの真実を書きこむことのできるずれのスペースを作り出す操作である。

　家が貧しかったベルジュは学費を稼ぐため一時パティシエとして働く（図17）のだが、そのと

図 17　ジゼル・プラシノス《パティシエになったベルジュ》（『ブルラン・ル・フルー』収録）

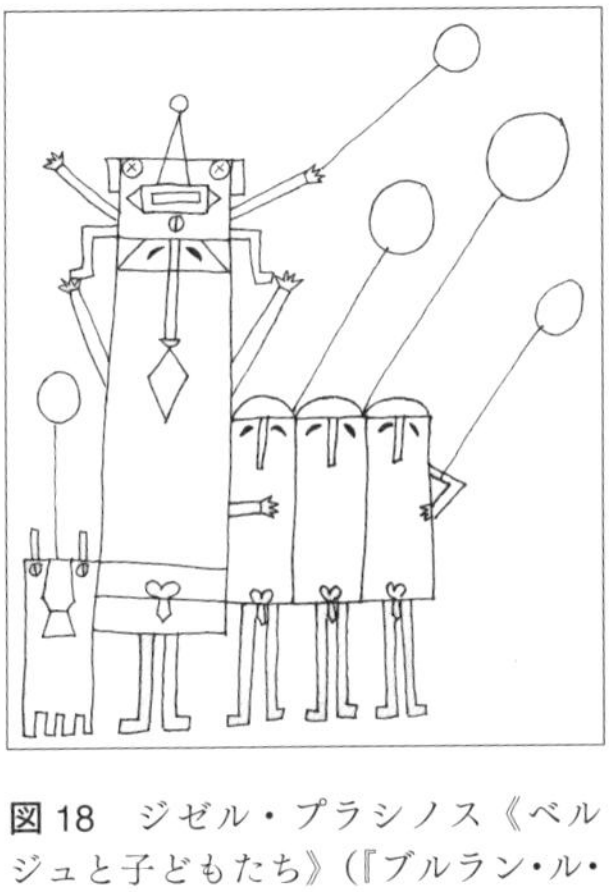

図 18　ジゼル・プラシノス《ベルジュと子どもたち》（『ブルラン・ル・フルー』収録）

き仕えていた貴族は「カリュール Carrure」という。これは「四角ばってがっしりした体格」のことだが、カリュールの図像はないものの（あるいはないからこそ）名前通りの体格のキャラクターを思い描きたくなってしまうだろう。これはもっとも解釈しやすいケースだが、わかりやすいときに限って、本当にその通りかどうかを教えてくれるような記述は存在しない。他方で明らかに名前と性格がずれることも多い。本人に学問的な見識はないが、夫ベルジュのために生涯を通じて献身的に働いた妻「バンキーズ Banquise」の名は「氷原」あるいは「氷のように冷たい人」を意味する。そこに単純な食い違いを見るべきか、あるいは細部にアイロニーの行きわたったテクストのあり方から想像して、彼女が表面の誠実さの裏に別の顔を持っていると考えるべきなのか、決めることは不可能だ。ベルジュの娘で、体に先天的な異常があり、頭部から直接手足が突き出たような見かけだが、三歳で交響曲を作曲して喝采を浴びるほどの天才であり、しかしそのすぐあとに死んでしまう「ヴィリパンド Vilipende」（図18）の名にしても、「嘲弄する」という動詞の活用形であり、同様のことがいえるだろう。さらには端的に戸惑うしかないようなケースも多い（それがもっとも多いかもしれない）。すでに触れたベルジュの末の妹「ゲリット（＝哨舎）」の場合もそうだが、物理学者の子ども時代からの忠実な友、レペルトワール・ビンスクなどは典型だといえる。「レペルトワール Répertoire」とは「レパートリー、総覧、生き字引」といった意味であり、むしろこの名にふさわしいのは博識のベルジュ本人のはずだが、これが反語として響くような性格を、この友人が持っているとも思えないからだ。ベルジュとバンキーズのあいだに生まれた三つ子の名、「レクトゥール Recteur（＝学長）」、「ブロワ Blois」、「フォルタン Fortin（＝小さな砦）」もまた面白い。三人はそれぞれ異なるキャラクターを持ちながら、残念なことに父親の能力や人徳にははるかに及ばない子どもたちだが、だとすると「レクトゥール」は反語的あるいはアイロニカルに聞こえ、「ブロワ（フランスの地名）」は端的に解釈不能、「フォルタン」は意味をこじつければこじつけられそうにも見える、というふうに、それぞれパターンがずらされている。解釈の方向性が固定されそうなとき、必ずその方向性は宙づりにされるのである。

固有名詞から話をはじめたが、同じ仕掛けは普通名詞について、さらに大規模に適用されている。いたずらに例をふやす必要はないかもしれないが、そもそも「九〇歳から九五歳の老人」を意味する「フルー frou」は、二つつなげて「frou-frou」とすれば「さらさら、カサカサ」という擬音語である。しかし「九五歳から一〇〇歳までの老人」を指す「べム bem」になると解釈は難しく、系列化は不可能だろう。「大臣」が「トリポ tripot（＝賭博場、いかがわしい場所）」、「バカロレア」に当たる試験が「フリビュスト flibuste（＝海賊団、盗賊団）」と呼ばれるといったわかりやすい皮肉もあるが、「贈り物」が「ガゾン gazon（＝芝）」、「貴族」が「ムーロン Mouron（＝サクラソウ科の草本）」、「戦闘行為」が「フルタン fretin（＝小魚）」と呼ばれるように、無償に近いと見えるものも多く、いうまでもなくフランス語にはまったく存在しない単語も多い。農民が作る粗末な小屋を意味する「ルビ rbi」（ブルランが晩年に住んでいたのも「ルビ」）、海岸沿いの村を意味する「プロスク prosk」などが代表的だろう。「boiser」という動詞は、フランス語では「森 bois」から作られた「植林する」という意味の動詞だが、ここでは「兵役中に脱走して森に隠れる」という意味であり、隠語に近いものに感じられる。もちろんこうした分類はそれ自体、まったく便宜的なものにすぎない。「監獄」は「ヴェルティカル verticale（＝垂直線）」、「棺」が「オリゾン horizon（＝水平線）」と呼ばれるのは、単独では曖昧でも、並べるとアイロニカルなニュアンスが明確になる例だろうし、解釈可能性というのも当然ながら相対的なものであって、「フルタン」などは「取るに足りないもの」の意味もあるので、「戦闘行為」についての評価ともいえる。もう一つだけ解釈レベルの攪乱の例をつけ加えるならば、ベルジュの三つ子の名前が意図的に位相の違う造語になっていたように、物理学者ベルジュの主要な発見である世界の構成粒子「フラグト fragte」の三種類にも、「ブリシュトン bricheton（＝パン、食べ物）」、「リュロン luron（＝陽気な人）」、「カトン caton（古代ローマの大カトーのことか）」という、ともに「-on」という語尾で終わりつつ、通常は並べられることの考えにくい三つの言葉が選ばれている。

さらにそもそもフリュビ語は、言語系統自体が謎めいている。すぐあとで紹介するような風習慣からするとやや不自然なのだが、フリュビ＝オストはヨーロッパの国家である。ただしそれは「北ブロンズ（＝青銅）国と東ユール（＝イノシシ）国のあいだに位置するヨーロッパの国家」とされる。しかも中世以前や未来のことではなく、語られる主たる出来事は一九世紀後半から二〇世紀前半のことに他ならない（ベルジュは一八六一年に生まれ、一九二三年に亡くなったという設定）。「-sk」「-sky」といった語尾はスラヴ系の言語を思わせるが、他方でフランス語と綴りを共有した単語が多く現れてくるわけだ。さらに曖昧な印象が強まるのは、「ルビ（小屋）」や「プロスク（海岸沿いの村）」であれば明らかにそのままのフリュビ語なのだろうが、「ヴェルティカル」や「オリゾン」などは、フリュビ語では「垂直線」を意味する言葉が「監獄」を、「水平線」を意味する言葉が「棺」を指すというふうに取れなくもない。かといってフランス語的な単語がすべてそのように理解できるわけではないのも明らかで、「ブリシュトン」「リュロン」「カトン」などは「―オン」という語尾で揃えられている以上、そのままフリュビ語と考える他はない。いかにもありそうでありながら、少し考えれば首尾一貫した体系をなすはずもないとわかる、そうした記号の群が、しかも同時にいかにもどこかにありそうだという実感を伴って、複数の言語のあいだで宙づりになっているのである。

最後にファミリーネームの不規則性についてもつけ加えておこう。ベルジュのフルネームはベルジュ・ベルグスキーで、父親はベルジュ・ベルギエフだが、ベルジュ、ブルラン、といった名が呼ばれるときは明らかにファーストネームとして扱われているので、ベルジュがファミリーネームということはない。あるいはスラブ語的な発想で、ベルグスキーが「ベルジュ息子」、ベルギエフが「ベルジュ父」を意味するとも考えられる。文中には「ベルグスキー家では chez les Bergsky」といった表現も現れるのでさらに微妙になるのだが、いずれにしてもフリュビ＝オストでは名前のシステムも一筋縄ではいかないようだ（ちなみに物理学者とその父以外、彼らの親族がフルネームで呼ばれることは、全編を通じて一度もない）。些細とえいば些細なことだが、ここに家系というもの自体に対する戯画化あるいは攪乱の意志を見ることも不可能ではないだろう。『ブルラン』の言語は全体性を不可能にし続けるのであり、この脱臼の生み出す空隙こそが、ユーモアと不気味さを同時に身にまとう、「真実」が住み着くための場となるのである。

通過できない通過儀礼

フリュビ＝オストはキリスト教国なのだが、語られる慣習にそれを思わせるものはなく、固有の神話体系のようなものも説明されてはいない。複雑に組織された通過儀礼は、いかなる宗教神話によって基礎づけられたものでもなく、ただわけもなくそうしなくてはならないのであって、それ以上でも以下でもないらしい。しかもそのしきたりは男性にしか関係しないのであり、兵役にも学問の世界にもほとんど関わりがなさそうに見えるこの国の女性たちがどのような世界に生きているか、語られることは少なく、彼女たちの生涯は謎めいている。対照的に男性の人生は「過酷なもの rudes」と総称される一連の通過儀礼に縛られているが、これは一五歳から七

別図 1　ジゼル・プラシノス《家族の肖像》，1975 年（壁掛け）

別図２　ジゼル・プラシノス《アベルとカイン》，1975-76 年（壁掛け）

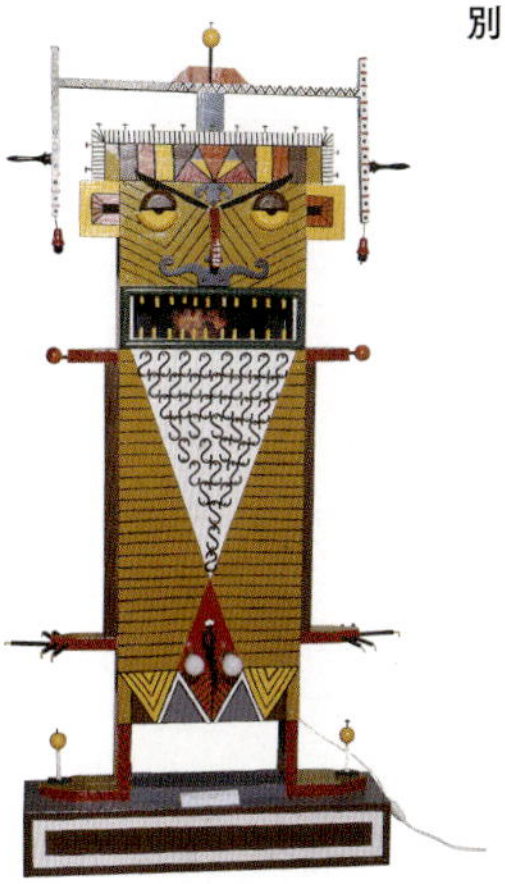

別図３　ジゼル・プラシノス《ユエイッド》

別図４　ジゼル・プラシノス《ベルジュの最後の顔》（壁掛け）

別図５　ジゼル・プラシノス《芸術家の理想的肖像》（壁掛け）

五歳まで一五年ごとに彼らの生涯に介入するのであり、決定的に「成人」となることは結局どこまでも遠ざけられているように見える。なかでも一五歳の少年すべてに課される「最初の打撲 la Première Contusion」はもっとも重要なものではあるが、それがきっぱり少年と成人を分割するのではなく、三〇歳での「荷重 la Charge」において最初の儀礼の効果が確かめられることになるのであり（具体的にどのように試すのかは書かれていない）、結果が不十分である場合、四五歳における「トゥールネル la Tournelle」（これは訳しにくく、la Tournelle はパリ高等法院の刑事部を意味するようだが、文字通りには「小塔」といったほどの意味である）に際して社会から追放され、六〇歳での「女の幽霊（戻ってきた女性）la Revenante」までの一五年間、一人で山に入り、葉で体を包み、木の根を食べて暮らさねばならない。「戻ってきた女性」とはおそらく、男性として失格したものが試練に耐えて戻ってきたことを意味するだろう。七五歳における「最後の嘆き la Dernière Plainte」は、身体不随の状態と死への準備である。

もっとも詳細に説明されるのは「最初の打撲」だが、これは一種の決闘である。各々の年の「招集者 appelés」は町の広場に集められたあと、準備された二つの大きく長大な管のなかに入りこんでいき、真っ暗ななかを泥まみれになって数々の障害を乗り越えたのち、一五〇〇メートル離れた出口にたどり着かねばならない。それぞれの出口から出てきた少年は順番に、出口に用意された広いフィールドで闘うことになるが、両方のトンネルから出てきたものが順に組み合わされるので、イラストの図像が描き出しているベルジュとレペルトワール・ビンスクという親友どうしの決闘（図19）は、偶然そのような組み合わせになったということなのだろう。奇妙なのは決闘の内容で、両者は互いに相手の陰茎に「輪をはめるbaguer」ために奮闘するのだが、これは至難の業であるようで、多くのけが人や、毎年数人の死者をすら生み出す。であればこそ「輪をはめたものbaguant」は栄誉を称えられ、その後の生涯でもさまざまな恩恵を被っていくが、反対に「輪をはめられたものbagué」の方は、そうした差別が法的には禁じられているにもかかわらず、仕事を見つけることもままならない生涯を運命づけられてしまうのである。

だが「最初の打擲」はここで終わりではない。続く三カ月のあいだ、「招集者」たちは家族からも近所の人々からも、まるで存在しないかのように扱われるという精神的な試練に耐え、自らを制御する能力を証明する義務を負う。食事を与えられることもなく、自分の席には他の誰かが座り、持ち物も他人に与えられてしまい、病気になっても面倒を見るものはない。秘密のうちに指定された審査者がその間の少年の行動を判断するのだが、三カ月後の祝祭において、よい評価を得たものには成人としての名が与えられ、家族からは勇敢な男として、別人に生まれ変わったような扱いを受ける。一方よい評価でなかったものは家族によって、長い旅から帰った息子として遇されるのだという。この評価は、「輪をはめたもの」であるかどうかとは必ずしも一致しないらしく、どうやらベルジュとその親友はどちらも相手の陰茎に輪をはめることがかなわなかったようだが、未来の大物理学者はこの儀礼でもかなり高い評価を得て、新しい名——それはアルファベット一文字にすぎない——を与えられたとされている。

最初の通過儀礼はだから、一定のプロセスに耐え忍べば誰もが成人の資格を手にできるようなものではない。構造上どんなに多くても「招集者」の半分以上は「輪をはめたもの」にはなれないのであり（実際はもっとはるかに少ないようだ）、たしかにそうなれなくても一定の評価を得る可能性はあるにせよ、これがごく一部を別として、少年たちをことごとく決定的に去勢するための儀礼として機能しているのは間違いないと思われる。実際、登場人物のなかで「輪をはめたもの」になったと明言されているのはブルランただ一人なのだが、その彼こそが儀礼の翌年、一

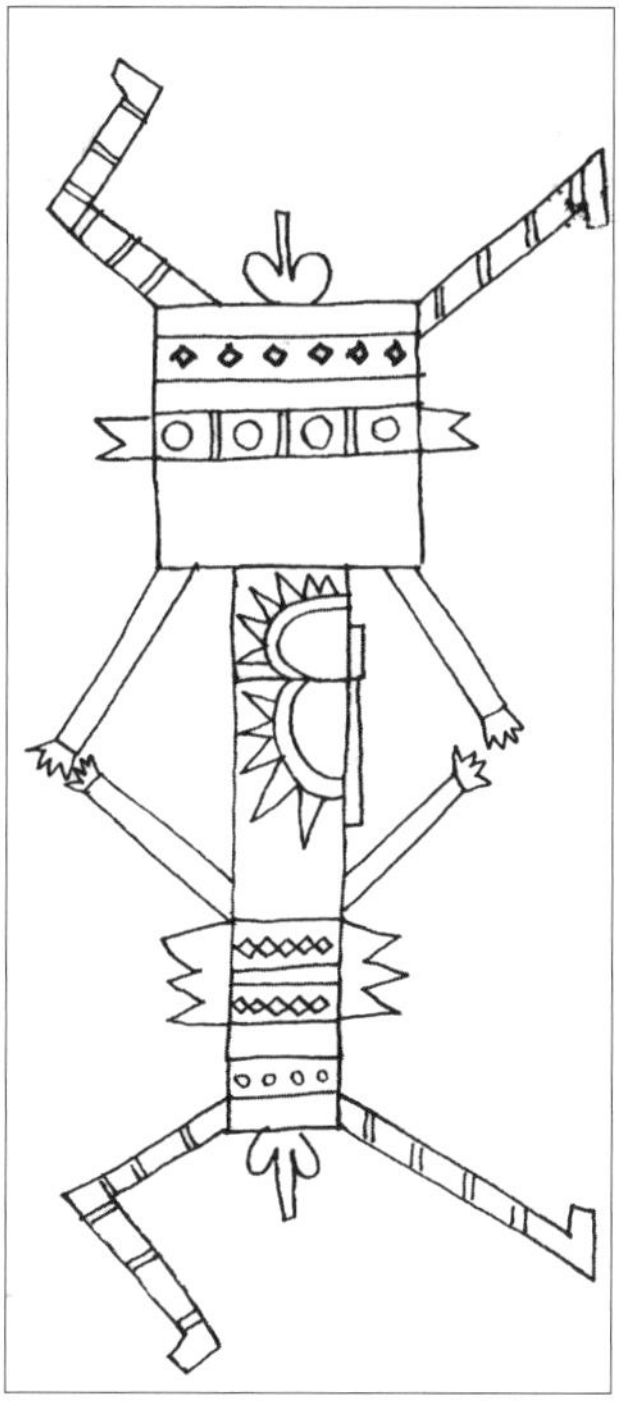

図19　ジゼル・プラシノス《最初の打撲》（『ブルラン・ル・フルー』収録）

六歳にして両親から去勢されてしまうのだとすれば、おそらくこの虚構世界のなかに、成人になることに成功した登場人物は誰一人いないといっていい。描かれているのは「大人」になりたいという欲望を嘲笑するための儀礼であり、同時に「大人」になろうとする義務から解放された想像力の晴れやかなユーモアである。

『ブルラン・ル・フルー』を批評する論者はたいていの場合、ブルランをジゼルの、ベルジュをマリオの分身だとみなす。年齢の関係は現実とは逆だとしても、家父長的権力によって認められ賞賛されるものの位置にあるベルジュをマリオと比較し、その秩序によって抑圧された存在としてのブルランをジゼルに引きつけることは、特にフェミニズム的な読解にとっては不可避な態度に違いない。この連想はなんら不自然なものではないし、否定する必要があるとも思わないが、重要なのはブルランのポジションが読者にとって、抑圧されているどころかもっとも特権的なものに見えるという点ではなかろうか。フリュビ＝オストの人物すべての衣装には男性性器か女性性器を表す図像が書きこまれているのだが、ブルランはただ一人の例外であり、性別を超えた存在であるという点で、ファミリー・ロマンスの枠をはみ出てしまう。去勢されることは、ここでは社会の枠組みから解放されることであり、成人することの欲望から解放されたブルランは、画家としての能力を開花させるばかりか、詩人の魂をも持ち続ける。私たちに届く登場人物のイメージがすべて彼の手を通過したものであるという意味で、彼こそがこの虚構世界全体を統治しているともいえるだろう。ブルランは、おそらくジゼル自身がそうであったように、ファルスを「持つ」こととともファルスに「なる」こととも異なるステイタスに身を置くことで、父や兄の戦略を（攻撃することなしに）無力化するのである。

他者を通して自らを異化する人類学的な視線と、自らを他者として経験させる精神分析的な語りとが、ここでは重ね合わされているようだ。しかもそのことによって、ファルスを「持とう」とするオイディプス的な欲望は個人にとって必要な段階ではなく、過酷だが微笑ましい、一種の異常行動として相対化される。「小説」群の執筆によって、「大人」になることなしに、「大人」として書く身振りを簡単にシミュレーションできてしまうことを証明したプラシノスにとって、いまやあらゆる通過儀礼、あらゆる成長の物語は（つまり近代的な物語の多くは）オリジナルのないコピーのようなもの、全体のなかに位置づけられることのない、恣意的で断片的なエピソードにすぎない。それらはデータベース上に並置されたイメージのなかから任意に選び出されて連結されるピースなのだが、だからといってそれを選び出す瞬間のプラシノスにとって、何らかの必然性を伴って現れてこないわけでもなくて、彼女自身の記憶や実存的な体験と結びついた表象の断片でもある。それはちょうどフリュビ語の単語のなかに、動機づけられたものとまったく恣意的に見えるものが同居し、しかしそれらが等しく何らかの実感に結びついたものであるという印象を抱かせるのと同じことだろう。ヒエラルキーを持たないイメージの群から立ち上がってくるこれらのエピソードについて、「ポストモダン的」といった形容を与えることはさすがにいくらか躊躇われはするが、ここには近代的＝家父長的＝オイディプス的な物語に対しての、奇妙にも楽し気な復讐があるという感覚は否定のしようがない。そのもう一つの証拠はおそらく、ここでも母親の両義的な扱いである。

秘密を抱えているのは常に母親である。『大饗宴』のテーマはすでに母の隠された恋愛であったが、ここでも家族の秘め事はとりわけ母をめぐるものだ。「家族の肖像」で右端に描かれた肌の色の違う謎の子ども、それがサリアの不貞の結果ではないかという仮説が差し出されていることはすでに確認したが、他方彼女が夫の仕えていた貴族「ムーロン・プレキュル」（図20）とのあいだに何らか特殊な関係を持ち、ベルジュ・ベルギエフが職を辞することになったのはサリアのこの行動と関係するらしいという推測も提示されていた。ベルジュにとって尊敬すべき母親は他方で不貞を働く女性であるのだが、印象的なのはこの母の秘密をめぐるテーマとブルランの去勢のそれとが、決して交わることがないという点である。母と関係を持つのは、いかなる意味でも息子（の代理人）ではない。母は一方で息子（ベルジュ）を愛し、他方で夫を裏切る。おそらくそれ以上でも以下でもないのだ。ブルランの去勢もまた、いかなる意味でも母を愛することへの懲罰ではない。もしそこに何らかの懲罰があるとするなら、それは彼が父とその正当な息子（ベルジュ）よりも優れた、彼らを去勢してしまう存在であることへの懲罰であるだろう。そしてこの二重化された懲罰によって、ブルランは父／息子の秩序の外部への逃走を完遂するのである。

「キャラクター」の誕生

父／息子の秩序の宙づり（＝無力化）をプラシノスに可能にしたこれらのイメージ、あるいはそれを「キャラクター」と呼ぶべきかもしれない。キャラクターとはテクスト（ないし何らかの物語）との関係を失うことのないイメージであるが、その意味でプラシノスは、生涯にわたっておよそ「キャラクター」でないイメージを作り出したことはないとさえいえる。一〇代中ごろの、未知の物語のイラストとして描かれたようなデッサンからはじまって、すでに触れたマリオとの

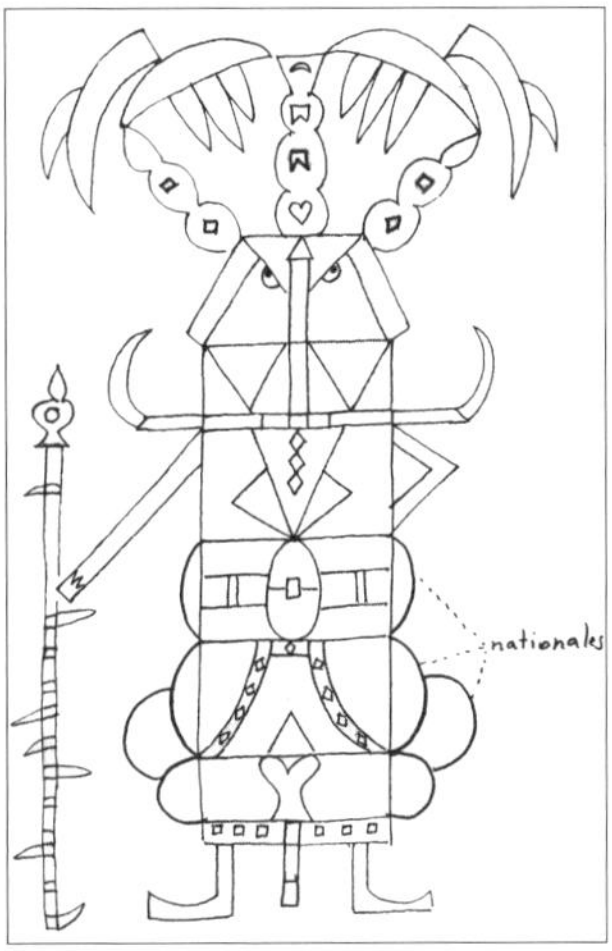

図 20　ジゼル・プラシノス《ムーロン・プレキュル》（『ブルラン・ル・フルー』収録）

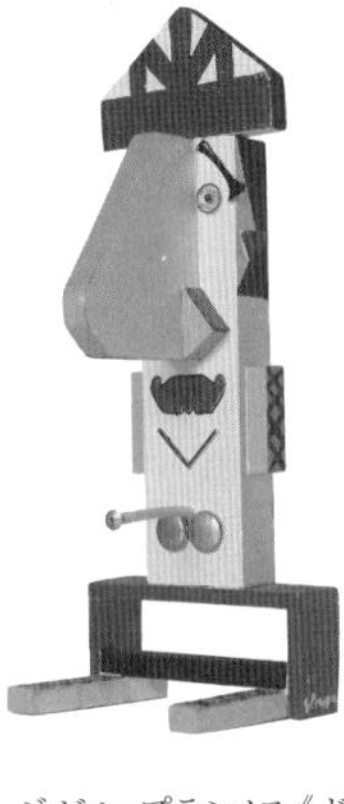
図 21　ジゼル・プラシノス《ド・ゴール》

「詩画集」、『スナーク狩り』のイラストへとそれは続いていくが、六〇年代以降の布作品についても、『ブルラン』や『我が心』のイラスト以外のものはギリシャ神話や聖書神話といった既存の物語の視覚化であったし、彼女自身が「人形 bonhomme」と呼ぶアッサンブラージュにしても、モーツァルトやクレオパトラ、ド・ゴール（図21）といった有名人であるか、「神 Dieu」のアナグラムによって作られた「ユエイッド Hueïd」（別図3）など、やはり何らかのストーリーを準備するかのような「キャラクター」であった。それはしかし、とりわけ『ブルラン』以降、テクストとの関係を逆転させ、物語を説明するもの（イラスト）ではなく物語を生み出すものとなる。

それにしても「キャラクター」とは何だろうか。マンガ論でもアニメーション論でもない文章にとってこの問いはいささか唐突かもしれないが、『大饗宴』と『ブルラン』を隔てる断絶にはやはり、近代的なイメージを定義するものとしての「キャラクター」の成立をしるしづける何かが息づいているように思われる。物語に先立つイメージとは、おそらく近代的な「キャラクター」の定義なのである。話をとりあえず西欧に限るとして、近代にいたるまでイメージとは常に物語に寄り添い、それを可視化するものだった。いわゆるモダン・アートがこのつながりを断ち切ることに賭けたとするならば、マンガやアニメーション、あるいは広告イラストなど広く「キャラクター」という呼称が使われやすい領域のイメージは、この関係を逆転しようとするものだといえる。ストーリー・マンガの始祖とされるロドルフ・テプフェールの作品が、既存の大衆版画や宗教画と異なって、先行する神話や伝説をイメージ化するのではなく、オリジナルの主人公（ジャボ氏、ヴィユ・ボア氏、クレパン氏）を登場させ、絵コンテはおろか（今風にいえば）ネームさえなしに、「キャラクター」が動くにまかせて書かれた（描かれた）スラップスティック・コメディーであることは、その意味できわめて徴候的である。ましてこの逆転は、単に時間的な前後関係の転覆にとどまるものではない。

　これ以後イメージは、それ自体として愛されるものとなる（あるいはそれ自体として嫌われるものとなる）。それは解釈されることを拒むわけではないが、解釈によって汲み尽くされることがないという保証を与えられたのだといってもよい。私たちが「キャラクター」を愛するとき、もちろんそこにはそれ以前に目にしたあらゆるイメージとの関係が前提されている。それは現実の、あるいは想像上の誰かとの類似であるかもしれないし、神話や伝説、現実や小説のさまざまな出来事や登場人物が陰に陽に参照されることによって、意味や価値が付与されることもあるだろう。にもかかわらずそれらはあくまでそれ自体であり、それ自体として愛されねばならないし、愛される以上、なぜそれがそのイメージでなくてはならないか、説明し尽くすことはできない。「キャラクター」が本質的にスキャンダラスなイメージだとすれば、それはあらゆる宗教的な、あるいは実証的な正当化の連鎖を断ち切ってしまうからなのだ。人間は神の似姿だと考えられている文化のなかでさえ、あるいはそこでこそ、キャラクターは何かの似姿ではない。それは神を殺しはしないが、無力化するのである。もちろんそれが、ふたたび宗教その他さまざまなイデオロギーの正当化のために奉仕させられることもあろうが（それが大衆的な「キャラクター」消費の一般形態ですらあるかもしれないが）、まずこの断絶が存在するのでなければ、「キャラクター」が成立することはない。だから「キャラクター」とは、常に説明できない細部を含むとともに、それを説明するように誘いかけ、しかも決して説明しきることができないまさにそのせいで、愛することを可能にするイメージである。

六〇年代後半から七〇年代にかけて、プラシノスを襲ったのはこの断絶であった。イメージは相変わらずテクストとの関係においてのみ可能なのだが、その関係は不透明なものとなり、今やイメージこそがテクストを操作するのである。「小説」——自らの過去を対象化して語ること——のシミュレーションを完遂したプラシノスは、次にまず既存の神話にイメージを与えることにした。最初の壁掛けである《アッシジの聖フランチェスコ》（第一ヴァージョン）は、聖人のイメージをとりたてて逸脱するようなものではない。その後聖人や神話的英雄の姿は、徐々に固有の解釈によって歪められたものになっていくのだが、七〇年代はじめまで、まだ物語を前提せずにイメージが現れることはなかったようだ。そして「家族の肖像」が決定的な段階をしるしづけることになるわけだが、まず重要なのは、ここで背景が消失しているという事実である。聖人や英雄たちはあらかじめ生きるべき物語が定められている以上、何らかの背景の上に描かれるのが自然だったが、イメージボード上のキャラクター・デザインでしかないそれらは、いまだ置かれるべき背景を持たない。その後プラシノスはイメージを信頼し、それを解釈するための断片的な言葉を魅了されたように紡ぎ出していくが、たとえ自らの家族の過去といくばくかの関係を持ったエピソードが呼び出されることはあるとしても、もはや『時間など問題ではない』のような円環構造に閉じこめられる心配はなく、イメージはどこまでも新しく見出された意味を書きこんでいくためのスペースを作り出してくれるだろう。おそらくこの幾何学的なデザインは、いかなる解釈も可能であるとともに、いかなる解釈も十分に説得的ではなく、真正な物語とパロディーの対立が成立しない、そんな印象を作り出すために要請されている。そのようにしてイメージとテクストは、必然的でありかつ恣意的な関係を取り結んでいくのだが、すでに述べた通りイメージは、テクストの介入によってそのステイタスを、より複雑で不安定なものにするのだった。写真に基づいてブルランが作った壁掛けの「G.P.」による描きなおし（すなわち実在しないオリジナルのコピーのコピー）というステイタスは、イメージをますます不確定なものにし、曖昧につながれたレイヤー間の関係をなお錯綜させていく。この重層構造は、書物を締め括る二つの章、それぞれベルジュとブルランに捧げられた二つの章を飾るイメージにおいて、さらにもう一段レイヤーを重ねたものになる。

「ベルジュの最後の顔」と題された第一一章の冒頭には老いた物理学者の顔とおぼしきイメージ

が置かれているが(別図4)、これについて語り手(「G.P.」)は、すでに複数のイメージによって親しいものとなったに違いない物理学者の顔を、読者はこのイメージのなかに認められないかもしれないという。それもそのはず、これはベルジュの顔自体ではなく、彼の顔に被せられた仮面に基づく壁掛け(の模写)である。フリュビでは、死にゆくものは最後のときを、「第二の顔」と呼ばれる仮面を被って過ごすのであり、死んだあとはその仮面を被ったままで埋葬されるしきたりらしい。葬儀ではこの仮面のコピーが配布され、人々は以後この仮面を家のなかに掛けて故人を偲ぶのである。本体よりもイメージをこそ重視するこの儀礼は、キリスト教国という設定にもかかわらずいかなる意味でも終油の秘跡を思わせることがないが、そもそも由来からして宗教的なものではない。紀元前四世紀、まだフリュビができるはるか以前のこの地方で、肌を激しく損傷させる恐ろしい病で多くの死者が出たことがあり、そのとき末後の病人があまりに見るに堪えないあり様だったため、仮面を被せたのがはじまりであるそうだ。それはいわば実利的な配慮から生まれた習慣であるが、精神的な含意が希薄であるだけに、なおいっそう奇妙な習慣であるといわねばならない。重ねられたレイヤーはさらに恣意的なものであり、本体とのつながりはどこまでも曖昧だ。仮面が本人に似せて作られるという記述はなされていないが、ではまったく本人に似ていないのかというとそうでもない。ここまでの記述ですでにベルジュに対し友愛の感情を抱いているであろう読者は、この奇怪な顔貌にも偉人の面影を見るだろうとテクストは語っている。[7] イメージそのものは非常にデフォルメされたものである以上、ベルジュに似ているといわれても似ていないといわれても、読者としては納得するしかなかろうが、似ていると見えるとすればそれは読者の思いこみだと、テクストそのものが宣言してしまうのである。

最後のイメージであるブルラン自身の肖像（別図5）は、写真をもとにしたものではなく、不遇な晩年を過ごしたブルランが、自らを壮麗化して示したイメージであることはすでに見た通りであるから、「家族の肖像」で一人だけ性のシンボルを身に帯びていなかった彼が、ここでは男性性器と女性性器両方の記号を数多くまとっていること、すなわち彼だけが象徴的な性の秩序の外部にいるものとして描かれていることを確認するにとどめよう（そしてここに私たちが、ファルスを「持つ」こともファルスに「なる」ことも選択しなかったかのような、プラシノスという主体の肖像を見出してしまうのは避けがたい）。ともかくこのようにして、イメージはテクストを巻きこむことで何重にもステイタスを複雑化し、書き手自身が、根拠がないからこそ自らの欲望を書きこんでしまうような、意味するものとされるもののあいだのずれを生み出していく。『ブルラン』が解放するのは、このどこまでも脱臼したシニフィアン連鎖なのである。

シュルレアリスムとの再会

たしかに『ブルラン』のあとも、背景を描きこまれた聖人や英雄たちの壁掛けは作られ続けるのであり、先在する物語の視覚化が放棄されたわけではない。だがとりわけ七〇年代後半、背景はますます様式化された抽象的なものになり、キャラクターそのものも、幾何学的と形容できる事例は限られるにせよ、自然主義的なフォルムからは決定的に離脱していく。その印象を強めているのは、この時期の多くの壁掛けに見出せる、複数キャラクターの不思議な合体である。「合体」という表現が的確かどうかはわからないが、たとえば《サクランボの処女》(一九七六)(図22)を見ると、幼子イエスの輪郭が、母マリアのそれに包含されているのがわかる。まず一つの輪郭が描かれ、それが分割されて二人のキャラクターが成立したかのようだ。《イサクを犠牲へと導くアブラハム》(一九七七)(図23)や《子ども時代のトレギエの聖イヴ》(一九七八)などについても同じことがいえる。また複数のキャラクターの関係についてだけでなく、この時期特有の、首にあたる部分がほとんど見分けられないデザインは、キャラクターの身体が一つの単純な図形を分割して作られたかのような印象を与えるものだ。曲線的な壁掛けの聖人たちと『ブルラン』の幾何学的なフリュビ人たちは、一見異なった印象を与えはするが、首がないデザインは共通のものであるし、一つの図形がまずあり、それが分割されてキャラクターが生成したような印象についてもそうである。事実『ブルラン』のイラストの多くでは、キャラクターたちが輪郭を共有している(図24)。意味を持たない線がまず引かれ、それにあとから意味づけが与えられたように見えるのである。もちろんプラシノスが実際にそのような順番で描いたという保証はないが、キ

図 22　ジゼル・プラシノス《サクランボの処女》，1976 年（壁掛け）

図 23　ジゼル・プラシノス《イサクを犠牲へと導くアブラハム》，1977 年（壁掛け）

図 24　ジゼル・プラシノス《アカデミーの任命式》（『ブルラン・ル・フルー』収録）

ャラクター各々の輪郭が偶然与えられたものであり、一つの図形のなかからなかば偶然の成り行きで出現したという印象が求められているのは事実ではなかろうか。「キャラクター」は到来し、つきまとい、愛されるのである。

もちろん七〇年代後半の特権的な状態が、その後の決して短くないプラシノスの晩年までを包みこんでいるとはいえないだろう。事実壁掛けのイメージにしても、八〇年代に入るとキャラクターの輪郭は起伏を取り戻し、背景や他のキャラクターの身体から独立した人物像に回帰してしまう。だがこうしたイメージの生成やイメージからのテクストの産出、またテクストを巻きこむことによるイメージのステイタスの複雑化は、『我が心は彼らの声を聞く』（一九八二）によって、より限定された規模ながら明確に反復されていく。

『我が心』は形式的には短編集ともいえるが、『騎手』より統一感ははるかに強い。二ページから四ページ程度の物語群は、内的なつながりは持たないにせよ感触はかなり似通っていて、多くの物語では誰かの体に（多くは「私」の体に）何らかの異常が発生し、身体が当人にも制御しようのないものとなっていくカタストロフが語られている。多くの短編には一枚の「イラスト」が付随しているが、たいていは背景なしに、何らかの奇妙なキャラクターを提示したものだ。イメージとテクストの関係は必ずしも明確ではないし、書かれたプロセス（イメージとテクストのどちらが先か）もわからない。だがその曖昧な関係は、『ブルラン』のときと似た構造があるのではないかと想像することを許すだろう。キャラクターはどれも似たスタイルでデッサンされており、表紙にも同じスタイルのキャラクターが数多く印刷されているが、それらは本文のイラストとは重複しておらず、テクストとイメージのあいだの関係がある程度独立したものである可能性を示唆しているように感じられる。あるいは描かれたデッサンからの触発によってテクストを紡ぎ出し、結果に結びつかなかったキャラクターを表紙に置いたということなのだろうか。

ここでもテクストとイメージの関係にはグラデーションがあり、関係が強い場合、たしかに「イラスト」としての機能は否定できない。だがその場合でも、これがそれ自体として愛される（あるいは嫌悪される、畏怖の対象となる、等々）ための「キャラクター」の性格を持っている

図 25　ジゼル・プラシノス《私の右手》（『我が心は彼らの声を聞く』収録）

図 26　ジゼル・プラシノス《我が心は彼らの声を聞く》（『我が心は彼らの声を聞く』収録）

こともたしかであろう。たとえば「私の右手」と題された短編冒頭のイラストでは、キャラクターの片手（タイトルに反してなぜか左手なのだが）が肩から離れて描かれている（図25）。ごく短いテクストで語られるのは、右手がしばしば体から離れていってしまうことの不便さと、右手に戻ってきてほしいという哀切な願い、等々である。あるいは表題作「我が心は彼らの声を聞く」は次のようにはじまる。「私はとても重たく、またもろい。移動するのも困難だ。それは私のなかに一つの城があるからなのだが、城は今では古びており、城壁はいまにも崩れ落ちるのではないかと不安にさせる」(8)。そして事実キャラクターは身体を城としてデザインされている（図26）。要するに、キャラクターはほとんど常にテクストの出発点のみを与えるのである。

キャラクターは単体で見ると、異常性が肥大していく身体感覚を象徴的に表現したメタフォリックなイメージと解釈する余地もあるが、テクストとの関係が不明確なものも同じ資格で混在している事実が、各々のイメージをそれ自体として見るように誘う。またイメージを見ていくと、デザイン的にも『ブルラン』の「キャラクター」図像との共通点が浮かび上がってくるだろう。ここでは一つのイメージに一人のキャラクターが描かれるのが基本であるから、複数のキャラクターが輪郭線を共有するという事態は生じないが、顔や胴体、手足など身体各部位の関係について、『ブルラン』でのキャラクター間の関係に近いものを見つけることができる。まず何らかの意味のない線が引かれ、それがキャラクターを偶然に作り出したという印象は、多くの読者が共有するのではなかろうか。これもまた実際のプロセスであった保証は何もないのだが、キャラクターが「与えられた」ものであるという印象を持つことは自然であると思われる。さらにこれら多様なキャラクターには一定の規則性があって、各々の異常な身体が、決定的な不定形には陥らないよう配慮されているかのようだ。きわめて奇妙にねじ曲がった記号的な身体であっても、頭部や胴体、手や足に当たるものは見分けることができ、例外もあるが手や足が四本になったり、目が三つになったりといったケースは少ない。羽や角が生えているようなものも例外的だ。要するにそれは人間に類した身体なのであり、だからこそメタフォリックに解釈する余地が残るともいえようが、そのせいで物語が起動されやすくなっているのは事実であろう。キャラクターはテクストの描くものを「表象」するのではなく、「現れ」、「つきまとう」ものとして演出されるのである。

このようにして、プラシノスは彼女自身のシュルレアリスム体験、すなわちオートマティスムと出会いなおしたといえるのではなかろうか。これらのイメージやテクストがオートマティックに作り出されたといいたいのではない。壁掛けはきわめて計画的な作業を経て制作されたものだし、テクストそのものにもとりたてて自動記述を持ち出さねばならないような特徴はない。だがこれらの「キャラクター」は、少なくとも差し出されているテクストとイメージが、恣意的な出発点を持つものであり、そのことで書く／描く主体が自らの真実を書きこむべきスペースを作り出していることを示唆しているはずだ。そしてそれが可能になったのは、一連の「小説」を書くことによってプラシノスがシュルレアリスム（＝オートマティスム）からかなう限り遠く隔たろうとし、その結果として呼び出されたものが小説の「シミュレーション」だったせいであり、あるいはプラシノス自身がそうした意識を持ったせいだった。自らを無意識として差し出すこと（＝ファルス「である」こと）は彼女に兄の愛を与えなかったが、意識的に書くこと（＝ファルスを「持つ」こと）が与えるのも虚構としての主体性でしかない。だからプラシノスは、性別を選択することの不可能性、「大人」になることの不可能性の前に立たされるのだが、逆説的なことにこのときはじめて、主体の自律性や家族との関係といった懸案から解放された「均衡」状態に達する。自ら無意識そのものになる必要はないし、意識的に自らを操作する必要もないのであって、ただ自らに現れてくるものを描き、そのイメージが彼女のなかに呼び出す意味を記録していけばよい。プラシノスの七〇年代はたしかに一種の恩寵状態と形容できるが、それは自らを無意識そのものとして与える霊媒の様態ではなく、意識的に書く主体という幻想が崩壊したあとで可能になった、どうしようもなくやって来てしまう何かとの、新たなつきあい方に他ならない。彼女はこの「何か」、かつてシュルレアリストたちが無意識と呼んでいたそれに対し、一体化するのでも所有するのでもない態度を選び、未知のままであり続けるその「何か」と、ひたすらともにあろうとするのである。

すでに三〇年以上、シュルレアリストたちと何の関係も持ってはいないプラシノスにとって、ブルトンの死後グループの陥った混乱や、五月「革命」以後のテル・ケルとの論争なども、おそらくまったく眼中にはなかっただろう。だがこの時期彼女は、過去の自らを対象化して乗り越えるというかつての課題を事実上忘れ去り、それまでの経験すべてを好きに使えるピースのように、同一平面上に並べてしまう。オートマティスムも「小説」も、デッサンや詩的エクリチュールでさえも、いまや等価値な選択肢にすぎないというかのようだ。おそらくこうしたフェイズを通過したからこそ、八〇年代のはじめには、ジョゼ・エンシュをパートナーとして「シュルレアリスムの遊戯」を実践し、ブルトンがスーポーやエリュアールと演じた複数で書く実験を再演しようと試みることもできたのだろう。その成果はまとめて発表されてはいないし、エンシュがプラシノス論に収録した記録だけから全貌がつかめるわけでもないが、ともかくこの時期の彼女が驚くほどの抑圧のなさで、シュルレアリスムの手法をリサイクルしようとしていた様子がうかがえる。『ブルラン』や『我が心』について、こうした実験との直接的な因果関係を語る十分な根拠はないにせよ、それが自らにとっていかなる実存的な意味を持つかといった問いを括弧に入れたままで、イメージや言葉を呼び出すことのできるようなあり方が、刊行されたテクストと実験的な遊戯との両方を等しく包みこんでいるのは間違いない。これはグループを去っていった作家や画家の多くには生じなかった事態であろう。ではなぜプラシノスの場合、この恩寵状態は訪れることができたのだろうか。

たとえばプラシノスがシュルレアリスムと出会うことなく、彼女の少女時代に書いたテクストが、父や兄に面白がられただけだったと仮定してみよう。するとこの出来事は彼女にとって、客観性を持つことのない彼女自身の記憶にとどまる他はない。だがあの神話的な写真によって客観的な視線のもとに置かれてしまったプラシノスの奇妙な原光景は、彼女自身の真実であるだけでなく、一つの現実であり続ける。シュルレアリストたちの視線に映っていたものと、彼女にとってそのとき経験されていたものとの絶対的な距離はいつまでも解消されることなく残るのであり、したがってその原光景は、乗り越えられた子ども時代に属するものとして、過去へと追いやられることはなかった。あれらのテクストを書いたとき私は子どもだったが、今は大人になっている。そんなふうに語る言葉はすべてまやかしにすぎない。子どもであること（＝無意識であること）も大人であること（＝無意識を操ること）もフィクションなのであり、だからオートマティスムもまた過ぎ去った出来事ではなく、今ここでやって来るかもしれないのである。

あるいはさらに、こんなふうに想像することもできる。たとえばシュルレアリストたちが、シャルコーがヒステリー者たちの「科学的」な資料写真を撮影したように、テクストを読むプラシノスを、彼ら自身をフレームに入れることなしに撮影したとする。するとやはり彼女にとってこの体験は、観察する視線の対象として——現在とは切り離された過去の記憶として——認識されることになるだろう。だがこの写真には、プラシノスと彼女を見つめるシュルレアリストたちの両方が写し取られており、だから彼女は、自らの体験が彼らの見ていたものではなかったことを感じ取り続けることができる。たしかに「彼ら」の視線は「彼ら」の願望を押しつけるものだが、それでも彼女はここで、任意の実験対象ではなく彼女自身であり、「彼ら」とのあいだにあくまで固有名どうしの関係を取り結んでいる。写真のあからさまな演劇性はその印象を強めるだろう。特別な「子ども」という位置づけを強要するシュルレアリストたちの態度にもかかわらず、その身振りの恣意性・演劇性を隠さないあり方によって、やはりこの写真はジゼルにとって、自分が純粋な「無意識」だった過去の瞬間の記録ではなく、「無意識」が他者との関わりのなかで生み出される出来事であることの証明であり続けるのである。

おそらくそもそもシュルレアリスムとは、他者の無意識に対し、それを内側から共有するのではなく、外側から支配するのでもなくて、現れたがままのそれと「つきあう」方法を見出そうとするものたちの複数性であった。シュルレアリストたちは互いの自動記述や夢の記述を「解釈」するのではなく、それと「つきあい」、それに働きかけようとする。彼らは観察者の位置にとどまるのではなく、自らの偏見や思いこみも露わなままに、当事者として「他者」との関係に巻きこまれることを恐れなかった。もちろんプラシノスがこのあり方を意識的・理論的に自らのものとしたわけではないが、シュルレアリスムの「他者」に対する特殊な応じ方が、彼女の七〇年代を結果として準備するものになったのは、やはり偶然ではなかっただろう。こうして彼女はいったん忘れ去ったシュルレアリスムと——彼女の方から出会ったことは一度もなかったシュルレアリスムと——出会いなおすのである。

無意識「である」ことも無意識を「持つ」(=操作する)ことも幻想だと理解するとき、無意識と「つきあう」ことが可能になる。このとき無意識は普遍的な構造を備えた実体ではなく、それが次々に送りこんでくる無数の現れ(=シニフィアン)も、主体を拘束する宿命ではなくて、その都度生まれ変わる個別的な症候でしかない(ブルトンはそれを「シニフィアンの誕生」と呼んだ)。それは自由に呼び出すことはできないが、意図しない場所に現れることをやめもしないだろう。ある時期プラシノスは(三〇年代の終わりから四〇年代前半にかけて)シュルレアリストたちの願いを受け入れて、もう一度「シュルレアリスム」になろうともしたし、のちには(とりわけ五〇年代に)兄や夫の勧めを受け入れて、オートマティスムから身を引き離そうともした。だが今やそのどちらの選択も幻想でしかないことが明らかになる。このとき彼女は、「シュルレアリスム」とは結局のところ、誰にとっても等しく自らの傍らにある一つの選択——自らの症候とともにあろうとする選択——にすぎないと知ったのである。

だが少しアプローチを変えよう。これとまったく対照的な兄マリオの選択は、ジゼルの体験の意味と射程とを、いわば裏側から、しかしきわめて見事に照らし出してくれるように思われる。

第5章

マリオ・プラシノス

――オイディプスの遺言

ジゼル・プラシノスは「大人」になることのシミュレーションを成功させて、「大人」であることの虚構性を証明し、ファルスを「持つ」のでもファルスに「なる」のでもないあり方を見出す。それによって可能になるのが『ブルラン・ル・フルー』であり、この選択こそが彼女のシュルレアリスムであったと、私たちは考えた。いうまでもないが、彼女が兄に対して抱いていた愛着がシミュレーションだといいたいのではない。むしろそれが紛れもない彼女の真実だからこそ、差し出された見事すぎるファルスは兄を決定的に去勢することになった。ではシュルレアリスムとの出会いに際し、妹の傍らではなはだ冴えない役回りを果たすしかなかった兄は、その後どのような人生を生きていったのだろうか。少なくとも常識的な価値観から考える限り、彼はやがてこの初期的な失敗をかなり巧みに埋め合わせ、芸術家としてそれなりの評価を勝ちえていった。しかも狭義でのペインティングだけでなく、タピスリー制作や文学的なテクストの執筆も試みており、妹の活動とも(重なりはしないものの)接した領域で仕事をするのをやめない。だがまたそうであるからこそ、二人の対照性はあらゆる領域で際立つだろう。それはまずマリオのペインティングやタピスリーとジゼルのデッサンや「壁掛け」の対照性であり、マリオの輪郭を持たない人物像とジゼルのキャラクターの明確な線(リーニュ・クレール)のそれであり、マリオの客観的であろうとする回想とジゼルの主観的な真実のみから構成された自伝のそれである。では妹が小説のシミュレーションを生み出し続け、その果てにファミリー・ロマンスを無効化してしまうとき、兄はその傍らでいったい何をしていたたろうか。

ジゼル・プラシノスを扱う書物のなかで一章をマリオに捧げるのはいささか奇妙ではあるが、同じファミリー・ロマンスをめぐっての兄と妹の態度の違いはあまりに鮮やかなポジとネガになっている。ましてそれは単純なコントラストというより以上のものであり、互いに深く働きかけあい、片方を条件としてだけもう片方も可能になっているかのような印象さえある。マリオはいつでもジゼルにとって最大の崇拝対象だったが、多くの論者がブルランのなかにジゼルを、ベルジュのなかにマリオを見出した通り、兄は自分を不当に低く評価する秩序に与する人間の一人でもあり、したがって彼女のアンチ・ファミリー・ロマンスによって真っ先に戯画化され去勢される対象でもあった。崇拝対象であり迫害者であり犠牲者でもあるというこの三重の役割を、彼はいつまでも律儀にこなしていくだろう。ファミリー・ロマンスのマリオによるヴァージョンは、とりわけ一九八三年になって上梓された大部の回想録『刺青された丘』に表現されている。そこに書きこまれているのは、まさにジゼルが否認した、あるいは端的に無視した物語の群であり、同時に彼女がそこから抵抗すべき相手のイメージを引き出すためのデータベースのようにすら見えなくもない。だとすればそれは私たちに、シュルレアリスムと「出会わない」とはどういうことか、そのきわめて明確なイメージを与えてくれるのではなかろうか。

祖父という口実《プレテクスト》

ジゼル・プラシノスがアニー・リシャールに語ったところによると、マリオは『時間など問題ではない』を読んだあと妹に対し、「君はすべてをでっち上げてしまった」といって嘆いたらしい(1)。事実『時間など問題ではない』のように事実に沿った記述にせよ、『ブルラン・ル・フルー』のようにメタフォリックな表現にせよ、ジゼルは兄が読んだら不快に思っても不思議でないような言葉を、実はわりあい躊躇なく書きつけている。気心が知れているからこそ可能な大胆さだといった常識的な解釈もできなくはないが、そもそも兄は妹についてあまり明示的に語ることはなく、彼らのコミュニケーションには常に一方方向的なニュアンスがつきまとうこともあって、二人の互いに対する意識がどのようなものであったのか、実は意外に捉えにくい。またここまでの記述で二人は常に緊密な関係だったような印象を与えたかもしれないが、マリオの結婚後はそれほど近くに住んでいたわけではなく、本当のところどのくらい密な関係だったのかも、実はかなり不明確である。また妹は画家としての兄について幾度か書いているが、兄が作家や詩人としての、あるいは造型作家としての妹を論じた形跡はない。少なくともマリオにとって、ジゼルがあまり触れたくない芸術家だったのはたしかだろう。そのいい淀みがもっとも雄弁なものとなるのは、間違いなく『刺青された丘』においてだが、これに先立つ最初の書物『プレテクスタ』もまた、すでにジゼルのケースとはまったく対照的な、マリオにとっての語る理由を差し出している。

成功した画家だとはいえるにしても、マリオ・プラシノスの美術史的な意義は曖昧でもある。何らかの流派や主義に属する画家ではないし（第二次大戦後の新たな「エコール・ド・パリ」に含められることはある）、特別過激なパフォーマンスによって耳目を集めたわけでもなければ、芸術上の立場を声高に宣言するようなこともない。一九三〇年代をシュルレアリスム期と形容されることもあるが、カリカチュアライズされた人物像のひしめく多くのタブローは、むしろ表現主義的という形容がふさわしいかもしれない（図27）。ただし漠然とダリなどの影響を感じさせる不条理な風景画は何点か見られ、たとえば一九三六年の《自画像》（図28）などは、明快な色使いと、地平線やドアや解体された人物像などの主題によって、よくも悪くも「シュルレアリスム絵画」の紋切型に属するといえそうだ。いずれにしても三〇年代のマリオについて、「シュルレアリスム絵画」の影響を云々することは可能だとしても、それがどのような方向のどの程度のものであったか、明快な答は出しにくいだろう。

だがマリオについて伝記的な情報を語るとき、三〇年代の末にはシュルレアリスムを脱したとするのが慣例になっており、戦争から戻った四〇年代はじめ、画布の不足を補うために、過去の作品を塗りつぶして他の作品を描いてしまったという告白も事実であるようだ。たしかに一、二度カフェでの会合に同席しただけのジゼルよりは、ブルトンたちと顔を合わせた回数は多かった

図 27　マリオ・プラシノス《夢見る若い娘》，1937 年

図 28　マリオ・プラシノス《自画像》，1936 年

に違いないが、グループの活動に特別な痕跡を残すこともなかった。シュルレアリスムはジゼルに出会ったが、子ども時代の彼女はシュルレアリスムに出会ったとはいえないのと対照的に、マリオは何らかの形でシュルレアリスムに出会ったはずだが、シュルレアリスムがマリオに出会うことは、いかなる意味でもなかったのである。だからマリオの回想のなかで、シュルレアリスムによるジゼルの発見の物語は、依然として語るべからざるものとして扱われるしかないだろう。

三〇年代の体験がその後の彼にとってどのような意味を持ったかは微妙であるにしても、マリオが画家としての自らを確立したのは間違いなく五〇年代以降であり、それはジゼルのエクリチュールへの復帰とも時間的に大きく隔たった出来事ではなかったはずだ。父や祖父が絵筆を持つ環境で育ったが、実はマリオが美術系の教育機関に属したことはなく、「自学自習」の画家であると自称しつつ、むしろレーモン・クノーやアルベール・カミュ、ボリス・ヴィアンなど文学者とのつきあいを好んだ。四〇年代から五〇年代にかけて、いったんは抽象画を経たのちに、人物や事物の不明確な形象が浮遊する（おそらく彼本来のものというべき）作風を確立する。ともあれ方向が定まったのは、一九五一年に南仏プロヴァンス地方エガリエールにアトリエを構え、窓から見える丘を記号と形象の中間のような線の集合として描き続けるようになったころからだろう。特に六〇年代以降、マリオの作品はいくつもの連作の形式を取る。「丘」のシリーズに加え、風景画としては一九五八年の最初のギリシャ旅行に際して描いた「糸杉」、延々と描かれた木々と森、晩年のものとしてトルコの風景などがあり、一方人物画としては、六〇年代のある時期になぜか突然主題として選ばれた一九二〇年代の伝説的女性ブルース・シンガー、ベッシー・スミスのシリーズ(図29)、そしてなんといってもマリオによる人物表現の代名詞となった義理の祖父、シャルル・プレテクスタ・ルコントの「肖像」である《プレテクスタ》の無数のヴァリエーションがある。これらの様式や主題の変化は、それなりに内在的な必然性を語ることはできそうに見えるが、同時代のフランス絵画、たとえばアンフォルメルに対する、あるいはフィギュラシオン・ナラティヴに対する態度決定として定義できるような側面は、それほど強く持たないようだ。だがそうした位置づけにくさにもかかわらず、公式の評価を得ていたことは間違いなく、比較的早い時期にレジオン・ドヌールを受勲しているし(一九六六)、最晩年に画家自身が多くの作品を国家に寄贈したせいもあり、多くの重要な美術館がその作品を所蔵している。

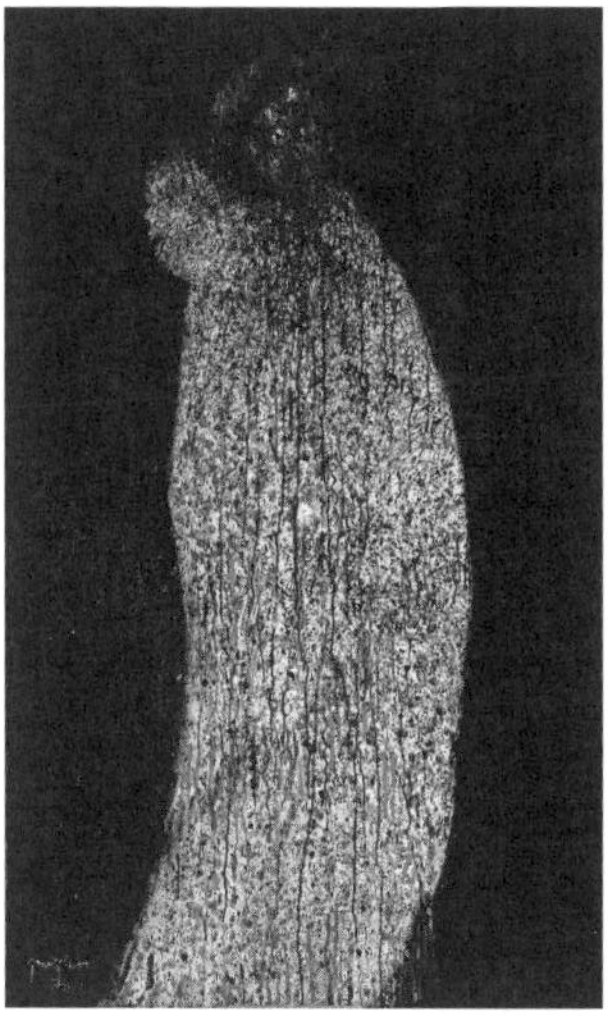

図29　マリオ・プラシノス《外套をはおったベッシー》, 1970年

それまで頻繁に絵画論を書くタイプではなかったマリオ・プラシノスだが、一九七〇年ごろ体調を崩し、七一年にかけ

ての療養期間中、比較的長く絵画活動を中断するのを余儀なくされると、それを機に、六四年から取り掛かっていた、義理の祖父プレテクスタを主題とした「肖像画」をめぐるエッセー『プレテクスタ』を執筆する（刊行は一九七三年）。絵画論とみなせる部分もなくはないが、同時代の芸術論に切りこもうとするような態度が取られるわけではなく、このテクストが価値を持つのはやはり画家の「証言」としてである。物理的な類似とは別の原理によって誰かの肖像画を描くという試みの題材に、ベッシー・スミスが選ばれたのは一種の偶然であったことや、三年ほどベッシーに取り組んだのち、同じことを親族の誰かに対して試みようとしたときに、最初は父を扱おうとしたがうまくいかず、最終的に義理の祖父であるプレテクスタが選ばれたのもまたなかば偶然の成り行きだったこと[2]、さらにそこから遡って考えると、ベッシーは自分にとって母の表象だったかもしれないと思われてくること、等々が語られている。さらにジゼルの読者であれば、プレテクスタという人物形象が、兄妹が子どものころに練り上げた「クロード」を思わせるといった告白[3]は、マリオがその記憶を七〇年代にいたっても葬り去っていなかったことを教えてくれるという意味で、ひときわ感動的なものだといえるだろう。いずれにしても人物たちはみな「やって来た」のであり、彼らでなくてはならなかった理由は、画家自身にとっても明らかではない。だがマリオ自身がはっきりと意識化してはいなかったとしても、この選択が強固な男性原理によって貫かれているのは間違いなさそうだ。人物を描くことは彼にとって父と向かい合うことなのであり、したがってまず母性的なものへの回帰としてはじまったとしても、やがて父と直接に向かい合おうとすると前に進めなくなってしまい、祖父という代替物を利用することでどうにかこの対面に成功する。プレテクスタ Prétextat という祖父の風変わりな名前を、マリオは「テクストの父 père du texte」と分解するが、それは文字通り「プレテクスト（＝口実）」でもあろう。強い父性原理に従って生きてきた主体が自らの生涯を総括するとき、必要になるのが父を語る「口実」であることを、このテクストは一種美しいほどの無防備さで提示しているといえるかもしれない。

図 30　マリオとジゼルの祖父プレテクスタ，1920 年頃

これで勢いがついたかのように、マリオは一九七六年、自らの画業あるいは人生全体を振り返るようにして、自伝的な文章の執筆にとりかかり、それは一九八三年に（死去する二年前に当たる）『刺青された丘』として出版される。同様に言葉を操ることで過去を清算しようとし、しかし「清

算」する（＝乗り越える）といった発想の限界を理解することで過去への固執を解除してしまった妹とは反対に、それまで進んで家族や自らを語るようなことをしなかった兄は、生涯の最後の局面を迎えるにあたり、自らの画布に自然と浮かび上がってしまう家族のイメージについて、まるで他人から不穏な意味を与えられてしまう前にその背後にある意味の網の目を確定しておこうとするかのように、あえて口を開いた。書物の上梓までに五、六年を費やしているにしても、回想はその努力に見合った分量のものとなり、妹が自ら（や兄）の過去を語るのに費やした総量と比べてもさほど見劣りがしないページ数にまで達するだろう。兄がどこまで忠実な（あるいは不実な）妹の読者であったかは定かでないが、それは彼女が作り出した自分たち家族にまつわるアンチ・ファミリー・ロマンスに対し、一種の対抗神話を提示するかのようだ。

妹のいない回想録

『刺青された丘』を読んでいくと、ジゼルの存在感があまりに薄いことにまず驚かされる。おそらく事情を知らない読者であれば、ときたま口にされる「妹」が、大小取り混ぜれば三〇冊以上の書物を上梓している作家・詩人であるとは思わないだろう。当然ながら、シュルレアリスムが話題になることもほとんどない。回想であるとともに絵画論でもあるという体裁を持つこの書物のなかで、書き手が三〇年代に体験したことの意味が問い返されることはないのである。このかなりあからさまな隠蔽は、ちょうど『刺青された丘』が出版されたころの回顧展（一九八三年）のカタログに寄せた覚書の記述によって、いっそう否定しようのないものとなる。

そのかなり長いテクストは『プレテクスタ』と『刺青された丘』の二冊からの引用を多く含み、いわばそれらを再構成しながら、自らの生涯と画業をたどろうとするものであるが、そのうち「前史（＝先史時代）」と題された最初のパートでは、珍しくジゼルとシュルレアリスムとがいくらか話題になっている。マリオの主張は明確だ。三〇年代のジゼルの詩作品はフェイクなのであり、しばしばマリオの作ったテクストをジゼルのものと偽って発表したが、それはジゼル自身の作品と同じほど肯定的に評価されたのであって、世間の（というよりシュルレアリストたちの）評価ははなはだ不たしかなものにすぎない。さらにはそうした行為自体が自分にとって、一種の反抗的姿勢の表れだったかのように、晩年のマリオは語る。ましてジゼルの詩作はもともとが、自分の唆したユゴーのパスティッシュからはじまったものだった。すなわち彼女の内なる霊感は、きっぱり否定されるのである。

もちろんマリオがここにいうようないたずらを仕掛けたことは本当にあったかもしれないが、草稿資料などからしてもジゼルのテクストの価値を覆すほどの根拠は見当たらないし、また彼女の作品がある意味でパスティッシュだったことは事実だとして、問題は一四歳の少女にユゴーのパスティッシュが可能だったという事実それ自体であることもいうまでもない。とはいえ晩年にいたってなおシュルレアリスムがジゼルに出会ったことの意味を否定せずにいられないマリオにとって、シュルレアリスムが彼に出会わなかったことが依然として認めがたいのも当然だろう。運動に対しては肯定的な気持ちを持っていたのだが、あえてグループから遠ざかったとすれば、それはブルトンの、彼に対する「冷たい礼儀正しさと説明できない疑念」[4]のせいなのである。まして第二次大戦中のキャンバスが不足していた時期に、自らに対して不当な態度を取ったシュルレアリストたちへの軽蔑の感情のせいで、それまでの作品のいくつかに他の作品を被せてしまったとさえ明言されているのだとすれば、運動との接触の痕跡は意図してすべて掻き消されたことになる。シュルレアリスムが彼に出会わなかったのではなく、自分から進んで出会いの痕跡を消し去ってしまったにすぎないと、彼は主張するわけだ。ましてその原因となったブルトンたちの「疑念」はあくまで「説明できない」ものだった。マリオにとってシュルレアリスムとの出会い損ないは、その理由をどこまでも他者に帰すべき出来事であり、徹底した否認の対象であり続けるのである。

だがマリオによるジゼルの作品を語ることへの拒否は、これほどわかりやすい形を取ったものばかりではない。数十年を経てなお消え去ることのない妹への嫉妬心は否定のしようもないが、それによって説明できてしまう「前史」での発言のようなケースはむしろ表面的な事例にすぎないだろう。より重要なのは、『刺青された丘』全体を覆う想像力が、およそジゼルのそれとは正反対のあり方で組織されている点である。その結果、兄は妹について言葉少なであるだけでなく、妹が『時間など問題ではない』その他の書物で語っていないこと、あるいはむしろ端的に彼女が知らないことを語ろうとすることになる。

マリオによる回想の最大の特徴は、客観的であろうとする意志である。ジゼルは内側から語り、マリオは外側から語るといってもいい。ジゼルにとって問題なのは、あくまでそのとき彼女のなかで何が生じていたかであり、自らの真実を、たとえそれが自らにしか属さない、思いこみに類するものだとしても、包み隠さず語ることだった。だから「彼ら」(たとえばシュルレアリストたち)の評価と自らの印象が異なるとすれば、むしろだからこそ彼女の「真実」を語らねばならない。これとは逆にマリオは、自分が他者の目に何者であったかを、すなわち自らの「現実」を突きとめ、できるなら客観的な確証のある形で差し出そうとする。いや、もちろんそのときどきの心境は語られもするのだが、記述のレベルが区別されているというべきか。本文では一般的な活字とイタリック体がほぼ半々の割合で使い分けられており、きわめて大雑把にいえば三人称を中心とする文体の前者が客観的な事実を、一人称を中心とする後者が主観的な印象を述べているといえるだろう。読み進んでいけばこれほど単純な分割でないことはわかってくるのだが、客観性のレベルへの配慮が全編を包みこんでいるのは間違いがなく、そのこだわりの結果として導き出されるのが、写真資料の利用という手段である。

かなり早い段階で、マリオはこの回想を書くために多くの写真資料を探したと告白する。なぜか。そもそも自分は「子ども時代という《失われた楽園》へのノスタルジーに苛まれるような人間には属しておらず[5]」、したがって執着のない子ども時代というものについての記憶をすっかり失ってしまったと、彼はいう。妹とは対照的なタイプの人間であることをはじめから宣言するとともに、妹の語った物語のすべての価値を、いわば一挙に吹き飛ばしてしまうのである。だがそのように内側から思い出を語ることができないとすると、反対のアプローチが必要であり、そこで要請されるのが「議論の余地なき現実性[6]」を備えた写真というメディアであった。だがマリオによる写真の利用が特異なのは、それが「私」についての客観的な証拠を越えて、「私」の知らない「私」、「私」の知らない家族の秘密を語るものにまで姿を変えていくからだ。こうして主題はマリオが物心つくより以前にまでさかのぼり、逆説的にもジゼルの回想以上に神話的な価値を帯びていくことになる。

自らの真実を語ろうとするジゼルの回想の主要な舞台が、幼年期・少女期を過ごしたパリ近郊ナンテールであるのは当然だ。一方マリオは彼らが渡仏以前に住んでいたイスタンブールの家にまで言及し、むしろそこにこそ決定的な秘密が隠されているかのように考えていく。舞台は決定的にジゼルの関知しえない場所と時間に移動するのである。写真が位置するのは妹の介入できない客観的なレベルであり、そこで彼女の語る思い出とは反対のことが証明されるなら、彼女の物語は思いこみにすぎないと証明することにもなるだろう。事実マリオの語る父と母は、ジゼルのヴァージョンとは大きく違う。母親はそもそもジゼルにとって、思い出が少ないために語りがたい存在だったが、四歳の年齢差に加え父の死後に書斎で見つけた写真資料が、父と母、母の二人の姉妹（クロティルドとマリー）の関係を、ジゼルの信じた無垢なものから大きく逸脱させていくのである。

父と母と伯母の裸体

ジゼルの記憶が及ばないイスタンブール時代に何があったか、時間をさかのぼってそこにまでいたろうとするマリオの回想で決定的な役割を果たすことになるのは、再発見されたきわめて意外な四枚の写真であった。一枚は母、一枚は伯母（クロティルド）、あとの二枚は、片方は顔がはっきり写っていないものの、まず間違いなく両方とも父のものだ。しかし奇妙なことに、被写体はみな裸体でポーズしている。場所はイスタンブールでの祖父プレテクスタのアトリエである。伯母の写真には、今はなくなってしまったが、それをもとにして父が描いたのであろう油彩画があって、第一次大戦中のモデルを手配することが難しかった時期に、それを埋め合わせるために撮影されたのかもしれないと、マリオは想像する。だがこれは、写真に性的な含意のないことをまったく意味してはいない。祖父プレテクスタがモデルを使えないための補助手段として利用していたポルノグラフィックな写真が、祖父にとってモデル以上の意味を持っていたろうことが示唆され、父の死後、やはりポルノグラフィックな写真が遺品から見つかったことは少なからずショッキングだったと語られているが[7]、この回想でヌード写真が、画家という職業がそれに一定の正当性を与える可能性を持つために、かえってより後ろめたい感情を抱かせるイメージとして機能しているのは間違いないだろう。

写真そのものが回想に挿入されることはないが、マリオの描写は非常に詳細なものだ。母は横を向いていて、長い髪は尻まで届き、体を大きく反り返らせている。

顔はカメラの方を向き、左肩を少し引き上げているが、そのせいで乳房を隠している左腕もまた軽く引き上げられている。おそらくこの奇妙な誘惑の身振りは、そもそも乳房を隠すためなのだろう。しかしながらそのいたずらっ気のある微笑と斜め向きの視線は、いくらかの若々しい興奮を読み取れるその肉体に、艶めかしさを加えている[8]。

状況からして撮影者は父親だとマリオは確信しているが、ジゼルほどでないにしろ母の記憶をそれほど豊かに持たない彼の目に、ここで母親は父親を誘惑する女性の姿で現れるのである。だがマリオにとって、伯母クロティルドは母と同等以上の重要性を持っていたようだ。彼女はここで

「髪の美しい伯母」と形容されるが、「同じく独身だったもう一人の叔母〔＝マリー〕が私の妹に手を差し伸べていた」(9)のと反対に、もう一人の「髪の美しい伯母は私の人格を占有してしまっていた」とまで書かれている。母の死後自分にとって、女性性はそうした形で償われていたとマリオはいうのだが、ここで明らかなのは彼が、ジゼルが「マリー叔母さん」（ここでは「褐色の髪の叔母」と呼ばれる）にとりわけなついていたのに対し、いわば反対の陣営に属しているという意識を持っていたことだろう。母の早い死から九年を経て、父とクロティルド伯母は同じ年に世を去るが、その間家族の精神的な引力圏で、兄と妹はやや異なった磁場のもとに身を置いていたことになる。だからこそ伯母のヌードについての描写はさらに詳細なものである。

「髪の美しい伯母」は母のあとで、母と同じ場所でポーズを取ったはずだ。なぜなら足元には二足の靴が脱いだ状態で置かれているが、母の靴はきちんと並んでいるのに対し、慌てて脱ぎ捨てられたらしいもう一足は、その並びを乱しているように見えるからだ。

彼女は正面を向いていて、挑発的な態度を取っている。両手は豊かな髪に触れているが（よく覚えているが、彼女は赤毛の、しかもとても美しい濃い赤毛の女性だった）、右手は耳の高さでその髪を掻き揚げており、左手は胸のところで、乳房の上に指を痙攣させようとしているように見える。その微笑は妹の入念に作り出されたいたずらっ気を含んではいない。それは妹のものである男の前で（撮影者が私の父であることは疑いがない）裸体となることの官能的な喜びを表現している。彼女は完全無欠の乳房や平らな腹部を隠そうとはしておらず、比べてみろといわんがばかりだ。[10]

子ども時代の自分に対しエロティックな磁力を及ぼしていた伯母の裸体は、母とその力を争うようにして父へと差し出されるのである。一方顔がはっきり写った父のヌードは、『神曲』の「地獄篇」に登場するウゴリーノ伯を題材にしたタブローのために使われたらしいが、刑罰として餓死するよう定められ、空腹のため我が子を食らおうとしているこの人物は、第一次大戦中のイスタンブールにおける飢餓状態を喚起するとともに、「恐るべき父親」の形象化であることを、マリオ自身が明記している。さらにこのむせ返るようなオイディプス的シナリオは、母と伯母の脱衣の順番をめぐる夢想によって頂点に達するだろう。考えてみると、母の写真が先に撮影されたとは限らないとマリオは考えなおす。伯母が先だったと想定することも可能ではないか。

だとすると、写真に写っている二足の靴は、若い女性二人は同時に服を脱ぎ、一人がもう一人の撮影が終わるのを待っていたことを意味するだろう。〔……〕二人の女性が父の前で、同時に裸体になったと考えること、彼女たちの汗ばんだ体、その匂いと混ざりあった、小さな部屋の見えない片隅に投げ捨てられた生暖かい服の匂い、そこに響く笑いやそれを押し殺そうとする努力、父の重々しい声や女性たちの囁きを想像すると、深く心が掻き乱されてしまう。(11)

マリオが描き出すのはしたがって、妹にはまったく知りえず、自分自身も間接的な記憶しかない家族の「先史時代」において、すべての女性をほしいままにし、子どもたちを恐怖によって支配していた完全なままでの「原父」としての父の姿であり、その権力に進んで身を捧げていた母と伯母の姿である。ジゼルがそのあまりに見事なシミュレーションを作ることで、「本物」としてのステイタスを取り返しがつかないほどに失墜させてしまった父＝兄のファルスの象徴的な力を強引に復活させようとするかのように、マリオはその生涯を総括するにあたり、妹の「真実」に対して写真という「現実」を突きつけるのである。

ましてやここで「父」の力とは、女性のイメージを自由に処遇する力、つまりは画家であることそれ自体に他ならない。それは画家としての生涯を正当化することではあるが、幾分かの曖昧さが払拭できないとすれば、彼自身が母性的なものとの関係を否定しなかったベッシー・スミスのようなイメージが、輪郭の不明確な姿で彼のもとを（彼自身にも操作できないようなやり方で）ふいに訪れるものにすぎなかったからであり、また操ることのできた男性像が、そこから力を奪い取るべき「原父」そのものではなく、その代理としての祖父のものであり続けたからだろう。だがおそらくはその曖昧さを代償とすることで、マリオは「父」の領域である絵画とタピスリーを、妹の手の届かない場所に遠ざけておくことに成功するのである。

さらに兄と妹の差異はまた、イメージに対する二つの態度、「絵画」と（近代的なものとしての）「キャラクター」との差異そのものではなかろうか。「絵画」——表象すること、つまり対象を捉え描き出すこと——の立場からすれば、対象とは原理上どこまでも捉えきれないものである以上、この不可能性は自らの業の偉大さの保証であって、形態を明瞭な輪郭で囲んでしまえる形象、すなわち「キャラクター」など現実と関係を持つことのない弱々しい堕落した記号にすぎない。しかしもともとオリジナルの持つ現実性自体が幻想にすぎないと思い定めることからはじまった近代的イメージとしての「キャラクター」の側からするならば、絵画の不可能性など何の意味もないのであり、ジゼルにとってもまた、神や聖人や神話の英雄も、あるいはときに兄や彼女自身さえ、恣意的に絡み合わせることの容易な「キャラクター」である。そのとき「現実」などは、「真実」が見た夢の一つにすぎないだろう。兄と妹の奇妙な闘争は、こうしておのおのの美学的選択のなかにその正当化を見出すことになる。

父の遺影としての絵画

マリオにとって絵画とはつまり、父が所有していた権力の表現であるとともにその痕跡であり、自ら犯した父殺しによって奪い取った地位であるとともに、その罪によって完全な実現をあらかじめ禁じられた到達しえないユートピアでもある。すべてにおいてジゼルのイメージと対照的なこの「絵画芸術」は、多少の拡大解釈を恐れずにいうならば、西欧的な意味での絵画概念――消え去った誰かの影をとどめることとしての絵画という概念――が宿命的にオイディプス的なものでしかありえず、起源に喪失を持たないものとしての――あるいは端的に起源を持たないものとしての――「近代的イメージ」が闘いを挑んだのがこの概念に対してであったことの必然性を納得させてくれる。こうして兄の「絵画」と妹の「イメージ」を対比して何らかの結論を引き出すことが可能になるが、その前に『刺青された丘』その他の記述をもう少し追っておきたい。そこでマリオは自らの絵画の、あるいは「絵画」そのもののオイディプス的な運命を、なかば意識的に受け入れているようにさえ見えるからである。

ジゼルの記述のなかで父の死はさほど特権的な出来事ではない。父の書斎は彼女にとって「至聖所」ではあったが、そこで祭祀を司るものとしての地位を受け継ぐことははじめから問題とならないし、目的は、複数存在しうる「至聖所」で、自分に捧げることのできる供物としての自分自身を差し出し続けることだけであって、そのどれか一つが特別視される理由はなかった。だがマリオにとって父の死が、回想全体を構造化するような位置に置かれることは避けがたい。その前後の彼の記述が、同じ時期をめぐるジゼルのテクストの見事な裏面をなすのもまた自然なことである。

父リザンドルの死は、当時彼の心を大きく占めていた恋愛と絡み合った形で描き出される。その恋愛対象が、『時間など問題ではない』に登場した「イタリア人の美しい娘」であることは明らかだが、知り合った経緯が詳しく語られることはなく、当然ながら、自分が二人を引き合わせたかのように語っていたジゼルの記述が確認されることもない。だが二人のあいだに終始暗い影が垂れこめていたのはマリオの回想でも明らかで、その理由はジゼルの「自伝」における と同様に当事者自身によっても語られはしないのだが、ある時点でマリオが彼女との苦しい別れを決断したことははっきりとわかる。リザンドルの体調が急激に悪化したのはちょうどそのころであり、比較的短期間の入院ののち、もはや絶望的な状況で退院し、自宅で息を引き取った。父の病状が希望のないものになっていく過程は、ジゼルはおろかマリオにもなかば隠されたままなのだが、近づいた破局を予感するマリオはこれをまずは否認し、やがてはっきり感じ取り、愛する父の避けがたい死と父から継承すべき義務の意識のあいだで揺れ動く。そうしたなかでついに迎えた父の死に際し、マリオはすでに彼の方から一度は別れを宣告していた恋人を迎え入れ、ふたたび彼女と束の間の関係を結ぶのである。

場所が父の書斎であるという事実がまずは象徴的だ。リザンドルが病に倒れて以来、「多少とも神聖なこの部屋」は、彼にとって「避難所」となっていた、だがこのときマリオは、「今そこで自分の場所にいることに気づき、突然の恐怖と逆説的な罪悪感[12]」を覚える。自分は今、父の「継承者であり代役」だと感じるのである。すでに別れたはずだった恋人をそこに導き入れた彼は、父がそこにいて、彼らを見つめているという思いにおびえるのだが、他方で彼女への激しい欲望を抑えることができない。「この至聖所における、なんという抗しがたい勃起[13]！」彼はほとんど失神しそうになりながら、「瀆聖的な行為を犯す」のだという意識のなかで、彼女と結びつきを持つのである。

父殺しのあとで、殺された父はオイディプスのシナリオを完遂させるためであるかのように、マリオの夢に（彼自身の表現でいえば夢と覚醒のはざまの領域に）律儀にも姿を現わし続ける。夢の詳細につきあう必要はないが、父の死後の夢に連なるものとして語られる、もう少し以前の、夢か現実かもはや定かではない出来事についての記述は、兄と妹の対比を捉えるうえで無意味ではない。いつごろのことかわからないが、マリオがベッドで眠っていると扉が開き、薄明りのなかを父のそれとおぼしき影が進んでいく。マリオは激しい心臓の鼓動を感じながら、父のシルエットが隣接した「褐色の髪の叔母」（＝マリー叔母）の部屋に滑りこんでいくのを目撃するのである。おそらくそれは夢ではなかったのだろうと考えながら、マリオはこの「裏切り」を今となっては理解可能な、さらには自然なことと思うといいつつも、少年の自分には認めがたい行為だったと書かずにはいられない[14]。母の死後、父と「マリー叔母さん」の関係を取り沙汰する声があったことに、ジゼルは強い違和感を表明していた。それは彼女にとって、あらかじめ排除された仮定だったように見える。兄と妹の物語は、どこまでも対照的な確信に基づくのであり、妹が語ってきたファルスの無効化の物語に対し、晩年の兄はそれを証言しないままで立ち去るわけにはいかないとでもいうかのように、オイディプスのシナリオの現実性を宣言するのである。

だとするならば、《プレテクスタ》の連作が直接描くことのできない父の顔の代用であることを、マリオ自身がはっきり認めていたのは実に誠実な態度だったし、その連作をさらに進めて父自身を描こうとしたときに、それがキリストの顔に近づいてしまったのもまた、潔いほどに自然な結果だったといえるだろう。連作の進展についてマリオはさまざまな形で口を開いているが、《プレテクスタ》と父リザンドルの関係については、『プレテクスタ』の刊行よりも以前、一九七二年の個展に際してジャン＝ルイ・フェリエから受けたインタビューに、それ以後のどのテクストにおけるより直截な発言が見出される。《プレテクスタ》がまた《ペールテクスタ Pèretextats〔＝テクスタ父〕》でもあり、つまり祖父を通して父を描いてもいることについて問われたマリオは、「おそらく私には現実を描くことができないのだと思う」と答えている。父は自分にとって

「あまりに現実的」なので、「無意識のうちに彼をプレテクスタと取り替えてしまった[15]」のだろう。父そのものでなくその「代用品」であるからこそ、滑稽なものとして扱うことも可能だった。現実の対象から解放された《プレテクスタ》はどんなものにも似ることのできるイメージとなるのだが、そうした幻想が踏破し尽くされたとき、「父のイメージがごく自然に現れた」。しかしそれは奇妙なことに、トリノの聖骸布に現れたキリストの顔に似たものとなり、それ以上実験を続けられない地点にまでいたったのであるらしい。

父の顔とキリストのそれの相似という問題もまた、『刺青された丘』で詳細に論じられているが、それは子どものころから目にしていた聖骸布をめぐる書物の記憶を喚起しながら、痕跡の問題へ、そして「イメージは事物よりも強いものである[16]」といったテーゼへと結びついていく。リザンドルは生前からキリストを思わせる容貌であるといわれることがあったらしいが、いずれにしても《プレテクスタ》連作は、父の顔という直視することのできないヴィジョンの記号あるいは覆いとして、はっきりと認識されていた。『プレテクスタ』に書かれている通り、それはクモやゾウアザラシ、ヒキガエルやサル、そしてとりわけマリオの飼っていた犬のプロプロといったさまざまな形を取るのだが[17]、それが無数の存在になり代わりうるのは、このイメージが最終的に、それ自体としては可視化できないものである父＝神の顔の不可能な表象であり、現前しえないものの似姿としてのステイタスを保証されているからに他ならない。

すでに『プレテクスタ』の末尾近く、マリオの夢想のなかであらゆる姿を経めぐったのちに、「プレテクスタ」の形象はふたたび謎めいたものとなり、「意味の完全な欠如[18]」の姿を取って、「未知なるもの」のはじまりをしるしづけるとされていた。この「未知なるもの」はしかし、エガリエールのアトリエから彼が毎日眺め続けても、読み取り終えることのできないイメージを提示する「刺青された丘」それ自体でもあった。まして「それは私にとってスフィンクスになったのだ[19]」と書きつけるとき、マリオは表象の不可能性を引き受ける存在としての画家という運命、オイディプスとしての運命を受け入れているかのようである。現れ、つきまとい、愛されるものとしての、現実と想像という対立と無関係な場所で私たちとともにあるものとしての「キャラクター」、すなわち「近代的イメージ」を選び取ったのがジゼルであるとすれば、マリオは反対に、不可能であるからこそ遍在し、私たちを支配し続ける「絵画表象」に身を捧げた司祭である。『刺青された丘』とは、この宿命的に勝負に負けるもの、すなわちオイディプスが、その運命を偉大さへと書き換えるための遺言であった。

神 Dieu とユエイッド Hueid ／絵画とイメージ

さてそれにもかかわらず、兄と妹の作り出したイメージは、しばしば非常に近接して見える。これはいったいどういうことか。

《プレテクスタ》連作は、多くはまさに点の集合からなる不定形の人物像である。ピエール・フランカステルは最晩年の肖像論で、当時ちょうど開催中だったマリオの展覧会に触れ、一口に肖像といってもその領域は広大であり、《プレテクスタ》のシリーズのようなところまで行けば、画家自身にいわれない限り肖像画であると認めることはできまいと書いている。[20] 美術史家はマリオのイメージを、いわば人物形象の極北としてオーソライズするのである。だがこの不定形はしばしば具体的な形態を取ることもあり、そのとき細かな点と線の集合は一定の輪郭を描き出すばかりか、立体作品となることさえある。たとえば一九七四年の《勝利したプレテクスタ》(図31)を見てみよう。コミカルと表現してよかろう身振りで両手を空に投げ出した人物像は、はっきり目立つ男性性器を備えている。事実『プレテクスタ』のなかでも画家は、連作はたいてい上半身像であるものの、まれに両手が描きこまれることがあり、「のちには勃起した性器が、しばしば自慰を行うような姿勢を取った両手とともに」[21] 描かれたりもしたことを確認している。

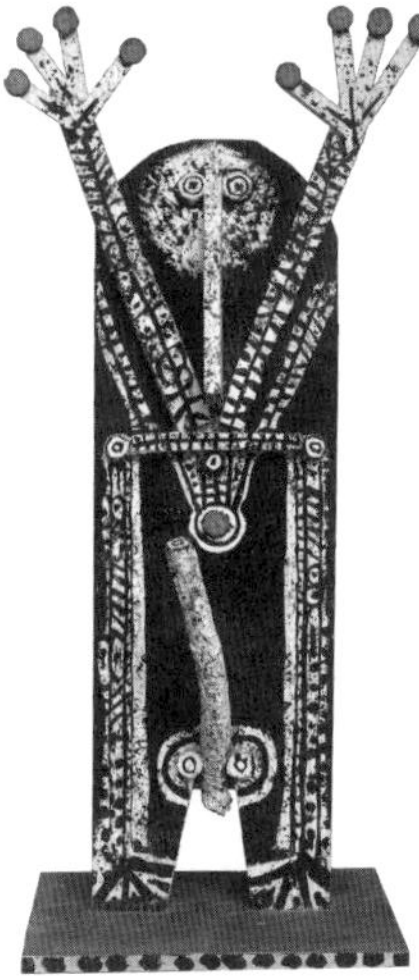

図31　マリオ・プラシノス《勝利したプレテクスタ》, 1974年頃

たとえばこの間の抜けた祖父の肖像を、

同時期のジゼルの任意のイメージ、とりわけ「神 Dieu」のアナグラムから名前を作られた、あの「ユエイッド」（別図3）と並べてみよう。直線的な輪郭や、威厳があるというにはコミカルにすぎる眼差し、そして無防備にさらけ出された性器。それらは等しく「キャラクター」と形容しうる何かではなかろうか。たしかにこれは例外的な事例ではあるが、こうしてみると、無数の点の集合でしかない一連の《プレテクスタ》についてすら、ほんの少し輪郭を際立たせてやれば、ジゼルのキャラクターたちとさほど隔たっていないのではないかと思えてしまう。マリオ自身がこの類似について決して無自覚でなかったことは、先に言及した七二年のインタビューでも読み取れる。祖父の名を冠した連作だけについての発言ではないが、形態の曖昧な絵画のなかにときたま現れる「怪物」について聞かれた画家は、どこから来たものかは自分でもわからないにせよ、ジゼルと自分が共有している習慣のようなものであるのは間違いないという。七〇年代初頭までにジゼルの描いたイメージのなかで、ここでは何が念頭に置かれているか、必ずしも明確ではないが、マリオもまた自らの描く人物形象がふと一定の輪郭を持ってしまうようなとき、それが妹の作り出しつつある「キャラクター」に感染していることを、意識していたのかもしれない。

だがそれでも重要なのは、こうしてある地点では接しているように見える二つのイメージ群が、そうであればこそ相補的な対立関係を持っているという事実であろう。「不定形」と「明確な線」の対立は、必然的に支持体のそれでもあった。ペインティングとデッサンの差異は明確だがそれだけでなく、近接した領域でありながら、タピスリー（織るもの）に対しフェルト（切り貼りするもの）による壁掛けは、技法的な必然として輪郭線の曖昧さを許容しない。《ユエイッド》のようなアッサンブラージュの人物像についても同じことがいえるだろう。こうした重なりと差異はまた、主題においても見つけることができる。二次大戦後の抽象画は当然として、風景画のシリーズなどについてジゼルの主題との重なりをいうことはもちろんできない。だが聖画像とも比較できる《プレテクスタ》連作についてなら、ほぼ同時期にジゼルが作り続けていた壁掛けと比較することは可能であろう。それ自体を見ることのできない聖なる対象の「表象」として、しかも信仰が共有されていない時代のイコンとして、マリオのイメージはきわめて論理的な解決を差し出している。表象できないものをその表象不可能性それ自体において提示するという選択がそれである。他方ジゼルの聖人や神々は、端的にイコンではないといわざるをえない。それらは物語（神話）に由来しつつも、それから独立した存在性格を持ってしまったような形態、要するにキャラクターである。だがこのいい方はいささか乱暴な断言だろうか。絵画とは何であり、(近代的)イメージとは何であるか、ここまでの対比にもとづいて、もう少し踏みこんだ結論を出すこともできるかもしれない。

「絵画制作」という行為が父から息子へと継承される男性的な原理だったのは、プラシノス家という（オリエンタルな）家族特有の現象だろうか。もちろんそうした側面もあるのだろうが、それ自体としては捉えられない「現実」——それは客観的な対象世界でもあり、神的存在でもあり、あるいは直視する術のない（いわばラカン的な）「現実的なもの」でもありうる——を捉えようとする不可能な行為の偉大さが、構造上オイディプス的なものであることは間違いない。マリオが戯画的なまでに体現してみせるのは、こうした行為を自らに課するものとしての画家の運命である。父から継承されるのは、常に到達できない目標を持った作業でなくてはならない。完遂できてしまう作業を継承することによって、権力を維持することはできないからである。

これに対して「近代的イメージ」としての「キャラクター」とは、本質的に容易なものである。それは誰にでも習得することが可能だ。もちろん相対的に再現しにくいキャラクターはあるだろうが、それは常に再現することの誘惑に差し向けられており、しかも再現されたキャラクターが、再現によってアイデンティティを失うことはない。絵画とはコピーすると贋作になる作品であり、キャラクターとはコピーによっても真正性を維持しうるイメージである。なぜそうなるかといえば、絵画は「現実」との関係においてのみ存在するのに対し、キャラクターは「現実」でも「非現実」でもないからだ。それはたとえ絵画が「表象」を離れ、抽象的なものに近づいても変わらない。そのとき絵画はそれ自体が「現実」になろうとするが、それをコピーすることは、なおさら無価値な贋作を作り出すことにしかならないだろう。見方によればほとんど軒を接したマリオの《プレテクスタ》とジゼルのキャラクターたちは、それでもコピーすることに対してやはり正反対の態度を示す。たとえば《プレテクスタ》のどれか一枚をコピーするとして、そこに打たれた点の数や位置をどこまで再現すれば成功したコピーなのか、決めることはできない。だが誰でも多少の練習によって、ベルジュやブルランを再現し、その気になれば好きな姿勢を取らせて動かすことさえ容易であろう。キャラクターとは不可能なものとしての、すなわちオイディプス的なものとしての絵画を無用なものにしてしまうイメージなのである。

だがマリオとジゼルのケースが興味深いのは、この「絵画」と「イメージ」の対立が、彼らの生活史と対応しているとともに、シュルレアリスムと関係した各々のあり方ともまた平行なものであるからだ。マリオにとって父から継承した権利としての絵画とは、対象を、とりわけ絵画の特権的な対象としての女性を思いのままにし、しかし同時に決して到達しえない「現実的なもの」の位置に置き続ける装置であった。逆にジゼルによるイメージの創造は、祖父や父や兄の執り行う偉大な行為とは混同されることのない容易な行為であり、彼らが「表象」しようとする対象を、今すぐ操作可能な記号的存在（しかし完全には記号になりきらず、あくまで習得を必要とする絵と記号の中間にある存在）に翻訳することである。それは神々や聖人たちだけでなく、父や兄、自分自身といった実在の人物についても同様であって、それらはたとえば『ブルラン・ル・フルー』のなかで、次々と幾何学的な形象に翻訳されていくのだが、それが可能なのはおそらく、彼女にとって父や母や叔母や兄が（そしてもちろん彼女自身が）、たとえ彼女の知らない側面を隠し持っているとしても、最終的な謎、それこそ彼らが彼ら自身である理由ともいうべき真実＝原光景を、もはや決して持たないからだろう。ファミリー・ロマンスなどすべて、いつでも恣意的にシミュレートすることのできる仮の語りにすぎないと、ジゼルは証明してしまった。父を捉えるならそれをこそ捉えねばならない、まさに父の本質である秘密、兄を描くならそれをこそ描かねばならない兄の原光景などというものはない。すべてはいつでも好きなだけ発明しなおせる容易なエピソードの集合体にすぎないことを、『ブルラン』は証明するだろう。父や兄や彼女自身は、いまや「イメージ」となったのである。

ジゼル・プラシノスがこの「イメージ」を発見したのは、いつでも自らの傍らにありながら自らを疎外する要因であったもの、それを「大人」たちに差し出すことで「子ども」の位置にとどまる権利をうるための、自らの一部を切り売りするような供物であったもの、つまり無意識＝オートマティスム＝シュルレアリスムが、何ら特別なものでなく、ファルスの論理をすり抜けるなら誰でも手にすることのできる精神の一様態にすぎないと理解したからだった。「本物」の「無意識＝オートマティスム＝シュルレアリスム」などありはしない。自分に可能なのはそのシミュレーションにすぎないが、そもそもそれは原理的にシミュレーション以外ではありえないのだと、あるときジゼルははっきりと悟り、そのときはじめてシュルレアリスムを我がものとする。だからこそ自分が描いてしまったキャラクターも、「本当の」無意識に由来するかどうかなど問題にはならない。本物などありえないと思い定めて作り出された「イメージ」は、本物に到達することの不可能性を原理とする「絵画」を去勢してしまうだろう。このプロセスは必然的なものである。「イメージ」は常に何らかのデータベースから、たとえば過去の絵画から材料を借り受け、それを去勢することでキャラクターに変えるが、おそらくだからこそ傍らに、力を無効化され続ける種々の絵画を必要とするのであり、マリオはどこまでも律儀に「絵画」を追求することで、ジゼルに無効化されるための材料を供給し続けたといえるのではなかろうか。ジゼルにとってイメージを作り出すとは、マリオが描こうとして描けないものにできるだけ簡単な名前と輪郭を与え、それで何の不自由もないことを証明するような身振りだった。マリオにとって「本物」の無意識を見つけることだったシュルレアリスムは、ジゼルにとっては「本物」の無意識などないことの証明であり、「イメージ」への権利の発見だったのである。

第6章

時間／他者／老い

コント／小説／物語／短編小説

プラシノスの一九七〇年代を、私たちは特権的な時期とみなした。ではそのあとには何がやって来ただろうか。二〇一五年に九五歳で亡くなったプラシノスについて、六〇代の一〇年間に相当する一九八〇年代を晩年と形容するのはふさわしくないが、この時期を通じてふたたび彼女の活動に変化が訪れ、最晩年まで続く一つの流れが生まれたのは事実である。だがあらかじめ結論めいたことを書いてしまうなら、シュルレアリスムときわめて特殊な出会いを果たしたプラシノスという個体が、その後この運動に対していかなるつきあい方を発明したのかというこの書物のテーマにとって、これ以降の作品がとりたてて新たな知見をもたらすことはないだろう。その意味でこの章は、一種の後日談といえなくもない。だがシュルレアリスム研究にとってはともかく、文学研究の視点からすればこれ以後のテクストにまた別の価値が見出されるかもしれないし、さらに後日談が比較対象としての役割を果たすことで、それ以前の出来事の射程が明確になることもありうる。「大人」のシミュレーションを演じることで家族の神話を解体し、父や母、祖父や祖母、兄弟姉妹、等々の形象を、あらゆる人物形象が並置されるデータベース的な空間に属する「キャラクター」に変えてしまったプラシノスは、しかし決してその空間にとどまり続けたのでもない。最後期プラシノスの試みをたどることにしよう。

八〇年代、ジゼル・プラシノスは相次いで兄と夫、そして「マリー叔母さん」を失う(それぞれ八五年、八八年、九〇年に死去)。たしかにそれが彼女を、書くことのできない抑鬱状態に陥れるといったことはなく、むしろ執筆活動は思いのほか順調に持続していくのだが、彼女のような書き手/作り手にとって、親族の消息が何の影響も及ぼさなかったと考えるのもまた、あまりに不自然だろう。事実夫の死のあと、なぜか詩を書くことができなくなったと、彼女自身が証言している。(1) 家族の主題の新たな変質についてはのちに扱うとして、まず何より目立つのは、造型作品の後退と短編小説という形式の前景化である。布やフェルトを用いた「壁掛け」は八〇年代の末には制作されなくなるし、デッサンはかなりあとまで描かれ続けるものの、七〇年代に作られたようなブリコラージュ的人物像は(おそらく)その後作られることはなかった。他方八〇年代後半以降に刊行された文学テクストは、ほぼすべて短編小説の形を取っている（タイトルのあとに、はっきり「短編小説 nouvelles」と記されている）。一九八七年の『差し金』にはじまって、『屋根窓』（一九九〇）、『家族のテーブル』（一九九三）と続き、このあとは年齢のせいもあってか、さすがに刊行ペースが遅くなっていくが、一〇年以上空けて二〇〇六年に刊行された『ソクラテスの死』が、実質的な最終作となった。

これまでやや曖昧にしてきたが、プラシノスが残した文学テクストのジャンルについて、整理しておく方がいいかもしれない。フラマリオン社などから出版された後期作品の巻頭に見出される著作一覧は、たいていの場合「詩」「コント」「短編小説 nouvelles」「物語 récits」「小説 romans」という区分を採用している。この分類がプラシノス本人によるものだという証拠はないが、多くの著作で用いられたものである以上、作家本人の同意があったと考えられる。詩はともかく、それ以外のジャンルは境界が曖昧な部分もあって、たとえば初期の小冊子は、マリオとの詩画集『黄昏の安楽』（一九三七）以外基本的に「コント」とみなされているが、『ソンデュ』（一九三九）と『夢』（一九四七）は「物語」である。「物語」にはこれ以外に、『ブルラン・ル・フルー』と『我が心は彼らの声を聞く』が含まれており、その意味で私たちがもっとも重要視してきたのはこの「物語」だといっていい。二つのジャンルの連続性は明らかであり、コントが長くなってそう呼びにくくなったものが、他に名づけようもないので仮に「物語」と呼ばれたとも考えられる。ともかく書き手自身によって、シュルレアリスム期のコントと『ブルラン』や『我が心』の連続性が、そして同時にそれらと「小説」作品との断絶が確認されているのである。もちろん「コント」と「物語」のすべてが「オートマティック」なものであることにはならないが、あらかじめ定まった構成に従って展開するのではなく、イメージやタイトルといった外在的な出発点を持つテクスト群であると考える余地はあるだろう。これに対して『時間など問題ではない』から『大饗宴』にいたる一連の作品が「小説」だが、「短編小説」に分類されるのは、一九六一年の『騎手』を別とすると、『差し金』以降の後期作品である。つまりきわめて大づかみにいうならば、作家としてのプラシノスのキャリアは「コント」からはじまって沈黙期ののち「小説」へ、次いで「コント」に連なる「物語」に回帰したのち再度「小説」に近い「短編小説」へ、というジグザグな軌跡を描いたと整理できるだろう。

「小説」と「短編小説」の違いは何かといえば、もちろん長さであるには違いないが、『大饗宴』の構成案草稿が示すように、「小説」が一定の精度を持った計画に従って書かれたとすると、「短編小説」ではそうした準備が少なくて済み、その意味では「コント」や「物語」にやや近いスタンスで書くことができたに違いない。プラシノスにとっては「短編小説」がより書きやすい形式だったろうというアニー・リシャールの推測にもすでに触れたが、一定の主題を決めて書こうとしたとき、八〇年代の彼女にとってこれがもっとも自然な形式だったといえそうだ。では

「物語」と「(短編)小説」の違いとは何だろうか。ジャンル論もまた文学研究・文学批評のなかで長い歴史を持ってはいるが、ここでの関心に沿ってなるべく単純に考えよう。あらかじめ構造やストーリーが決められているかどうかが一つの基準であろうことは述べた。だがこれを書き手の視点ではなく読み手の視点から表現するならば、「結末 dénouement」の有無であるといえる気がする。もちろん「コント」や「物語」にも「終わり fin」はあるが、それは常に恣意的なものであり、多くの場合潜在的な延長可能性を感じさせる。まして『ブルラン』のような書物になれば、とりあえずベルジュという学者の生涯を追う構成ではあるにしろ、各章はほぼ独立した情報を提供するものであり、配列それ自体が恣意的な性格を強く持っていた。要するに「コント／物語」とは、それがそうあるように書かれていることの必然性が希薄なテクストのことである。

　だからプラシノスは八〇年代以降になってふたたび、現にそうあるように書かれる理由のあるテクストを書き出したといえる。これは内容と形式の両面で新しい変化につながるものだった。内容においては驚異的な出来事（いわば語の常識的な意味での「シュルレアリスム的」な筋立て）の後退と、逆に日常生活に潜む一見目立たない不条理というテーマの強調、また同時に孤独な老人という形象の前景化があり、形式においてはエクリチュールのレベルでの実験的な意図の拡大がある。ただしこれらの変化は、刊行されたテクストだけを見るのでなく、パリ歴史図書館所蔵の草稿資料に再度立ち返るなら、それほど図式的に割り切れないこともわかってくるだろう。

まずは刊行されたテクストについて、内容と形式両面での変化を見ていくことにしたい。

「時間」と「彼ら」

『差し金』以降の小説集に収録された短編それぞれについて、執筆時期を特定できるような情報を、私たちは見つけられていない。特に『家族のテーブル』から一〇年以上を経て刊行された『ソクラテスの死』については、比較的長い期間をかけて書き溜められたものという可能性もあるだろう。だがあまり細かな問題に関わることを避けるなら、いくつかの傾向変化を指摘することができる。後期短編小説集のうち、超自然的な――やや語弊はあるが「幻想的な」といってもいい――性格がもっとも強いのは最初の『差し金』であり、その傾向は『屋根窓』以降はっきりと後退していった。代わって日常生活に潜む不安や狂気といった側面が強調される。『家族のテーブル』は全一九篇のうちはじめの六篇とそれ以後の一三篇に分けられており、前半部は「時間」、後半部は「彼らEUX」というタイトルでまとめられているが、この二つのタイトルはまさに後期小説の中心テーマを要約するとともに、『大饗宴』以前の小説群との共通点と差異とを同時に理解する手がかりを与えてくれるものだ。「時間」というプラシノスの中心テーマは五〇年代とはいささか異なった形で回帰してくるし、我有化しえない他者のテーマも、かつてよりさらに明確な輪郭を持った姿で浮かび上がってくる。

『差し金』の日常を越えたあり方が、七〇年代のテクストのそれと同質のものとは必ずしもいえない。『ブルラン』は私たちの生きる世界より非現実的・幻想的な世界を描くわけではなく、端的に別個の世界を定礎しようとするのだし、『我が心は彼らの声を聞く』にしても、登場する「キャラクター」たちは自らを襲う異変について、狼狽し困り果ててはいるが、決して不条理な出来事と感じて恐怖するわけではなかった。だが『差し金』の表題作となった短編では、主人公である老姉妹二人にとって、自分たちのアパルトマンにおける一頭の馬の突然の出現は、文字通り超自然的な出来事である。プラシノスは一九五〇年の日記のなかで、自分がそうなりたい理想的な作家としてカフカを挙げていたが、はじめに説明しがたい出来事が生じ、人々が徐々にこの不条理に慣れていった末に、明確な解決や説明なしに物語が終わるという進行は、『変身』を一つの原型とするようないわば二〇世紀型の不条理の典型であろう。ただし虫となったグレゴール・ザムザが嫌悪の対象であり続けるとすれば、はじめ馬の出現に驚かされた老姉妹は徐々にその馬を愛しく思うようになり、最後には衰弱していく馬を助けようと奔走する。たしかに、たとえば別の短編「花瓶」に現れる生命を持っているかのような花瓶は、わりあい単純にお伽噺を思わせもするが、「坂」に登場する地底人たちにしても、まずは理解しがたい謎として登場するものの、SF小説的な展開になることを危うく避けながら、やがて日常世界の概念を作り替えていく弁証法的な不条理である。

他方『差し金』においてもすでに、「時間」と「彼ら」（＝他者）のテーマは明示されていた。「公園」では子ども時代の反復という『時間など問題ではない』以来のテーマが扱われ、特に弟の事故死が外傷的体験として強調される。他方すでに触れた「坂」の地底人たちは、やがて「クレールムニュ Clairmenus」（「明るい色をした細いものたち」といった意味）と呼ばれることになるものの、はじめは大文字で「彼ら EUX」とだけ名指されており（「彼らの LEUR」という表現も大文字で書かれている）[2]、『家族のテーブル』第二部のタイトルを予告するものとなっている。

続く『屋根窓』では、もちろん時間のテーマを見つけることもできるが、見慣れた対象が突然見知らぬ他者に変ずるような体験がより中心的な主題となる。いくつかの短編については、マリー＝クレール・バルネがフェミニズム的視点からの読解を試みており[3]、特に大きく取り上げられた「世話役の女」は、家父長的権力の抑圧に対する抵抗の物語と解釈されている。たしかに主人公に対する父親の扱いは強権的なものだが、ストーリーの中心は彼女の妹に対する双数的な、あるいはナルシシックな愛情であり、父権的秩序そのものというよりも、姉妹の共生状態と彼女たちをそこから引き離そうとする社会的な力との対決の物語という方が、素直な読後感には近いだろう。日常に忍びこむ不条理な違和感を主題としたものとしては、やはりバルネが取り上げている「レプリカ」や「失われた言葉」がわかりやすい。前者はあるとき自分の子どもが偽物（レプリカ）と取り換えられたと確信する母親の話であり、後者は主人公以外のすべての家族や知人が

「シャベル pelle」という言葉を突然忘れてしまい、なくなった父の形見のシャベルを探そうとする主人公が途方にくれるという物語で、この短編集のなかでは喜劇的な要素の強調された作品である。バルネの理解は、前者については母親の役割を果たすことへの抵抗を、後者についてはシャベルに象徴される男根的秩序の崩壊のパロディを見ることへと誘導する。ここまで見てきたプラシノスの子ども時代に対する逆説的な態度からすれば、少なくとも「レプリカ」については、母という役割の拒否というよりも、母と子の双数的関係を退行的なものとする発想自体がその批判の対象と同じほど抑圧的なものであることの意識を見たい気にはなるが、いずれにしても短編集全体を覆っているのが、日常世界にふいに介入する我有化できない不気味なものの体験であるという印象は、多くの読者が共有するものだろう。

もう一つ『差し金』に比べて強調されて見えるのは、孤独な老人（多くは女性）という人物像であり、主人公自身が老女のケースだけでなく、その母や祖母が重要な役割を果たす物語も含めれば、かなりの短編がこれに当てはまる。典型的なのは「人間」の主人公だろう。彼女は他者とのコミュニケーションを放棄し、次々と人形を作ってはそれを生きた人間として扱いながら、彼らとの共生生活を営んでいる。こうした哀れな老人たちに、次々に親族と死に別れ、近づく老年期におびえる書き手自身の姿を重ねてしまうのはやはり自然な反応だろうが、以後の短編が、こうしたテーマを強調してただひたすら陰鬱なものになっていくかといえば、そうともいい切れない。おそらくプラシノスは、とりわけプロンやグラッセ、フラマリオンといった比較的大きな出版社との契約に基づいて小説作品を書くようなとき、読者を楽しませようという意図をかなりはっきりと持っていたのではないか。もちろん編集者からの要求もあったろう。おそらくは同じテーマを（しかも陰惨になりやすいテーマであればなおのこと）何度も繰り返すようなことは避けようという意識もあって、次の『家族のテーブル』では孤独な老女像はやや後景に退いていったのかもしれない。だがそこで明確な輪郭を与えられた「時間」と「彼ら」の二つのテーマは、かえって中期小説群との違いを顕在化することになる。

『時間など問題ではない』から『大饗宴』にいたる小説と比べたとき、ここでは時間というテーマを支える図式が反転しているような印象がある。それは巻頭の「からの家」、次の「手帳」、四編目の「エクトールと時間」などに見て取れる。「からの家」ではまず、ある朝目覚めた主人公エドゥアールが、妻や孫の姿がなく、家がまるでからになっていることを発見する。「時間le Temps」は本文中でも大文字になっているが、どうやらその「時間」自体が、エドゥアールを別の時点に移動させていたらしい。時間に翻弄されるのは中期小説の登場人物たちと同様だが、エドゥアールは過去に執着しているだけでなく、未来にも連れていかれていたことが最後にわかる。二篇目の「手帳」は、なぜか子ども時代の記憶を持たない主人公が、自分に過去を作り出そうとする話で、過去への回帰の欲望が前面にあったかつての登場人物たちと明確なコントラストをなしている。結末では主人公が、行動のすべてを記録するために使っていた手帳が複数存在し、それらがまったく同じ記述を含んでいることがわかる。つまり彼は五、六年ごとに記憶をリセットしつつ、しかもまったく同じ行為を繰り返していたらしい。時間の問題にそれなりの決着をつけ、子ども時代への回帰の必要から解放されたとき、プラシノスは「現在」を発見したともいえるが、ここではその「現在」が（ふたたび）曖昧なものになっているのである。さらに「エクトールと時間」のエクトールは、時間の探求者というべき存在だ。彼は万人が共有するものとしての時間の流れのなかに身を置くことができないという、不可思議な症状に悩まされており、同時に予言的な能力を持っていて、自らの死がいつのことかもわかっているが、生涯の終わりの時期になって、それまで彼を苦しめていた「時間」に対し、逆にそれを支配する力を持つにいたる。つまりこれらの短編では、ループする時間が扱われているのは中期の小説と同様であるとして、それはもはや子ども時代という過去に実在した時間の反復ではなく、おそらく誰にも——「大人」にも——逃れることのできない時間そのものの宿命的な構造なのである。

『家族のテーブル』後半の「彼ら」という総タイトルでまとめられた一三篇のなかで、他者認識の違和感を扱ったものにも触れておこう。「上半身《バスト》」は下半身に異常を持つ女性をカフェで見かけ、はじめは抵抗を感じるが徐々に彼女を愛するようになった男性が主人公である。女性が姿を見せなくなったあと、彼は必死にその姿を探し求めるが、やがて再会できたとき女性は正常な歩行ができる体になっていて、これとともに主人公は彼女を愛することができなくなってしまうのであった。もう一つ例をふやすなら、「投影」は部屋の窓から通りを挟んだ歩道の決まった位置に、決まった時間に通過する「死者」を目撃し続ける女性の物語である。彼女は「私の死者」という表現を使うが、他の人々にもその人にしか見えない「死者」がいるのだろうともいわれており、その「死者」が自分にしか見えないことを、主人公がよく知っているのは明らかだ。あるときその「死者」は姿を現さなくなるが、それが自らの作り出した「投影」にすぎないことを主人公が意識したとき、「死者」はふたたび現れるのであり、しかもこのプロセスは映画（の「投影」）にたとえられている。

時間の反復は中期小説のメインテーマだったが、あるときふと露わになる他者の違和感というテーマにしても、もともとプラシノスの小説に無縁なものではなかった。なぜなら自らの想像空間に自閉したものとみなされがちな彼女の小説世界は、しかしそうであればこそ触知できないその外部についての感性を欠いてはいないのであって、とりわけ『大饗宴』の「内」と「外」の区分はその対立を形象化していたといえる。だが後期の短編において、同じテーマは登場人物たち自身が作り出したものとして描かれるようになり、さらには徐々に人物たち自身がそのことを意識するようになっていく。世界そのものの不条理なあり方が否定されるわけではないが、その不条理を宿命的に作り出してしまうのは人間自身なのであり、だとすれば後期の短編群は、中期小説に対する(種明かしとはいわないまでも)一種の批評だといえる。「時間」や「彼ら」のテーマは、内側から生きられるのをやめたわけではないにせよ、何よりもまず外から眺められるものとなったのである。

最後の短編集『ソクラテスの死』については、やはりこうしたテーマの変奏を多く含むことを指摘するにとどめよう。表題作ではふたたび孤独な老女が主人公であり、「乞食」や「求人広告」など、ふとしたきっかけで不条理な世界へと転落していく人物を描くテクストにも事欠かない。鏡像段階へと退行するようなアイデンティティの動揺を描いた短編(「姿見」)があることもつけ加えておく。これ以外にも二一世紀になってから発表された晩年の短編はいくつかあるが、それらもおおむねここで述べた特徴から大きく逸脱するものではない。書くことができないという「症状」にながらく悩まされたあと、一連の小説を書くことによって書くべき主題を持った人々(＝大人)のシミュレーションが自分にも可能であることを知り、「書くべきものを持った人々」という存在自体が幻想の産物であると意識することでシュルレアリスムを(再)発見したプラシノスは、この解放的な時期ののちかつての主題に立ち戻るのだが、このとき同じ主題はしかし、深く相対化されて現れる。現実の時間の不たしかさや現実世界の本質としての不条理、それと対応するアイデンティティの混乱といった、およそ二〇世紀文学の普遍的かつ凡庸な主題についていて、プラシノスはたしかにそれが自分自身の体験であることを再び証言するのだが、しかし同時にそれらがあくまで仮構されたものであることの意識を、テクストの表面に刻みつけながらそうするのである。

実験的エクリチュールの方へ

だが最晩年のプラシノスには、形式面での新傾向を指摘することもできる。そこでなされているのは、非常に意図的なエクリチュールの実験であり、オートマティスムとはおよそもっとも隔たった作業であった。それがきわめて明確に見て取れるのは、『ソクラテスの死』に収録された、他の短編と比べて異例に長い作品「列車の彼ら」である。設定は明確で、おそらくパリからアヴィニョンに向かうものと思われる列車に乗った人物が、目に入る他の乗客それぞれが登場する物語を、頭のなかで次々に作り出していくというものだ。語る「私」は「観察者＝話の作り手＝話者 observateur-fabulateur-narrateur」と形容され、メタフィクション的な構造が意識的なことも明示されている。語られる物語に超自然的と表現できる要素は見当たらず、そのことがテクストの実験性を見えやすくしているともいえるだろう。晩年にいたって提示されるこのような試みは、プラシノスの読者にとっていささか虚をつかれるようなものではなかろうか。

だが考えてみると、こうした「実験性」は中期の小説にまったく欠落していたわけでもない。物語の基本的な軸となる時間にその他の時間が介入し、内容的には介入してくる時間の方が本題であるような構造は、すでに『乗客』のものだった。主人公は車に乗って飛行場に向かっているのだが、彼女の頭のなかに去来するさまざまな過去こそが、そこでは物語の中心である。乗り物での移動時間という点も「列車の彼ら」と共通しているし、ヌーヴォー・ロマンとの（たとえばビュトールとの）比較といったところまで話を広げるのは控えるとしても、テクストの構造についての意識はだからプラシノスにとって、以前から無縁なものではなかったといえる。さらにいうと、実は回想的な語り方は後期の短編において、きわめて頻繁に見られる語りの手法でもあった。『ソクラテスの死』についていうなら、表題作にしろ「姿見」にしろ、ソクラテスという名のネコの死や姿見に写した全身像の異変といった印象的な出来事がまず語られ、そこにいたるまでのプロセスがあとから説明されるような語り方が採用されている。だからといってそこで語られる内容が、「列車の彼ら」でのように宙づりにされてしまうわけではないが、まず登場人物とその人物の置かれた何らか特殊な状況が示され、ついでそこにいたるまでの過去が発明されていくような構造は広く見られるものでもあって、その意味でなら『ブルラン』におけるイメージの機能にまで結びつけることのできる特徴でもあろう。だが七〇年代においては想像力の起動装置であったものが、ここでは意識的な作業の結果として現れる。プラシノスの物語でかなり以前から潜在的には機能していたかもしれない一つの仕掛けが、およそ最後の局面においてなぜか突然表面化したように見えるのである。

だが実は、ふたたびパリ歴史図書館所蔵の草稿資料に目を向けるなら、メタフィクションへの志向を感じさせる後期テクストを探し出すことは困難ではない。とりわけ重要なのは『アレクサンドル』と題された一連の草稿である。『アレクサンドル』には小説版と演劇版があり、どちらについても手書き、タイプ原稿両方の形でかなり大量の草稿が残されている。[4] 正確な執筆時期はわからないが、小説版の草稿の一部には一九八九年二月一八日という日付があり、少なくとも八〇年代の変化を経たのちのものであることは間違いない。主題は超自然的と形容できるような領域から遠く隔たっているとともに、読み手の注意を引くのはここでもその実験的な構成である。刊行された書物のなかで表面化するところまではいかなかったとしても、この新傾向は最晩年の気紛れではないのであって、六〇代になったプラシノスは、なお新しい何かを切り開こうとする姿勢を持ち続けていたと考えねばならないだろう。

未完成稿とはいうものの一応結末まで書かれているし、二つあるタイプ原稿のうち新しい方は、ほぼ完成原稿といえそうだ。ストーリーは、アレクサンドルという名の人物を主人公とした物語を書いている女性マリーと、もう一人の女性アリーヌの対話として進行していく。とはいえそこには、マリーが物語に利用するのを期して書いたアレクサンドルの「日記」や、やはりマリーが作者であるテレビドラマのセリフなども差しはさまれており、テクストは複合的な性格のものである。そこでは二人のアレクサンドルの物語が同時並行的に進行するとともに、対話の部分でもアリーヌとその夫の夫婦間の危機の話が展開するので、いわば三重の物語だといえよう。こうした複雑な構成が、あるいは出版の妨げになっていたのかもしれない。

冒頭では、まずアリーヌが「マリー、アレクサンドルの話をしてよ」と呼びかけ、これに応えてマリーが次のような説明をする。彼女は一カ月前から一つのテクストを書こうとしているのだが、それは二つの「元ネタ」を組みあわせたものだ。一つは「小間物屋のアレクサンドル」に関する未刊の日記小説であり、もう一つは「経営者アレクサンドル」を主人公としたテレビドラマである。二人の「アレクサンドル」は、どうやら一人の人物の二つの側面とみなせるらしい（パラレルワールドに住む同一人物といった感覚だろうか）。アリーヌの提案で、マリーがその日記の断片を読み上げ、同時にテレビドラマを流しつつ（その原作者である）マリーが場面を説明して、そこからどのようなストーリーにしていくかを二人で相談し、二人の会話も含めてすべてをテープレコーダーで録音することになる。煩わしい手続きではあるが、それを聞きなおせばマリーの作品執筆に使えるのではないかと彼女たちは考えるのであり、作品の制作過程そのものが作品として提示されるメタフィクショナルな構造が、はっきりと打ち出されているわけだ。

二人のアレクサンドルは、どちらも気の休まる暇がない小心者として設定されており、だが家族の幸せを失う恐怖が高じることで、最終的には殺人者にまでなると予告される。二人はともに母を恐れながらも愛しており、女性関係を持つのが苦手で、ダッチワイフを隠し持つような生活だ。だが二人の物語はどちらも断片的にしか語られないので、空白部分については読者が推測するしかないし、結末もマリーによって複数の可能性が示唆され、特に「経営者」アレクサンドルについてははっきりオープンエンドの状態に置かれている。さらに詳しく見てみよう。

「経営者」アレクサンドルは、すでに母とは離婚していた父が死んだとき、その葬式で出会った叔母と、父親が再婚してできた子ども二人（子どもたちの母親はすでに死んでいる）を引き取ることにした。この決断は母親を不快にし、彼は経済的にだけでなく精神的にも多くの問題を背負ってしまうが、物語の終わりが近づいたとき意外なことに、会社の経営や母との関係、弟の病気といった数々の難問が急転直下解決しそうな様相を呈する。だが最終章（一一章）の最初でマリーが、「前の章で終えてもよかったのだが」といいつつ続きを語りはじめると、今度はアリーヌも率先して介入し、二人は交互に言葉を継ぎながら結末を作り出していく。曖昧な部分もあるが、アレクサンドルの事務所の隣にある彼の家が火事になり、母親と妹、弟が巻きこまれて死んでしまうようだ。幸福な状態が続くとそれが壊れることを恐れ、不可思議な行動に出てしまう人間の話とされていたことからすると、アレクサンドル自身が火を放ったと思われるのだが、エピローグでは、結局これはオープンエンドであって、やはりアレクサンドルは後悔して火のなかに飛びこんでいくとか、自分も焼け死ぬといった可能性もあることが示唆されている。

他方「小間物屋」アレクサンドルの物語には、そもそもあまり多くのページが割かれていないが、車を運転していて事故を起こし、相手が足を切断せざるをえなかった、等々の事情が語られると、突然続きが放棄されてしまう。マリーは彼の物語を「偽の日記」に書きつけるのはいやになったというのだが、アリーヌがそれを諌め、物語の続行を促す。だがテクストには、さらにそのアリーヌ自身の事情が割りこんでくる。テクスト中盤（第四章）で彼女は悲しそうな様子を見せ、夫トリスタンとの不仲を告白すると、続く章（第五章）の前半ではこれが話題の中心になる。アリーヌはトリスタンを引きとめたいというが、マリーはむしろ無視することが引きとめるには一番の方法であるといった助言をし、その後この件はほとんど話題とならないものの、エピローグの記述からすると、トリスタンはどうやらアリーヌのもとに戻ってきたようだ。複数の物語が同時進行するだけでなく、それを語るもの自身の物語も介入し、しかもそれぞれの物語が曖昧に枝分かれした筋立てを許容するこのような構造は、同時期に書き継がれていたはずの短編小説群では可視化されないままだったが、おそらくこのころのプラシノスにとって、自らの文学を更新するための切実な試みだったに違いない。

残された資料から想像する限り、プラシノスが『アレクサンドル』執筆に相当の時間を費やしたのは確実だろう。構成を考えるための、非常に大きな紙に書かれた図表、無数の草稿と二つのタイプ原稿はこの複雑な形式への執着をうかがわせるが、実はこれとは別に、「アレクサンドル」と題された劇の台本も存在する。手書き原稿だけでなく、二種類のタイプ原稿を含め、こちらもかなりの分量の草稿資料である。内容は、小説版の二人のアレクサンドルのうち「経営者」アレクサンドルの物語だけを取り出したものといっていい。当然のことながら、小説版のような実験的な複雑さは希薄になってしまうが、ストーリーはすべてアレクサンドルのオフィスでだけ進行し、登場人物のかなりは声のみの出演という演出が考えられていたようで、外見、思考、行動が整合的に対応する安定した登場人物を脇へ追いやろうとする意図はここでも明らかだ。日常生活に忍びこんでくる不安や不条理の意識を巧みに描き出す短編作家として、それなりの読者を持っていたのでもあろう六〇－七〇代のプラシノスは、別のエクリチュールを作り出す努力を放棄することはなかったのである。

晩年のスタイル

本当のところプラシノスがもっとも書きたかった、あるいは読まれたかったテクストがどのようなものか、決めるのは難しい。七〇年代の「物語《レシ》」から八〇年代以降の「短編小説」へ、というのがここでたどった大まかな道筋だが、前節で扱った『アレクサンドル』だけでなく、必ずしもこの変化によって説明できないような八〇年代のものらしき草稿は、他にも複数見つけることができるからだ。重要なものの一つは『航跡あるいはアマンディーヌとペルペチュエル』[5]と題されたテクストだが、ジョゼ・エンシュによるとまず一九七三年に（つまり『ブルラン』より前に）書かれ、いったん放棄されたのち一九八二年末に完成されたものらしい。一九八三年はじめごろファタ・モルガナ社に持ちこまれ、しかし出版には至らなかった一〇〇枚ほどの中編である。パリ歴史図書館の草稿には一九八三年二月一三日付のファタ・モルガナ社からの手紙が同封されており、ぜひ読んでみたいが、他の出版物にかかりきっているので今年は難しいし、その先でもわからない、それでもよければ送ってほしい、といった内容だ。これを受けてプラシノスがどう反応したかはわからないが、あるいは交渉が不調に終わったのち、次第に別のエクリチュールへと関心が移るなかで、そのまま放置されたのかもしれない。内容は奇妙なお伽噺といった風情であり、『ソンデュ』や『夢』のような前期テクストをもう少し整理したものともいえる。何かよくわからない「航跡」を、水瓶をかついだ女性、足のない元水夫の老人、老人の前を行く話す蛇、長い髪だけに身を包んだ裸の少女、等々からなる一団が追っていくというストーリーで、要約しにくいが循環的な構造になっており、最後の章は最初の章を、ずれを伴いつつ反復する形で終わる。『ブルラン』や『我が心』同様、「物語」に分類できるが、ともかく八〇年代前半までは、こうしたタイプのテクストが追求されていたことが確認できるだろう。

日付はないが、コットネー＝アージュの著書（一九八九）が言及していることからしてやはり八〇年代のものと思われる別の草稿『クロムの街』[6]は、「老人」と呼ばれる人物の物語だが、クロムという都市の年代記でもあり、街が蒙った幾度かのカタストロフや王の戴冠などが語られる。

「老人」はそこから離れた土地（田園地帯、あるいは山岳地帯）に住んでおり、街とのあいだには高い城壁が立てられている。彼とともに暮らすアンジェロが、最終的に「老人」を裏切って「街」の側についてしまうといったストーリーだが、幻想小説やＳＦ小説の趣もあって、『アレクサンドル』とはまた別の意味で、刊行された作品に同系列のものを見つけにくいテクストである。プラシノスは発表されたもの以外にも、常に多様なテクストを書き続けていたのであり、その意味では短編を書くことがある時期以降の彼女にとって必然だったと断言するのは危険なのかもしれない。

　ともあれこんなふうに考えておくことは可能だろう。五〇-六〇年代の小説サイクル執筆によって、それを書くことが自己を確立することでありうるような作品、つまり「大人」の書くべきものとしての「小説 roman」を相対化することに成功したプラシノスは、彼女にとってのシュルレアリスムと出会いなおし（あるいははじめて出会い）、「子ども／大人」（「コント／小説」）という二者択一の外部へと脱出する。その脱出にもっとも適した形式が、とりあえず「物語《レシ》」と呼びうるものだったのはたしかだが、その後の彼女にとって、何らかのジャンル、何らかの形式が他のそれより優先して実践されるべき特別の理由はなくなったといえるだろう。かつて試したことのあるジャンルに近いものであれ、およそそれらとかけ離れたものであれ、すべては同一平面上に並べられているかのようだ。だとすれば形式の選択そのものは、ほぼ任意のものであるのかもしれない。だがもちろんそのときどきのごく自然な関心に従って、もっとも身近な主題である孤独な老年期や親しい誰かの死が取り上げられるのは不思議ではないし、また集中的に試みたことのない、より実験的な形式を試すことへの意志がある時期から前面に出てきたことも、とりたてて訝る必要はないのだろう。もちろんそのなかである形式（たとえばメタフィクショナルな物語）が特別な重要性を持つことがあるならば、なぜそうなるかと考えることには意味があるだろうが、その詳細を論じることが私たちの目的にとって、特別な価値を持つとは思えない。だがすでに指摘した次の事実は、ここであらためて重要性を帯びてくる。後期の短編小説に、時間や他者といった中期の小説と共通の大テーマが現れるとしても、それらは批評的な距離を取って扱われているのであって、任意の主題とはいえないにせよ、逃れられない宿命ではなく、思い通りにはならないがよく見知った交渉相手のようなものだといっていい。するとおそらく、私たちにとって中心的な課題だった家族のテーマ、あるいは「大人」と「子ども」というテーマについても同様のことがいえる。子ども／大人という対立を解除してしまったあとのプラシノスにとって、その対立を支えるものとしてのファミリー・ロマンスもまた、端的に無視できるテーマではないとしても、いわば際限なく戯れることのできる素材だったのではないか。マリオにとってのファミリー・ロマンスの宿命的なあり方と対照することで、私たちは家族の主題に対するジゼルの七〇年代的な戦略を明確化しようとした。だから後期短編小説群のなかに出現し続けるこうしたテーマもまた、中期小説におけるそれの単純な回帰ではないに違いない。

ただしやや問題が複雑になるのは、ちょうどこの時期プラシノスを襲った、相次ぐ近親者の死という出来事がどうにも無視できないものであるからだった。それを彼女がどう捉えたのか、作品のなかに読みこもうとするのは、相対的にそれらしい物語を発明することにしかならないかもしれない。だが最終的には恣意的な物語を語ってしまうのも致し方ないと覚悟したうえで、これら一連の死がプラシノスにとって、家族という主題をいっそう相対化された、あるいは色褪せたものに変えていったと考えることは可能ではなかろうか。何度も繰り返すが、プラシノスが小説を書くこと(「大人」のシミュレーション)によって「大人」というあり方を無効化し、シュルレアリスム(「子ども」のシミュレーションでありその相対化)をふたたび、あるいははじめて見出したのだとしても、いまや(「大人」の)シミュレーションによって去勢すべき対象が消え去ってしまったのである。シミュレートし、「キャラクター」化し、威力を奪うとともに愛する対象に変換すべき「大人」たちはもういない。兄と妹、父と子といった関係よりも、姉妹間、母子間の双数的な関係が(肯定的にも否定的にも)前面に迫り出してくる。あらためて自己と他者の境界が問題になるのだといってもいいだろう。かといって、前オイディプス期的な溶融状態が夢見られているのでもない。父や子や兄弟姉妹といった人物形象は(ある意味でよりくっきりした輪郭を伴って)現れてくるのだが、それらはおそらく、みなはじめから自由に用いることのできる素材、等価な「キャラクター」として浮遊しているのである。七〇年代にはいまだ「キャラクター化」すべき対象だった形象は、実体的な支えを失うことで、いわば端的に「キャラクター」になってしまう。そのことが文学作品としての後期短編小説について、肯定的な効果を生んだかどうかは私たちの問題ではない。そのことで登場人物たちはより自由な組み合わせのヴァリエーションを確保したのかもしれないし、類型化し平板になったという評価もありうるだろう。だがそれをどう捉えるにしろ、家族的なものの漸進的な蒸発とでも形容できそうなこの事態は、プラシノスがいわば「虚構解除装置」としてのシュルレアリスムを切実に生きてしまったことの結果なのである。

*

最晩年のプラシノスがどのように過ごし、どのように書いていたか、私たちは多くのことを知らないが、さまざまな証言からして、彼女が徐々に明晰な意識を失っていったことは確実のようだ。生涯の最後の一〇年間についていえば、新たなテクストが書かれた形跡を見つけることはできなかった。二〇一七年に初期コントのすべてをまとめた英訳版が出版されたが、訳者の一人ボニー・ルーバーグは序文で、晩年のプラシノスを養老院に訪ねた際の様子を報告している。彼女は二〇〇八年から二〇一〇年まで、毎年一度作家を訪ねたらしいが、はじめきわめて快く迎え入れてくれたプラシノスはしかし、最後の訪問の際は彼女を見分けることができず、部屋の入口で彼女を追い返してしまったのだという。徐々に迫る老年期を感じつつ孤独な老女の物語を書いたプラシノスの最晩年が、その物語のなかの人物たちのように他者とのコミュニケーションの橋を切り落とし、あちら側の世界へ閉じこもっていくようなものだったと考えると、無用な感傷であるかもしれないと思いつつ（なぜなら老いるとはそういうことに決まっているのだから）、やはり切ない気持ちにならないこともない。ともかくも私たちは、子どもから大人になり、やがて老人になるというプロセスの外にあるどこか不思議な場所にい続けたプラシノスが、まるでそのために子どもから大人を経ずに、いきなり老人になったかのような印象を抱く。ともあれこの不可思議な人生は、表立った争いとは無縁だったにしても、やはり途切れることのない多様な抵抗の試みだったのであり、それがシュルレアリスムという奇妙な攪乱装置によってのみ可能になった特異な物語であったことだけは、間違いないといえるだろう。

終章

「ファム＝アンファン」の逆説

ジゼル・プラシノスが体現した最大の逆説とは、従順さそのものが抵抗だったという点である。彼女は何らかの力――たとえば家父長制的なイデオロギー――によって押しつけられる役割に対し、意図して抵抗しようとするわけではない。そもそもプラシノスのオートマティスムとは、自らの潜在力を解放するためのものではなくて、端的にいえば兄の望む通りに、あるいはシュルレアリストたちが望む通りに書くことだった。そこにはたしかに一種の純粋さが見出されるが、彼女の内奥にあるものが純粋な形で取り出されるのではなく、自らを表現しようとする意志の希薄さが純粋さの印象を与えるにすぎない。だがこの従順さこそが不思議なことに、家族という秩序に対しての根源的な抵抗として機能し、父や兄の体現するファルス的権力を無力化するのである。

プラシノスはまず無意識そのものとなって書けという命令に対し、あまりにも見事に服従することで、無意識を操作しようとするものたち（＝「大人」たち）を去勢するのだが、いったん書くことができない時期を通過したのち、決して「大人」として書くのではなく、「大人」になることなしに「大人」のように書くことに、またしても見事に成功してしまう。オートマティスム（＝子どもであること）も小説を書くこと（＝大人であること）も、しょせんはシミュレーションでしかなく、ファミリー・ロマンス（＝成人することの物語）はすべて文字通り虚構でしかない。命令に従順に従い、それを過度に遂行することで、命令された内容の容易さを、そして結局は虚構性を証明してしまうというこの逆説が、ここで私たちが跡づけようとしたプラシノスの物語であった。

それはしたがって、プラシノスについて人がともすれば思い描いてしまう人生、シュルレアリストたちによって主体性を奪われ、少女（あるいは「ファム＝アンファン」）のステイタスに固定されてしまった一人の女性が、長い闘いの末に書く主体としてのアイデンティティを獲得するといった成り行きではない。たしかに彼女は、何も書くことのない状態から、主題としての自己を発見するにいたるが、それは「私」の発見などではさらさらなく、「私」とは他者がそうあるよう求めるもののことでしかありえないという事実の（再）発見であり、受け入れであった。私はかつての私を乗り越えてなどいない。なぜなら乗り越えるべき「子ども」と「大人」の境界など存在しないのだから。この「乗り越え」を無効化するようなあり方における「私」、それがプラシノスにとっての「エッサンシエル」に他ならない。そして「エッサンシエル」が子どもから大人への移行という物語を決定的に破綻させてしまうとき、彼女のイメージはその潜勢力を解放するのである。

だから七〇年代における「イメージ」の開花こそは、プラシノスの創造性の頂点であり、またシュルレアリスムに対する最大の寄与である。マリオとの対比が教えてくれるのは、何にもましてそのことだった。マリオとジゼルの描くものは、どちらも決して完全な記号性にまでいたることはなく、どこまでも具象的であり続けるが、マリオの「絵画」とジゼルの「イメージ」は微妙に、しかし根源的に異なっている。誰かを表現することから解放され、単にそれ自体として愛されるもの、あるいは嫌われるものとなったジゼルのイメージは、まさに二〇世紀的な意味での「キャラクター」であり、だからこそ自律的に物語を生産しはじめる。このとき家族の記憶は「キャラクター」を作り出すための材料でしかなく、表象すべき（そして表象不可能な）原初の謎とは遠く隔たっている。

おそらくこうしたイメージの様態はシュルレアリスムにとって本質的なものであり、エルンストの「ロプロプ」やブローネルの「コングロメロス」といった狭義での「キャラクター」だけでなく、およそ広い領域に行きわたった様態なのだが、ここでそこまで議論を大きくするのは控えておこう。ともあれ直視することのできない誰か――マリオの場合それは最終的には父である――を表象しようとする不可能な試みとはかけ離れた場所で、ジゼルは「表象」という回路そのものを断ち切った。イメージは人間の似姿であり、人間は神の似姿であるという回路は逆転される。イメージが世界を表象するのではなく、イメージこそが世界を作り出すというこのあり方は、やはりシュルレアリスムにとって必然的な帰結であり、『ブルラン・ル・フルー』が呼び出すことに成功したのは、この意味でのシュルレアリスムそのものであった。

プラシノスによる、一見して隷従のようにも見えるこの奇妙な抵抗は、あるいは彼女のアクチュアリティを語ることを可能にする契機であるかもしれない。たとえばそれは、トーマス・ラマールがよく知られた日本アニメ論『アニメ・マシーン』のなかで、小谷真理のゴシック・ロリータ・ファッションに関する議論などを援用しつつ、「先制降伏」と呼んだものを思わせる側面がある。ラマールもまた五〇年代ラカンの図式を援用しながら、男性の欲望とは母の代償物を求めて父の立場に身を置こうとすることであり、女性の欲望とは自らに欠けたファルスを求め、父のファルスになることであるとすると、ゴシック・ロリータとはこの図式を逃れる一つの戦略と考えられるといっている。男性が少女を人形として扱うことは未来の女性性の担保であり、女性への先制攻撃であるとすると、ある種の少女たちは自ら意図して人形を演じることでこれをあらかじめ無効にしてしまうのであり、それをラマールは「先制降伏」と表現した。(1)だとすると、進んで主体性を放棄するかのようにして、父／兄のファルスとして自らを差し出すが、父／兄が我有化しうるレベルをはるかに超えたファルスとなることで、男性的なものの攻撃を無力化してしまうプラシノスの身振りもまた、たしかに「先制降伏」と呼べるかもしれない。

ただしプラシノスがこの論理からどこか逸脱している印象もあるとすると、理由の一つは彼女の場合、母におけるファルスの欠如が、出発点として機能しているように見えにくいからだろう。事実彼女のあらゆるテクストを通じ、母の位置はきわめて曖昧であった。母の問題が存在しないといいたいのではない。『大饗宴』でこのテーマに対する態度決定をしたのちも、たとえば八〇年代にジョゼ・エンシュと「シュルレアリスムの遊戯」を試みたとき、彼女は自らのテクストへの注釈で「母のテーマについてならいくらでも書き続けることができるだろう[2]」と認めてさえいる。だがプラシノスにとって母のフィギュールは、漠然とした憧憬の対象となることはあったにしても、たとえば兄に対するような激しい執着や、逆に際立った悪意を差し向けられる対象となることは決してなかった。彼女の想像力にとってながらく中心的な神話として機能したのは、父や兄を（とりわけ兄を）巻きこんだ、三〇年代のオートマティスム体験（＝シュルレアリスム体験）である。まずファルスの欠如があったのではなく、まるで彼女は自らが、男性が受け止められないほどにまで見事なファルスであるという突然の自覚のなかで、はじめてこの世界に生れ出たとでもいいたいかのようだ。あの伝説的な写真はこの「原体験＝原光景」を保証し続ける。プラシノスにとってシュルレアリストたちを（そして兄を）去勢したという記憶は、彼女の真実であるだけでなく、客観性を保証された現実である。もしかすると現実には起きなかったのかもしれない出来事（要するに思いこみ）ではなく、現実であることを複数の「大人」たちによって証言され続け、そのことで彼女の真実と現実との差異を顕在化するこの奇妙な原光景は、シュルレアリスムが彼女に贈与した逆説の証であり、だからそれは「降伏」ではなく絶対的な「勝利」、あらゆる戦いに先立つ「勝利」の体験である。彼女は「闘わない」のだが、それは屈折した戦略などではなくて、あらかじめどうしようもないまでに現前してしまった勝利のゆえである。

いうまでもないが、ここに一般化できる何らかの戦略があるわけではない。プラシノスの身振りが「抵抗」として機能しえたのは、要するに一つの偶然であり、彼女の「オートマティスム」がごく凡庸な従順さの表明として、家族のなかで消費され、たちどころに忘れ去られてしまうことも大いにありえた。おそらくシュルレアリスムが果たした大きな歴史的役割の一つは、放置されてしまえば当事者自身にもまったく気づかれないままに権力装置に取りこまれてしまったかもしれない特異な抵抗を、まずは可視化し、ついで決して一般化することなしに、その特異性それ自体において増殖させる機能にあったろう。シュルレアリスムによる過去の、あるいは同時代のさまざまな創造者の「発見」とは、そのような（当事者自身にとってはときに何ともありがた迷惑な）抵抗への誘惑である。

こうして私たちは、あらためてシュルレアリスムという企ての不可思議な性格に思いいたる。プラシノスのケースに即していうならば、生じていたのは次のような事態であろう。ファルス中心主義的と形容されやすいこの男性たちの集団は、強大すぎるファルスとなった女性によって、去勢されることを望むものたちの集団でもあった。いや、もう一歩進んで、それはファルスを「持つ」こととファルス「である」こととも異なったあり方、複数の主体がその両方の様態を交換しあうようなあり方を夢見る集団であったとさえ、いえるように思われてくる。たしかに第一世代のシュルレアリストたちが彼らのオートマティスムの先駆とみなした事例はほとんどの場合、主体としての男性が客体としての女性に語らせるようなものだった。それはシャルコーと(彼の「作品」である)ヒステリー者の関係や、心理学者テオドール・フルールノワと霊媒エレーヌ・スミスの関係であり、ブルトン自身とナジャの関係もまたその延長上に位置づけられることは否定できない。しかしシュルレアリストたちが複数で実践するオートマティスムや催眠実験は、互いに自らを「無意識」そのものとして与えあおうとする営為でもあった。デスノスやクルヴェルの、とりわけブルトンに対する態度にはそれが明確に読み取れるし、ブルトン自身はほとんど常に書かせる側、眠らせる側にいたのだとしても、あるいはむしろだからこそ、自らを痙攣者として他者に与えるという夢を激しく抱き続けていたのかもしれない。彼らがジェルメーヌ・ベルトンの写真やマグリットの女性像を取り囲むとき、そこにはたしかに女性の崇拝＝客体化と見える側面はあるが、それと同時に自ら未知のシニフィアンとなり、他者とのあいだで主客関係を交換しあうことの夢想もまた機能していた。あの写真のなかでプラシノスを取り囲んだときにもシュルレアリストたちは、彼女に対して自分たちのファルスとなることを要求していただけでなく、自らがファルスを持つ位置にとどまることが不可能になるほどに強力な幻想を与えてくれるよう、望んでいたと考えなくてはならない。ともかく彼らはテクストを読み上げるジゼルだけでなく、彼女によって無力化される自分たちの姿を記録に残そうとした。第四章の最後で見た通り、彼らが愛や執着の「対象」だけでなく、それを愛し執着する自分たち自身の姿をもその対象とともに記録しようとした身振りこそは、シュルレアリスムにおける決定的な倫理を提示する。それが結果として何を生み出すにしても、まずは愛してしまう自分自身を恐れ気もなく差し出してしまうこと。その愚かで無防備な身振りは、たとえ他者とわかりあってはいない状況でも、あるいはむしろわかりあうことが不可能であるような状況でこそ威力を発揮し、自らと相手とをともに作り変える惑乱的な体験へと導いていく。

　もちろん常により強力な幻想を与えてほしいなどという要求はあまりに途方もないものであり、ナジャがついには狂気の淵に沈むことになったのは、ブルトンによるこの要求の過剰さのゆえだったともいえる。プラシノスも一時はシュルレアリストたちの要求に応えられず、書くことのできない抑鬱状態へと追いやられたが、むしろこの要求を十全には理解できない幼さのために、答えを先延ばしにすることができたのだろう。ともあれこのとき成立していた彼らとの奇妙な契約関係――我々はあなたに感嘆し、あなたに感嘆するこの愚かな姿をさらし続けるから、あなたもまた我々を裏切り追い抜くほどの強力な幻想であろうとし続けてほしいという願いと、それへの時差をともなった応答――は、やがて彼女をファミリー・ロマンスから解放する逆説的な原光景へと、姿を変えていったのである。

シュルレアリスムとプラシノスとの出会いが、決して一般化できる理論を与えるものではないことを、何度でも確認しておこう。彼女の事例がラマールの「先制降伏」と呼んだものにつながるとするなら、政治的闘争からより文化的事象のレベルに（あるいは「生政治」のレベルに）重点を移してきたこの数十年間における（ポスト）フェミニズムの動向に対し、それは一種の支えを差し出せるようにも見える。そこには単純な屈服に変化してしまう危険をはらみながらも、ミクロなレベルでの抵抗を続けようとする、一つの「アクチュアル」な戦略を見出すことは可能であるのかもしれない。だがそれはそうだと認めたうえで、たとえばゴスロリ・ファッションを身にまとう女性たちが、寄り集まって一つの領土を形作り、外部とは別の法に従属した内部の住人になるとするならば、プラシノスがこれとはきわめて異なった選択をしたように見えるのもまた事実である。彼女は決して何らかの領土に属することはなく、常に孤独なままだった。だから彼女の「抵抗」は、なおさらきわめて脆弱に見える。「マリー叔母さん」への強い執着にもかかわらず、彼女の根拠は決して母性的なものや姉妹的なものでなく、逆転された男性の法であった。帰るべき場所を持たず、愛するものに寄り添おうとすれば愛するものを去勢してしまうプラシノスの奇妙で孤独な彷徨は、おそらく彼女における「女性とは何か」という問いの決定的な不在を意味するのである。

プラシノスにとって小説の執筆とは何ものかであろうとする試みだったが、何ものかであろうとする欲望の虚構性を悟った彼女は、シュルレアリスムという様態、すなわち何ものかではないままに自らの真実を生み出すようなあり方を(再)発見したわけだが、するとこのとき、彼女はシュルレアリスムという運動の逆説を十全に生きる。シュルレアリスムとは何らかの理想や目的を共有することで結びつくものたちの組織ではなく、かといって所有不可能な何かを中心にした宗教的な共同体でもなくて、捉えることのできない何かに(たとえばどこからともなくやって来てしまうあの「声」に)取りつかれながら、その何かとのあいだに各自が自分自身だけのものである関係を取り結ぶ、そんなものたちの孤独な複数性であるが、したがってそこには「内側」がなく、シュルレアリストであるための条件を定義することはできない。七〇年代のプラシノスは、この逆説的な複数性に自らの運命を結びつけることに成功し、いわばこのときシュルレアリストになった。それはあたかも三〇年代に仕掛けられたがいったん動きを止めていた時限爆弾が、突然機能を回復して炸裂したかのようである。そのとき彼女は、自分は他者に対し何であればよいのかという主体性についての問いに答えを発見したのではないが、その問いが意味を失うような時空間を作り出す、彼女だけが使いこなせる魔法の鍵を手にしたのかもしれない。

たしかにこの魔法の鍵には、使用期限があったように見えるし、プラシノス自身がその鍵のもたらすものを、どこまで意識的に捉えていたかも曖昧だ（八〇年代の彼女がふたたび迷いのなかにあったのは間違いない）。だがこうして彼女の事例はまた、歴史的な運動としてのシュルレアリスムと具体的な接点を持たない私たち一人一人にとって、それがいかなる価値を持ちうるか考えるための、重要な示唆を与えるだろう。もちろん私たちは、子ども時代にブルトンやエリュアールの前で自作の詩を披露したことはない。だが何ものかになろうとする努力の果てに、「何ものかである」などまったくの幻想だったと気づいてしまうとき、自らのシュルレアリスムを発見する可能性を持つだろう。ブルトンたち第一世代の出発点は、詩人になろうとしていた彼らが、「詩人」などありえないと気づいたことだったといえるとすれば、プラシノスにとっては「子ども」から抜け出そうとする努力の果てに「大人」などないと認めることが、自らのシュルレアリスムであった。ファム＝アンファンとはだから、通常は一つの類型となって女性を閉じこめる檻であるが、「子ども」でも「女」でもない別の何かではなく、「子ども」も「女」も存在しないことの証言となるようなとき、私たちを倒錯から遠ざける誘惑のフィギュールとなる。ブルトンやエリュアールがこの言葉を口にしたとき、そのことが十全に意識されていたといえるわけではないにしろ、少なくとも七〇年代のプラシノスにとってシュルレアリスムは、この誘惑を生み出す鍵でありえた。彼女は私たちに、内側などないことを受け入れたときにだけどこかに通じてしまうシュルレアリスムというドアの開け方を、このとき少なくとも一度、鮮やかに実践して見せたのである。

付録

『夢』

ジゼル・プラシノス

* 一九四七年刊行の『夢』は、シュルレアリスム期の「コント」とのちの自伝的小説群をつなぐ特権的なテクストであり、こののちプラシノスにつきまとっていく彼女の分身エッサンシエルがはじめて登場した作品でもある。内容については本文一一七ページ以降を参照。

I

エッサンシエルが目覚めると、ベッドの右方、カーペットのうえにある、透明な何かが目に入った。つかもうとするとそれは二つに分裂する。手で捉えると何の手ごたえもなく、もはや見ることもできない。ただ重さがあることによってだけ、つかんでいるのがわかるのだった。

彼女はまずそれを、花の代わりに頭のうえに置いてみた。次に戸棚のうえに置き、花瓶なのかと試してみるが、それは何にも似ていない。それから足元に置いてみると、なるほど靴だと気がついた。

彼女はそれを履いて通りに出る。するとあたかも森のなかで若葉に囲まれながら、ジャガイモのお粥を食べているような気分になってきた。監視人のような姿勢を取って耳を澄ませ、インディアンたちがもう遠くないところにいることを教える木の折れる音をすかさず聞き取ろうとした。しかし彼女は恐れてはいない。はじめてのシチュエーションではなかったからだ。一五年前はじめてこうなったときと同様に、逃げ出すことができると考えた。

しばらくしても何も起こらないので、ふたたび通りを歩いていると、木々の葉の湿り気の思い出が煩わしく思え、服を着るのを忘れていたので寒かった。

彼女は小座布団通りの叔母の家に行って、服を貸してもらおうと考えた。青木綿小路を進んでいったところ、いつも目印にしている牛乳屋を探したが見つからず、なんだか不安になってきた。牛乳屋は店を畳んだのだろうと思い、今度は文房具屋の向かいにあるはずのプラムの木を探したが、文房具屋もプラムの木も見つかりはしなかった。

それでもエッサンシエルがこの界隈でくつろいだ気分だったのは、どの道も記憶通りのカーヴを描いてつながっていたからだ。あたりの匂いは同じだったし、ある家の正門の前を通りかかると、子ども時代に見知った女の門番の顔を見かけた気がしたのだった。

「叔母はいますか」と、門のところまで戻って彼女は聞いた。

門番は反応しなかった。

「それでリュシーは？　具合はどう？」と彼女はつけ加えたが、部屋のすみにはビリヤードのキューの隣に、穴の開いた古いボールのあるのが目に入った。

門番は動かなかった。その両目を満たしているのにこぼれない水だけが輝いて、彼女にいくらかの生気を与えている。彼女の首には大きなメダルがかかっていたが、それもまた水で満たされていて、それがきらめく合間には、魚の口をした子どもの顔が覗いていた。

エッサンシエルが扉を開けるとそれは中庭に続いていたが、そこにはいくつかの階段があった。彼女は躊躇せずに左の階段を登っていった。

かつてこの建物の最上階に、次は五階に、それから三階、最後は二階に住んでいた。エッサンシエルはもう今いつの時代にいるのかわからず、何階のベルを押していいかもわからなかった。

彼女はまず階段を上り切った。建物の上には空中庭園が乗っていたが、それはとても古くて廃墟になっており、居住者のペット専用の墓地になっていた。

エッサンシエルは素早く墓地に駆け寄ると、カメの形をした小さな墓の前に跪いて、激しく地面を掘り返しはじめた。虫食いの古いリボンを巻いた小さな骸骨が間もなく露出したが、それを胸に抱きしめながら彼女が顔を上げると、目の前には別のカメの骸骨を手に持った兄が立っていた。

「それでメドールは?」と囁くと、彼は巨大な桜の木の下の広い空間を指さしたが、そこには七つの同じような墓があり、どれにも美しい文字で「MEDOR」という墓碑が書きこまれていた。

「じゃあまたあらためて」とエッサンシエルはか細い声で答えていた。それから兄が小さな男の子にすぎず、成形医術用の装置のなかに足を突っこんで車に座っているのに気がついた。

彼女はびくびくしながらも、大人の女の声で話そうと努力しながらいった。「今はもう歩けるのね。今は結婚して、サン゠ヴァレリー゠アン゠コーで洗濯屋をやってると聞いてたんだけど」

少年は答えず、メドールの墓の方をじっと見つめていた。そこにはときどき腐ったサクランボが、小さく親し気な音を立てながら落ちていた。片手には小さな白い骸骨が握られていて、もう片方はベルトのまわりに差しこまれた、色とりどりのパールで飾った幅広の木剣の一つの柄頭を握っていた。彼はただこういった。

「インディアンたちは来なかったよ」

それから彼は車に乗ったまま庭園の柵に近づくと、それをやすやすとよじ登り、雲へと続く道を上っていった。

夜の七時だった。木々の葉がいくらか揺れていた。クモたちは雑草の生い茂った散歩道をゆっくりと歩き、疲れたミツバチはどこでもいいから体を休めていた。太陽と弱い風のもとで、小さな泉水はやっと静まり勝ち誇った海のように見えた。その上に身をかがめると、片方の岸からもう片方の岸へとアリたちが小石伝いに進んでいく乾いた音が聞こえた。

墓地を最後にもう一回りしながら、彼女は真新しい小さな木柱を見つけたが、それにはまだ汚れていないボール紙が結びつけられていて、次の書きこみがあった。

躊躇が存在した
これは墓ではない

ミュリーの人間用墓地に問い合わせること

その下には、門番の首にかかっていた大型メダルのレプリカがかけられていた。

「彼女がビリヤードに一定の関心を持っていたのは本当でしょうね」とエッサンシエルは思い、秘められた細い魚の口を思い出していた。

彼女は桜の枝を一本手に取ると、空中庭園を離れる前に、それを体に装備した。

II

彼女は最上階の踊り場で立ち止まった。左の扉から聞こえてくる、小さいが規則的な作業音に気を引かれたからだ。わずかばかり開いたその扉から、一条の電気の光が漏れ出ていた。エッサンシエルは扉を押し開けたいと思ったが、背後に感じる何かがそうするのを押しとどめた。彼女はもう一度手を伸ばしかけたが、まさにそのとき家具の壊れる音がして、扉は開いた。

そこは明るく照らし出された部屋だったが、消防士の制帽をかぶったブロンドの若い男が一人、小さな毛深いオブジェにヤスリをかけていた。

「取り替えるためなんだよ」と、頭を上げて彼はいった。

その目はとても青白く、瞼は赤くて開けるのも一苦労なくらい過敏であるらしい。彼は仕事を再開した。エッサンシエルは近づいていった。オブジェはツバメの巣なのだが、その狭くて深い開口部にはバラ色のサテン生地が貼られていた。布地と毛のあいだには中間的な部分があって、そこには多くの電線が接続されているが、それらは一本の太い電線へとつながっており、末端はコンセントになっていた。

彼は「取り替えるためなんだよ」と繰り返し、唇だけを捻じ曲げて笑った。「急がなきゃいけない。もうすぐ時間だ。今の時間、わかりますか？」

事実エッサンシエルは、もう時間であることに気づいた。若者が熱に浮かされたようにヤスリをかけはじめたからだ。その頬は燃え上がり、彼はいらだたし気にピクピク動く。それからお湯を沸かすため、突然立ち上がった。

まもなく仕事を終えると、彼は左の拳を開いて想像上の時計を見つけ、お湯の温度を確認してから、巣を手に持ったままベッドへと思い切り身を投げた。ベッドの足元の低い棚には、公園にいる若い娘の大きな写真が置かれていた。口の付け髭は、娘の魚の口を隠しおおせてはいなかった。若者はその娘の方に、病んだ視線を投げかけていた。

「さあ時間だ」とエッサンシエルに向けてつぶやくと、彼は片手で自分のサスペンダーを直しながら、もう片方の手ではコンセントを壁に仰々しく差しこんだ。

エッサンシエルは居心地が悪かった。建物のこの部分は彼女の知らない領域に思えたからだ。しかし扉の方に走りながら、咳止めトローチの缶に躓いてしまう。彼女がかつて貯金箱として使うため、苦労して穴を開けた缶である。

「彼はきっと私がいなくなってからやって来たに違いないわ」と彼女は考えていた。「一度も見たことのない人だもの。でもリュシーときたらなんて大きくなったのかしら！」

そう考えながら彼女は階段を降りていった。三階に着くと、扉はきちんと閉まっており、取っ手を取り外さねばならなかったが、いくらか音を立ててしまったので、内側からも気づかれた可能性があった。少しすると扉はひとりでに開いたが、エッサンシエルはそうなることがわかっていた。それはこの家の秘密だったのである。

彼女はアイロンがけで蒸気を発する布の匂いがする部屋に入っていった。あらゆるサイズの無数のドレスが、大きな書架の棚に入念に掛けられていた。彼女は赤い水玉模様の一枚を手に取り、シロップの跡一つ、決して取ってはくれなかったクリーニング屋に憤慨した。「でも彼女には食堂をあげたのに」と、エッサンシエルは不機嫌そうにいった。

ドレスは小さすぎ、またおそらく古すぎたので、エッサンシエルがそれに袖を通そうとすると細切れになって、汗とカフェオレの匂いを発した。

少し後になってやっと、グレーの絹の雑然とした塊のなかから突き出した母の頭部を見つけ出した。痩せた手首の先についた手が糸と針を持ち、くたびれた様子で震えながら、ときどきその塊からのぞいていた。

「あなたは死んだんじゃなかったの？」とエッサンシエルはいって、一枚のスカートの襞を直した。どこからともなくやって来た大笑いのせいで、開いてしまっていたからだ。「私はもう《下線強調》叔母さんが、いつミュリーの人間用墓地でバランスを崩したのかわからないわ。叔母さんは転んでしまって、抱き起されたけどわんわん泣いてたの。帽子の羽が折れてしまったからなんですって。それで叔母さんは私にお花をくれたんだけど、私は特別な投げ方で投げ捨てたのよ」

「あなたは新しい工員さんかい」と、絹にまみれたその顔は苦しそうにつぶやいた。「お名前は何ていうの？」

「リュシエンヌよ」とエッサンシエルは答えた。「そのときははじめての真夏だった。叔母さんは長くて黒いプラッシュ生地の外套を着てたわ。覚えてる？　私はテーブルの下で、その足を抱きしめるのが好きだった」

その顔は強い調子でいった。「あなたは《愛され》子さん、それとも《体に良し》子さん？　《タコの足》子さん、それとも《罪深》子さんかしら」

「私は《本質的な女《エッサンシエル》》。あなたの娘よ」

顔は全部が剥き出しになった。それはとても小さな頭で、今にも壊れそうな頭蓋では、頭蓋泉門が高速で脈打っていた。可愛らしい巻き毛と巻き毛のあいだを汗のしずくが流れ、両目のうえを伝っていって、ウサギのような歯並びの開きすぎた隙間のなかに流れこんでいた。

「あなたは明後日死んだのよ。もうすぐあなたは担架に乗せられて病院に担ぎこまれ、そこで二日後には死んでしまうの。そのとき私はあなたの耳に、クロヴィスとウェルキンゲトリクスの名をそっと囁くんだわ。それから私には四〇スーの硬貨が与えられ、それは私の指に鉄の匂いを残すでしょう」

「私の娘は決して六歳になることはなかったわ」と、母親はついに怒っていった。「私が彼女を見失ってから、ずいぶん長いときが経ってるわ。あの子が去っていったとき私は病気で、みんなは怠け者の王様たちの話をしていたの」それから彼女は調子を変えていった。

「怖がらないでエレオノール。青いドレスを取って、それに袖を通してくださいな。それは飛行機から落っこちたお客さんが破ってしまったので、もっとあとで私があなたにあげたものよ」

エッサンシエルはまもなく疲れてしまった。もう夜になっていて、不思議な靴のなかで絞めつけられているその足は痛みはじめていた。

「私はどこで眠ったらいいの」と彼女は絹の塊に聞いた。塊はまるで下の方から中身を吸い出されているかのように、目に見えて少しずつしぼんでいた。少し前にもう、小さな頭と痩せた腕は姿を消していた。

それでもやはり、死にそうな母の声が聞こえるのだった。

「泊まっていくとは思わなかったわ、エレオノール。でも嬉しいわ、洗濯場の方に行ってくださいな」

III

いつの間にか洗濯場が寄宿学校の大寝室に変わってしまっていたので、エッサンシエルはたくさんのベッドのなかから、部屋の真ん中にあるベッドを選んだ。

チェック模様のエプロンを絞め、隣のベッドに腰かけてハーフブーツの紐を解いていた小柄な片目の少女に向けて、「もうメキシコから戻ってたの?」と彼女はいった。

「いいえ」とその少女はいった。「じゃあ私の最後の手紙を受け取っていないのね。もっとずっと後、三四歳になってから、ペストを病んだ私の黒人の子どもたちを連れて戻ってきたのよ」熱を発する綿の一切れを差し出しながら、「あげましょうか」とつけ加え、それから彼女はその綿をブラウスのなかにしまいこんだ。

それから彼女はシーツのなかに滑りこむと、お返しにもらったサクランボを断って、いびきをかきはじめた。

エッサンシエルも休みたいと感じていたが、とても硬いガラスでできた靴を脱ぐことができなかった。そのまま眠るわけにもいかなかったので、母の意見を聞いてみようと仕事場に戻っていった。

「一階にドクターがいるよ」と、弱々しくあえぎながら絹の塊は答えた。

エッサンシエルはそれ以上待ったりはしなかった。

ドクターの部屋の入口は、ノブの代わりになった電話機のダイヤルでそれとわかった。誰が訪ねてきたか内側からわかるように、自分の名前のイニシャルを回さなくてはならないのである。

エッサンシエルの面会はおそらく認められたのだろう。やがて扉が開くとそこは待合室で、その広い部屋では無数の人々が、仲よく体を寄せ合っていくつかのグループを作っていた。近所の商店主は勢揃いしており、聖アガタ専門学校の生徒たちも混じっていた。輪探しをして遊ぶものもいれば、互いの首にビー玉を通しあって遊ぶものたちもいる。人によっては互いの頭を取り違えつつ、小声で話しながらにやにやしているものもいた。ネズミに扮した招待客の女は、三つしか音の出ない小さなピアノを叩きながら人々のあいだを飛び跳ねていた。

少し離れたところには洗面台のうえにあらゆる種類のソーセージが乗っていて、会食者たちはそれをこっそりくわえると、壁掛けの後ろにまわって食べていた。

エッサンシエルも同じようにしようとしたのだが、服のように身に着けていた桜の葉で守られた手を伸ばそうとすると、力強い腕につかまれるのを感じ、そのまま別の部屋に連れていかれ、閉じこめられてしまった。

客たちが立てているはずの物音も、そこではよく聞こえない。とても暗い部屋だった。マントルピースのうえの小さな赤いランプが、唯一の照明だ。それも消えそうになっていたので、エッサンシエルは戸棚から油の瓶を持ってきて、炎のまわりに数滴垂らした。ドクターは来る気配もなかったので、彼女はふんわりしたクッションが置かれた長椅子に身を投げ出した。ビロード製に見えたクッションの一つを抱きしめると、すぐにそれが生きていることに気がついた。彼女は立ち上がり、遠くで聞こえるピアノの三つの音に伴奏されながらパチパチと音を立てるランプに近づいていって、よく見てみた。

「カルビュール〔炭化物〕！……」二度目の外出許可の黒い目とネックレス状のひげを見つけて、彼女は叫び声を上げた。

男はポケットから、皮をむいた暖かいマンダリンの実を二つ取り出して、彼女に差し出した。それからおずおずといった。

「道なりに狂気《ラ・フォリ》の街まで散歩しませんか」と、彼は柔らかい仕種で誘い掛けたが、その息遣いがあまりに魅力的だったので、エッサンシエルは断るのがつらかった。

だが彼がこの散歩の途中、五七番の汽車に轢かれて死んでしまったことを口にはしないままで、彼女はきっぱりと断った。

「駄目だわ、カルビュール。あなたはフリブートの戦いでシャンパーニュ人に勝利を収め、ピエモンテ人の縦隊を丸ごと一つ蹴散らしたあと戦死したのよ」

だが念のため、「でももしかしたら、あなたは私の靴を脱がすのを試してみてくれるかしら」と聞いてみた。

まずカルビュールの目には驚きの表情が浮かんだ。それから少しずつ落胆がやって来た。そして最後には優しい穏やかな顔になった。それから頭を地面へと落下させた。エッサンシエルはそれを拾うと、頭が再びクッションになるまで抱きしめた。

ことが終わってみると、ずいぶんと時間がたっており、エッサンシエルはとても悲しい気分だった。ランプは消えていたが、部屋にはまだ赤い燃えるような空気が漂っていた。

彼女は大騒ぎが終わったばかりの部屋を横切った。いたるところにゴミが散らばっていて、爆発のあとのように煙を出していた。

それから彼女は階段を上り、三階の扉のノブを取り外すとなかに入った。母はもう、濡れて震えながら仕事の最中だった。そして呻くように命じた。「エレオノール、あなたは……」

エッサンシエルは答えなかった。「この人にはもう一日しか残っていないわ」と彼女は思った。それから何枚かのドレスを奪ってその場を離れたが、ドレスは触れるとすぐにボロボロになってしまった。

彼女はさらに階を上がって、相変わらず明かりが点いている最上階の踊り場で立ち止まった。彼女が少しだけ開けておいた扉はそのままだった。そこから頭をのぞかせてみると、消防士用のヘルメットをした若い男が目に入った。仕事机に座って目を閉じ、じっと動かずに唇にうっすら笑みを浮かべて、彼は穏やかに息をしていた。引き抜かれたコンセントが床に転がっていて、長椅子の上、乱雑なベッドカバーの襞のあいだに小さな鳥の巣があった。

エッサンシエルは屋上の庭園に入っていった。鬼火が墓から墓へと跳ね回り、遠くの方では流星と混じりあっていた。彼女はどうしても決闘をしたくなった。兄を探したが見つからないのでわめきはじめた。「インディアンよ！　インディアンよ！」

車輪の軋む音が聞こえ、小さな男の子が武器を持って現れた。

「もう時間だね」と、息を切らしながら彼はいった。

彼はエッサンシエルを車に乗せると、一緒に空へと駆け上がっていった。

このとき空気の圧力がエッサンシエルの足から靴を脱がし、彼女を解放したのだった。

註

序章　女性とオートマティスム

（1）　特に一九八〇年代以降、フランス語圏でも英語圏でも数多く発表されてきた「シュルレアリスムと女性」をめぐる研究について、ここでリストを作ることはしないが、理論的にもっとも高いレベルの達成として次の論集を挙げておく。*La Femme s'entête. La part du féminin dans le surréalisme*, textes réunis par Georgiana M.M. Colvile & Katharine Conley, Lachenal & Ritter, 1998.

（2）　ホイットニー・チャドウィック『シュルセクシュアリティ――シュルレアリスムと女たち』伊藤俊治訳、ＰＡＲＣＯ出版局、一九八九年（原著、一九八五年）。

第一章　シュルレアリスムにとってプラシノスとは誰か

（1）　*Correspondance d'Henri Parisot avec Gisèle et Mario Prassinos, 1933-1938*, Éditions Joëlle Losfeld, 2003, p. 16.

（2）　*Ibid.*, p. 21.

（3）　*Ibid.*, p. 22.

（4）　André Breton, *Œuvres complètes*, II, Gallimard (« Bibliothèque de la Pléiade »), 1992, p. 1167.

（5）　Paul Éluard, *Œuvres complètes*, I, Gallimard (« Bibliothèque de la Pléiade »), 1968, p. 551.

（6）　Tristan Tzara, *Œuvres complètes*, V, Flammarion, 1982, p. 258-259.

（7）　ツァラに同調するクルヴェル、グループから距離を置くシャール、彼らとブルトンの板挟みに会い、このときは結局ブルトンを選ぶエリュアール、といった違いについては、次のブルトンの伝記を参照してほしい。Mark Polizzotti, *André Breton*, traduit de l'américain par Jean-François Sené, Gallimard, 1999, p. 468-469.

（8）　André Breton, *Œuvres complètes*, II, *op. cit.*, p. 549-550.

（9）　*Ibid.*, p. 1168.

（10）　Laurent Jenny, *Je suis la révolution*, Belin, 2008.

（11）　この点については次の論文で論じた。鈴木雅雄「狂気よ、語れ——シュルレアリスムにとって精神分析とは何か」、サルバドール・ダリ『ミレー《晩鐘》の悲劇的神話』鈴木雅雄訳、人文書院、二〇〇三年、二〇九－二五六ページ。

（12）　Paul Éluard, *Œuvres complètes*, II, Gallimard (« Bibliothèque de la Pléiade »), 1968, p. 852.

（13）　*Minotaure*, n° 6, décembre 1934, p. 64.

（14）　Jacqueline Chénieux-Gendron, *Inventer le réel. Le surréalisme et le roman (1922-1950)*, Honoré Champion, 2014, p. 637-644.

（15）　ただしペレのコントにも、とりわけ命名行為をめぐって同じような恣意性が見出されるが、その点はここでは問わない。ペレのコントについては次の論文で論じている。Masao Suzuki, « "Voici la Boulangère": sur les noms propres dans les contes de Benjamin Péret», *Cahiers Benjamin Péret,* n° 3, septembre 2014, p. 97-100.

(16) Gisèle Prassinos, *Trouver sans chercher (1934-1944),* Flammarion, 1976, p. 20.

(17) *Ibid.,* p. 27.

(18) Inez Hedges, « What Do Little Girls Dream Of : The Insurgent Writing of Gisèle Prassinos », *Surrealism and women,* The MIT Press, 1991, p. 27-31.

(19) Susan Rubin Suleiman, « L'humour noir des femmes », *La Femme s'entête*, Lachenal & Ritter, 1998, p. 41-52.

(20) Jacqueline Chénieux-Gendron, *op. cit.,* p. 637

(21) Madeleine Cottenet-Hage, *Gisèle Prassinos ou le désir du lieu intime,* Jean-Michel Place, 1988, p. 64. なお以下で取り上げるコントはすべて『探さずに見つける』(*Trouver sans chercher, op. cit.*) に収録されている。

第二章　プラシノスにとってシュルレアリスムとは何か

(1) ただし、草稿では三章が二つあるので (単純な書き間違いだろう)、一章から九章まで。

(2) Annie Richard, *Le Monde suspendu de Gisèle Prassinos,* HB Éditions, 1997, p. 26.

(3) Gisèle Prassinos, « Dès notre plus tendre enfance... », *Surrélistes grecs*, Centre Georges Pompidou, 1991, p. 222.

(4) José Ensh, Rosemarie Kieffer, *À l'écoute de Gisèle Prassinos,* Éditions Naaman (Sherbrooke, Québec), 1986, p. 26.

(5) パリ歴史図書館所蔵の草稿：MSS 001 (757)、タイトルは « Textes et notes autobiographiques ».

(6) 繰り返し取り上げている一九四〇年ごろの草稿などでの発言。

(7) *Correspondance d'Henri Parisot avec Gisèle et Mario Prassinos, 1933-1938, op. cit,,* p. 104.

(8) Gisèle Prassinos, *Le Temps n'est rien,* Plon, 1958, p. 169.

（1）　Gisèle Prassinos, *Le Temps n'est rien*, *op. cit.*, p. 224.

（2）　*Ibid.*, p. 241.

（3）　Madeleine Cottenet-Hage, *Gisèle Prassinos ou le désir du lieu intime*, *op. cit.*, p. 83 ; Annie Richard, *Le Monde suspendu de Gisèle Prassinos*, *op. cit.*, p. 54-55.

（4）　Annie Richard, « Rencontre Gisèle Prassinos », *Europe*, janv.-févr. 1994, p. 159-163.

（5）　Madeleine Cottenet-Hage, *Gisèle Prassinos ou le désir du lieu intime*, *op. cit.*, p. 96.

（6）　草稿番号：MSS 001 (0002)「シュルレアリスムから意識的な書記行為への移行」と題されたもの。

（7）　この資料もパリ歴史図書館所蔵。草稿番号：MSS 001 (753)

（8）　それを一九五五年ごろからとする後年の記述もあるが、この日記からすると、結婚直後からフリーダはそのような示唆を与えていたようにも思われる。

（9）　パリ歴史図書館所蔵：MSS 001 (681)

（10）　Gisèle Prassinos, *Trouver sans chercher*, *op. cit.*, p. 266.

（11）　*Ibid.*, p. 269.

（12）　刊行された小説では六ページ。

（13）　Gisèle Prassinos, *Le Temps n'est rien*, *op. cit.*, p. 16.

（14）　Annie Richard, « Essentielle, personnage-clé d'une aventurière de l'art », Gisèle Prassinos, *Le Visage effleuré de peine*, Les Éditions du Cardinal, 2000, p. 154.

（15）　Annie Richard, *Le Monde suspendu de Gisèle Prassinos*, *op. cit.*, p. 56.

（16） Madeleine Cottenet-Hage, *Gisèle Prassinos ou le désir du lieu intime*, *op. cit.*, p. 106.

（17） パリ歴史図書館所蔵：MSS 001 (678)

（18） Madelaine Cottenet-Hage, *Gisèle Prassinos ou le désir du lieu intime*, *op. cit.*, p. 116.

（19） José Ensh, Rosemarie Kieffer, *À l'écoute de Gisèle Prassinos*, *op. cit.*, p. 132.

（20） Madelaine Cottenet-Hage, *Gisèle Prassinos ou le désir du lieu intime*, *op. cit.*, p. 118.

（21） 振り返って考えるなら、『愁いを含んだ顔』でエッサンシエルが再現しようとしたのも原初の真実ではなかった。取り戻すべきは炭鉱夫やロシアのダンサーとしての過去ではなく、人工的に作り上げられた今の「学者」の状態だったのであり、通常の意味での精神分析的な過去への遡行作業とは別の何かがなされているのである。

第四章　『ブルラン・ル・フルー』あるいはイメージの勝利

（1） Annie Richard, *Le Monde suspendu de Gisèle Prassinos*, *op. cit.*, p. 85.

（2） *Ibid.*, p. 65.

（3） *Ibid.*, p. 65-66.

（4） Gisèle Prassinos, *Brelin le frou*, Belfond, 1975, p. 19.

（5） *Ibid.*, p. 15.

（6） Annie Richard, *Le Monde suspendu de Gisèle Prassinos*, *op. cit.*, p. 70.

（7） Gisèle Prassinos, *Brelin le frou*, *op. cit.*, p. 133-134.

（8） Gisèle Prassinos, *Mon cœur les écoute*, Liasse à l'Imprimerie Quotidienne, 1982, p. 33.

第五章　マリオ・プラシノス

（1）　Annie Richard, *Le Monde suspendu de Gisèle Prassinos*, *op. cit.*, p. 54. なおプラシノスがリシャールにこう語ったのは、一九九五年のインタビューでのこと。

（2）　Mario Prassinos, *Les Prétextats*, Gallimard, 1973, p. 34-35.

（3）　*Ibid.*, p. 38.

（4）　*Prassinos. Rétrospective de l'œuvre peint et dessiné*, Présence Contemporaine, Aix en Provence, 1983, p. 23.

（5）　Mario Prassinos, *La Colline tatouée*, Grasset, 1983, p. 19.

（6）　*Ibid.*, p. 20.

（7）　*Ibid.*, p. 106.

（8）　*Ibid.*, p. 32.

（9）　*Ibid.*, p. 38-39.

（10）　*Ibid.*, p. 33.

（11）　*Ibid.*, p. 37.

（12）　*Ibid.*, p. 165.

（13）　*Ibid.*, p. 166.

（14）　*Ibid.*, p. 168.

（15）　« Dialogue entre Mario Prassinos et Jean-Louis Ferrier », *Information* 15 – *Exposition Prassinos*, Galerie de France, 20 avril - 20 mai 1972.

（16）　Mario Prassinos, *La Colline tatouée*, *op. cit.*, p. 238.

(17) *Ibid.*, p. 64.

(18) Mario Prassinos, *Les Prétextats*, *op. cit.*, p. 103.

(19) *Ibid.*, p. 104.

(20) ガリエンヌ・フランカステル、ピエール・フランカステル『人物画論』天羽均訳、白水社、一九八七年、一〇－一一ページ。

(21) Mario Prassinos, *Les Prétextats*, *op. cit.*, p. 71.

第六章　時間／他者／老い

(1) Gisèle Prassinos, « Entretien avec Jeanine Rivas », *Le Cri d'os*, n° 23/24, 2ème semestre 1998, p. 96-97.

(2) Gisèle Prassinos, *Le Verrou et autres nouvelles*, Flammarion, 1987, p. 87.

(3) Marie-Claire Barnet, *La Femme cent sexes ou les genres communicants*, Peter Lang, 1998, p. 135-140.

(4) パリ歴史図書館所蔵：MSS 001 (674) ; MSS 001 (686)

(5) パリ歴史図書館所蔵：MSS 001 (680)

(6) パリ歴史図書館所蔵：MSS 001 (683)

終章　「ファム＝アンファン」の逆説

(1) トーマス・ラマール『アニメ・マシーン――グローバル・メディアとしての日本アニメーション』藤木秀朗監訳・大崎晴美訳、名古屋大学出版会、二〇一三年、三一六ページ。

(2) José Ensh, Rosemarie Kieffer, *À l'écoute de Gisèle Prassinos*, *op. cit.*, p. 100.

略年譜

1920
二月二六日、イスタンブールにて誕生。四歳年上の兄、マリオとの二人兄妹。フランス文学の教師でもあり文芸誌編集者でもあった父リザンドルはギリシャ人、母ヴィクトリーヌはイタリア系。

1922
ギリシャとトルコの戦争を避けるため、家族はフランスに移住。父、母、母の姉（クロティルド）と妹（マリー）、祖母（アナスタジー）および祖母のパートナー（シャルル・プレテクスタ・ルコント）とともに、まずピュトー、次いでナンテールに暮らす。生活は楽ではなかったが、父と義理の祖父は画家でもあり、文学・芸術に近い環境で育つ。

1927
母の死。この年のクリスマスに贈られた奇妙な人形をクロードと名づけ、以後兄と二人でクロードをめぐる物語を作り上げていく。

1934

夏ごろ、ふとしたきっかけで詩あるいはコントと呼べるようなテクストを書きはじめ、兄と兄の知り合いだったアンリ・パリゾを通じてそれがシュルレアリストたちの手に渡る。九月、ジゼルのテクストに驚いたシュルレアリストたちからのコンタクト。一〇月、兄とともにマン・レイのアトリエでシュルレアリストたちと出会う（よく知られた写真が撮影されたのはこのとき）。その後、おそらく一、二度、ブランシュ広場でのシュルレアリストたちの会合に顔を出す。一一月、『ドキュマン34』誌に詩とコントが掲載。一二月、『ミノトール』誌第六号に詩とコントが掲載。ブルトンの論考「詩の大いなる現在」は、これに対する序文のような位置に置かれている。

1935

初の単行本『関節炎のバッタ』刊行。この後三〇年代の後半は、一定のペースでコントを発表する。アンリ・パリゾはジゼルのテクストを刊行するための「マネージャー」の役割を果たす。ただし、オートマティックなやり方で書けるような状態は、徐々に失われていった。

1936

父リザンドルの死、ついで伯母（母の姉、クロティルド）の死。父の死ののち、家族はパリに転居。ジゼルは中学・高校を通じて学校教育の場にあまり馴染めず、手に職をつけさせることで援助しようと考えた祖母が、このころ速記タイピストの専門学校に通わせた。

1938

シュルレアリスム国際展の折に、シュルレアリストたちと再会。この展覧会のカタログでもある『シュルレアリスム簡約辞典』では「アリスⅡ」と形容される。マリオが結婚して家を離れる。マリオの最初の個展。ジゼルは三〇年代末から四〇年代を通じ、タイピストや幼稚園の保母、画廊の事務員などの職業を経験していく。

1939

コントの代表作といってよい『ソンデュ』、三〇年代作品の集成である『マニアックな炎』の発表（ただし実際に刊行されたのは一九四四年と見られる）。

1940

アンドレ・ブルトン『黒いユーモア選集』にジゼルのテクストが収録される。六月、従軍中のマリオが負傷。彼を救い出そうと、ジゼルはマリオの妻ヨーと二人でレンヌに向けて出発するが、思うように進めず、フランスの広い地域を彷徨することになる。おそらくこのときはじめての重要な恋愛体験。

1947

シュルレアリスム的と形容できる最後のコントである『夢』の刊行。序文ではシュルレアリストたちとの出会いが語られている。

1949

ギリシャ出身のピエール・フリーダと結婚。祖母と「マリー叔母さん」も同居。フリーダとともに、ニコス・カザンザキスの小説をギリシャ語からフランス語に翻訳する（一九五四年から五八年にかけて四冊を刊行）。なおこの年マリオはフランスに帰化しているが、ジゼルは生涯帰化することはなかった。

1953

仕事をしていた画廊からの帰りに交通事故に会い、大した怪我はなかったものの、ピエール・フリーダがジゼルに家で作品の執筆に専念するよう薦めるきっかけになったらしい（ただしフリーダは、結婚当初からジゼルを執筆に向かわせようとしていた形跡もある）。

1956

自伝の執筆を試みるが挫折。

1958

自伝的小説『時間など問題ではない』によって小説家としてデビューし、高い評価をえる。以後次々に小説を発表。

1964

『愁いを含んだ顔』刊行。プロン社との契約を果たすための急造作であるが、「誰でもわかるようなものではないテクスト」を書けるかという、兄との賭けから書きはじめた作品でもあるらしい。

1966

『大饗宴』刊行。五八年からこの年までが小説執筆の時期。これ以後、「小説 roman」が書かれることはなかった。

1967

詩集『まどろんだ言葉』刊行。これ以後詩が重要な表現手段となる。「壁掛け」制作を開始。この後は七〇年代を通じて、精神的に安定した時期が続いたらしい。七〇年代に入り、アッサンブラージュによる人物像も制作開始（七四年からか?）。

1975

新境地といえるテクスト、『ブルラン・ル・フルー』刊行。イメージから出発して作られる独自の虚構世界。七〇年代は多くの「壁掛け」を制作。この後一九八〇年前後には、ジョゼ・エンシュとシュルレアリスムの方法をまねた実験を行う。

1985

兄マリオの死。

1987

短編集『差し金』。これ以後短編小説が主たる表現手段となる。ただし草稿の形ではこれと異なるタイプのテクストも多く残されている。

1988

夫ピエール・フリーダの死。

1990

叔母マリーの死。

2006

最後の短編集『ソクラテスの死』刊行。健康状態は徐々に悪化していくが、二〇〇〇年代前半には多くのデッサンを描く。

2015

一一月一五日、死去。

書誌

A　作品

＊　単行本として刊行されたもののみを挙げる。雑誌に掲載されたテクストや展覧会の序文等については、José Ensch, Rosemarie Kieffer, *À l'écoute de Gisèle Prassinos. Une voix grecque* と、Annie Richard, *Le Monde suspendu de Gisèle Prassinos* の巻末資料を参照のこと。特に前者の情報は、書評やラジオ・テレビへの出演、各国語への翻訳までを視野に収めていて非常に詳細。

La Sauterelle arthritique, GLM, 1935. 一五篇の詩とコントを収録。序文ポール・エリュアール。巻頭に、マリオ・プラシノス、アンリ・パリゾ、バンジャマン・ペレ、ルネ・シャール、アンドレ・ブルトン、ポール・エリュアールの前で自作を読み上げるプラシノスの写真。

Le Feu maniaque, Librairie des Quatre Chemins (coll. « Sagesse »), 1935. コント四篇。

Une demande en mariage, GLM (coll. « Repères », 3), 1935. ハンス・ベルメールのデッサン。

Quand le bruit travaille, GLM, 1936. コント五篇。ハンス・ベルメールのデッサン。

Facilité crépusculaire, René Debresse (coll. « Les Cahiers des Poètes », 17), 1937. 詩一〇篇。

Calamités des origines, GLM, 1937. マリオ・プラシノスのデッサン六点とジゼル・プラシノスのテクスト。

La Lutte double, H. Parisot (coll. « Un divertissement », 1), 1938. 詩篇とアフォリスム。

Une belle famille, H. Parisot (coll. « Un divertissement », 6), 1938. コント五篇。

La Revanche, GLM, 1939. コント四篇。

Sondue, GLM (coll. « Biens nouveaux », 3), 1939. コント（あるいは物語《レシ》）

Le Feu maniaque, aux dépens de R. J. Godet, 1939. 印刷完了の日付は一九四四年。ポール・エリュアールによる序文と跋文。アンドレ・ブルトンによる注釈。三〇年代のコントを集成したもの。

Le Rêve, Éditions de la revue Fontaine (coll. « L'Âge d'Or », 49), 1947. コント（あるいは物語《レシ》）。プラシノス自身による序文では、シュルレアリストたちとの出会いが回想されている。

Le Temps n'est rien, Plon, 1958. 小説

La Voyageuse, Plon, 1959. 小説

Le Cavalier, Plon, 1961. 短編小説集

La Confidente, Grasset, 1962. 小説

L'Homme au chagrin, GLM, 1962. 詩集

Le Visage effleuré de peine, Grasset, 1964. 小説

Le Grand repas, Grasset, 1966. 小説

Les Mots endormis, Flammarion, 1967. 三〇年代以来の詩とコントを集めたもの。

La Vie, la voix, Flammarion, 1971. 詩集
Petits quotidiens, Commune Mesure, 1974. 詩集
Brelin le frou, Belfond, 1975. 物語《レシ》。プラシノス自身のデッサンを含む。
Trouver sans chercher, Flammarion (coll. « L'Âge d'Or »), 1976. 三〇–四〇年代のコントを集成し、同時期の未刊テクストを加えたもの。序文ミシェル・デコーダン。
Comptines pour fillottes et garcelons, L'École des Loisirs, 1978. 詩集
Le Ciel et la terre se marient, Les Éditions Ouvrières, 1979. 詩集
Pour l'arrière-saison, Belfond, 1979. 詩集
Mon cœur les écoute, Liasse à l'Imprimerie Quotidienne, 1982. 物語《レシ》。プラシノス自身のデッサンを含む。
Comment écrivez-vous ? ou Ils sont malins les écrivains, Folle Avoine, 1984. 詩集
L'Instant qui va, Folle Avoine, 1985. 詩集。マリオ・プラシノスの版画
Le Verrou, Flammarion, 1987. 短編小説集
L'Âge des repères, La Balance, 1988. 詩集
La Fièvre du labour, Motus, 1989. 詩集
La Lucarne, Flammarion, 1990. 短編小説集
La Mer, La Balance, 1990. 詩集
La Table de famille, Flammarion, 1993. 短編小説集
Correspondance d'Henri Parisot avec Gisèle et Mario Prassinos, 1933-1938, Éditions Joëlle Losfeld, 2003.
La Mort de Socrate, HB Éditions, 2006. 短篇小説集
Archives n°11, Atelier de l'Agneau, 2009 : « Monsieur Thomas en exil », « Tante Marie ou 'Ballonnette' » (nouvelles

inédites). 雑誌だが、未刊の後期短編小説二編とデッサンを収録したもので、実質的にプラシノスの単行本。

The Arthritic Grasshopper. Collected Stories, 1934-1944, translated by Henry Vale and Bonnie Ruberg, Wakefield Press (Cambridge, Massachusetts), 2017. *Trouver sans chercher,* Flammarion を英訳したもの。

Dessins-Portraits, Centre National de Littérature / Galerie Simoncini, Luxembourg, 2018. 二〇〇三年から二〇〇六年にかけてプラシノスが描いたデッサンを集めた展覧会のカタログ。

＊　なおこれ以外に、プラシノスは一九五四年から一九五八年にかけて、ニコス・カザンザキスの小説四冊をギリシャ語からフランス語に翻訳している。

- *Alexis Zorba* (traduit en collaboration avec Yvonne Gauthier), Plon, 1954.
- *La Liberté ou la mort,* Plon, 1956.
- *Le Pauvre d'Assise,* Plon, 1957.
- *Du Mont Sinaï à l'île de Vénus,* Plon, 1958.

B　展覧会

＊　カタログその他の一次資料を網羅的に調査することはできなかったので、José Ensch, Rosemarie Kieffer, *À l'écoute de Gisèle Prassinos. Une voix grecque* ; Annie Richard, *Le Monde suspendu de Gisèle Prassinos* ; *La Bible surréaliste de Gisèle Prassinos* の巻末資料などに基づいて重要と思われる展覧会を選択した。

Galerie de la Pléiade (NRF), décembre 1946. デッサン五点。

Galerie de l'Échaudé-Saint-Germain, octobre 1975 : Le portrait de famille et autres images cousues accompagnées de

personnages.
Galerie des Éditions Belfond, octobre 1975 : Tentures et bonshommes de bois.
Galerie M. Benezit, 25 janvier – 25 février 1977 : Images de feutre, personnages en bois.
Galerie La Cité (Luxembourg), 19 mai – 7 juin 1978 : Tentures.
Galerie M. Benezit, 20 février – 20 mars 1980 : Images de feutre, personnages en bois.
Centre Culturel Français (Luxembourg), 19 mars – 3 avril 1982 : Images de feutre.
Centre Georges Pompidou, 28 mars – 2 avril 1984 : exposition au petit foyer à l'occasion de la Revue parlée du 28 mars 1984.
Galerie d'art Mondorf les Bains (Luxembourg), 7 décembre 1990 – 12 janvier 1991.
Bibliothèque Historique de la Ville de Paris, 13 mars – 3 mai 1998 : Le monde suspendu de Gisèle Prassinos.
Maison Française de Washington, 3 mai – 27 juin 2001.
Galerie La Hune Brenner, 6 mars – 22 mars 2003 : Gisèle et Mario Prassinos.
Maison de la Grèce, 26 mai – 8 juin 2003 : Les tentures.
Galerie Simoncini (Luxembourg), 1er juin - 17 juillet 2018 : Dessins-Portraits.

C　研究・論考・資料

＊　作家としての全体像を知るには Madeleine Cottenet-Hage, *Gisèle Prassinos ou le désir du lieu intime* が便利。José Ensch, Rosemarie Kieffer, *À l'écoute de Gisèle Prassinos. Une voix grecque* はやや統一感のない構成だが、作家本人と親しかった著者によるもので資料的価値は高く、書誌的情報は非常に充実。プラシノスの小説作品に対してはかなりの数の書評が書かれたが、これについても詳細な情報が掲載されている。近年プラシノスについて圧

倒的な量の論文を発表しているのはアニー・リシャールで、造形作品に関する情報と伝記的な事実を要領よく整理している Annie Richard, *Le Monde suspendu de Gisèle Prassinos* は役に立つが、研究の最前線を知るという意味では、個別の論文を参照してほしい。

José Ensch, Rosemarie Kieffer, *À l'écoute de Gisèle Prassinos. Une voix grecque*, Éditions Naaman (Sherbrooke, Québec), 1986.

Madeleine Cottenet-Hage, *Gisèle Prassinos ou le désir du lieu intime*, Jean-Michel Place, 1988.

Inez Hedges, « What Do Little Girls Dream Of : The Insurgent Writing of Gisèle Prassinos », *Surrealism and women*, edited by Mary Ann Caws, Rudolf E. Kuenzli and Gwen Raaberg, The MIT Press, 1991, p. 27-31.

Madeleine Cottenet-Hage, « The Body Subversive : Corporeal Imagery in Carrington, Prassinos and Mansour », *ibid.*, p. 76-95.

Annie Richard, *Le Monde suspendu de Gisèle Prassinos*, HB Éditions, 1997.

Annie Richard, « *Le Grand Repas*, roman surréaliste », *Mélusine*, n° XVI, 1997, p. 353- 363.

Susan Rubin Suleiman, « L'humour noir des femmes », *La Femme s'entête*, textes réunis par Georgiana M.M. Colville et Katharine Conley, Lachenal & Ritter, 1998, p. 41-52.

Madeleine Cottenet-Hage, « Humour, sexe et fantaisie, *Brelin le frou ou le Portrait de famille* de Gisèle Prassinos », *ibid.*, p. 173-185.

Annie Richard, « Salomé ou les avatars de la femme enfant », *ibid.*, p. 187-200.

Marie-Claire Barnet, *La Femme cent sexes ou les genres communicants*, Peter Lang, 1998.

La Bible surréaliste de Gisèle Prassinos. Les tentures bibliques commentées par Annie Richard, Éditions Mols, 2004. 六〇年代末から七〇年代にかけて作成された「壁掛け」を、豊富なカラー図版を用いて紹介。

Annie Richard, « L'entrée en surréalisme de Gisèle Prassinos à l'épreuve de la photographie », *L'Entrée en surréalisme*, Phénix Éditions, 2004, p. 173-186.

Annie Richard, « Le livre surréaliste, lieu d'élaboration de l'artiste "idéal" : de *Calamités des origines* à *Brelin le Frou* de Gisèle Prassinos », *Mélusine*, n° XXXII, 2012, p. 211-221.

Annie Richard, « L'allégorie de la femme-enfant alias Gisèle Prassinos comme aporie de genre dans le surréalisme », *Itinéraires*, septembre 2012 (« Genres et avant-gardes »), p. 147-159.

Annie Richard, « La peau des tableaux chez Gisèle Prassinos, Bona, Dorothea Tanning », *Mélusine*, n° XXXIII, 2013, p. 100-110.

Gisèle et Mario Prassinos. Une collection, AuctionArt / Rémy Le Fur & associés, 2014. プラシノス兄妹関連の美術品や書簡、書籍などの競売のカタログ。ジゼルからマリオへの書簡の写真なども収録され、資料的価値は高い。

Jacqueline Chénieux-Gendron, *Inventer le réel. Le surréalisme et le roman (1922-1950)*, Honoré Champion, 2014 (1ère éd. : 1983), p. 637-644.

Annie Richard, « *La bible surréaliste* de Gisèle Prassinos ou "le point sublime" de la différence masculin/féminin », *Mélusine*, n° XXXVI, 2016, p. 135-146.

図版一覧

図1　Photographie de Gisèle Prassinos lisant son texte devant les surréalistes, phtographiée par Man Ray, 1934.

図2　André Brouillet « Une leçon clinique à la Salpêtrière », 1887.

図3　Photographie intitulée « L'écriture automatique » qui se trouve sur la couverture de *La Révolution surréaliste*, n° 9-10, 1927.

図4　Portrait de Gisèle Prassinos publié dans *Minotaure*, n° 6, 1934.

図5　Portrait de Gisèle Prassinos enfant, Nanterre, circa 1923. Photo © Catherine Prassinos / ADAGP, Paris & JASPAR, Tokyo, 2018.

図6　Portrait de Victorine et Lysandre Prassinos, Constantinople, circa 1920. Photo © Catherine Prassinos / ADAGP, Paris & JASPAR, Tokyo, 2018.

図7　Portrait de Marie Massino, Gisèle et Victorine Prassinos à l'île fleurie, Nanterre, circa 1925. Photo © Catherine Prassinos /

ADAGP, Paris & JASPAR, Tokyo, 2018

図 8　Lysandre, Mario et Gisèle Prassinos « L'échafaud », Nanterre, 1936. Photo © Catherine Prassinos / ADAGP, Paris & JASPAR, Tokyo, 2018.

図 9　Portrait de Gisèle Prassinos par Mario Prassinos, Nanterre, 1934. Photo © Catherine Prassinos / ADAGP, Paris & JASPAR, Tokyo, 2018.

図 10　Portrait de Mario Prassinos par Gisèle Prassinos, Nanterre, 1934. Photo © Catherine Prassinos / ADAGP, Paris & JASPAR, Tokyo, 2018.

図 11　Portrait de Yo et Gisèle Prassinos à Paris, circa 1940. Photo © Catherine Prassinos / ADAGP, Paris & JASPAR, Tokyo, 2018.

図 12　Portrait de Pierre Fridas, Marie Massimo, Gisèle Prassinos, Paris, 1949. Photo © Catherine Prassinos / ADAGP, Paris & JASPAR, Tokyo, 2018.

図 13　Gisèle Prassinos : illustration pour Lewis Carroll, *La Chasse au Snark et autres poèmes* © Succession Gisèle Prassinos / ADAGP, Paris & JASPAR, Tokyo, 2018

図 14　Gisèle Prassinos « Saint François d'Assise (1) » 1967 (tenture) © Succession Gisèle Prassinos / ADAGP, Paris & JASPAR, Tokyo, 2018

図 15　Gisèle Prassinos « Grande trinité » 1975 (tenture) © Succession Gisèle Prassinos / ADAGP, Paris & JASPAR, Tokyo, 2018

図 16　Gisèle Prassinos « La mère et l'enfant » © Succession Gisèle Prassinos / ADAGP, Paris & JASPAR, Tokyo, 2018.

図 17　Gisèle Prassinos « Berge, pâtissier décorateur » © Succession Gisèle Prassinos / ADAGP, Paris & JASPAR, Tokyo, 2018.

図 18　Gisèle Prassinos « Berge et ses enfants » © Succession Gisèle Prassinos / ADAGP, Paris & JASPAR, Tokyo, 2018.

図 19　Gisèle Prassinos « La première contusion » © Succession Gisèle Prassinos / ADAGP, Paris & JASPAR, Tokyo, 2018.

図 20　Gisèle Prassinos « Le Mouron Précule » © Succession Gisèle Prassinos / ADAGP, Paris & JASPAR, Tokyo, 2018.

図 21　Gisèle Prassinos « Le Général de Gaulle » (personnage en bois) © Succession Gisèle Prassinos / ADAGP, Paris & JASPAR, Tokyo, 2018.

図 22　Gisèle Prassinos « La Vierge aux cerises » 1976 (tenture) © Succession Gisèle Prassinos / ADAGP, Paris & JASPAR, Tokyo, 2018.

図 23　Gisèle Prassinos « Abraham conduisant Isaac au sacrifice » 1977 (tenture) © Succession Gisèle Prassinos / ADAGP, Paris & JASPAR, Tokyo, 2018

図 24　Gisèle Prassinos « La nomination à l'Académie » © Succession Gisèle Prassinos / ADAGP, Paris & JASPAR, Tokyo, 2018.

図 25　Gisèle Prassinos « Mon bras droit » © Succession Gisèle Prassinos / ADAGP, Paris & JASPAR, Tokyo, 2018.

図 26　Gisèle Prassinos « Mon cœur les écoute » © Succession Gisèle Prassinos / ADAGP, Paris & JASPAR, Tokyo, 2018.

図 27　Mario Prassinos « La jeune fille qui rêve » 1937 © Succession Mario Prassinos / ADAGP, Paris & JASPAR, Tokyo, 2018.

図 28　Mario Prassinos « Autoportrait » 1936 © Succession Mario Prassinos / ADAGP, Paris & JASPAR, Tokyo, 2018

図 29　Mario Prassinos « Bessie au manteau » 1970 © Succession Mario Prassinos / ADAGP, Paris & JASPAR, Tokyo, 2018.

図 30　Photographie de Prétextat à Constantinople, circa 1920 © Succession Mario Prassinos / ADAGP, Paris & JASPAR, Tokyo, 2018

図31　Mario Prassinos « Prétextat vainqueur » circa 1974 © Succession Mario Prassinos / ADAGP, Paris & JASPAR, Tokyo, 2018.

別丁図版

別図1　Gisèle Prassinos « Portrait de Famille » (tenture) © Succession Gisèle Prassinos / ADAGP, Paris & JASPAR, Tokyo, 2018.

別図2　Gisèle Prassinos « Abel et Caïn » (tenture) © Succession Gisèle Prassinos / ADAGP, Paris & JASPAR, Tokyo, 2018.

別図3　Gisèle Prassinos « Hueïd » (personnage en bois) © Succession Gisèle Prassinos / ADAGP, Paris & JASPAR, Tokyo, 2018.

別図4　Gisèle Prassinos « Dernier visage de Berge » (tenture) © Succession Gisèle Prassinos / ADAGP, Paris & JASPAR, Tokyo, 2018.

別図5　Gisèle Prassinos « Brelin, portrait idéal de l'artiste » (tenture) © Succession Gisèle Prassinos / ADAGP, Paris & JASPAR, Tokyo, 2018.

あとがき

〈シュルレアリスムの25時〉第二期の刊行が決定したとき、ジゼル・プラシノスがすでに高齢なのはわかっていたが、何かの情報がもらえる可能性もあると考え、伝手をたどって連絡先を手に入れた。だが返事をもらうことはついにかなわず、二〇一五年の秋に彼女が亡くなったとき、最初に知らせてくれたのはアニー・リシャール氏で、そのメールには、「あなたの努力でプラシノスが日本でも記憶にとどめられていくよう願っています」といった内容が書かれていたと記憶している。この書物がリシャール氏の期待に応えられるものになっているとは思えないが、とりあえず刊行に漕ぎ着けたことを伝えられそうで、安堵していることは間違いない。

私は決して以前からプラシノスに関心を抱いてきたわけではない。フランスに留学していた一九九〇年代のはじめ、彼女はまだ後期の短編小説を執筆していたわけだから、当時からその仕事の価値を認識していれば、小説から詩と造形表現に移っていった六〇年代半ばから七〇年代にかけての転換期がどのような精神状態の裏づけを持つものだったか、直接尋ねてみることもできたろう。だがたとえそうできたとしても、他者から問われたときいつも、相手のいってほしいことをいってしまう語り手としてのプラシノスというイメージが事実だとすれば、私もまた彼女から、自分の解釈に都合のいい答えを引き出してしまったろうか。そうかもしれないと思いつつ、しかし私など及びもつかないほどの深さでプラシノスの作品を愛し、作家本人とのあいだに事実と解釈が切り分けられないような回路を作ることに成功した幾人かの研究者のことを考えると、いくらかうらやましいとも感じる。急いでつけ加えるが、たとえばリシャール氏の解釈が恣意的なものだなどといいたいのでは、断じてない。だがたとえていうならフィールドワークに基づいた人類学者の論文のように、客観的でありながら書いた主体が書かれた内容に巻きこまれているような文章を、私は無条件に美しいと感じてしまう。一種の危険をはらんだ、主観性と客観性のこうした緊張関係には、シュルレアリスムにとって本質的な何かがある。だからこそもっと早くにプラシノスを意識していればと、あらためて残念に思わずにはいられない。

だが遅きに失したとしても、やはりプラシノスについて書く機会を持てたのは、たいへんに幸運な体験だった。一〇年ほど前、シュルレアリスムにおけるグループの問題、複数であることの必然性というテーマについて、曲りなりにも一冊の研究書を上梓して以来、グループの内と外との境界線上にとどまった人々、あるいはグループと接触したのちに離脱し、その外部においてシュルレアリスムと関わりを持ち続けたような人々について考えることを研究の（サブ）テーマにしてきたのだが、そのような関心から扱ったマクシム・アレクサンドルやエルネスト・ド・ジャンジャンバックと比べても、プラシノスはまったく類例のない、かつ重要な事例だからだ。過去のある瞬間において、自分でも気づかないうちにシュルレアリスムのなかにいたのだとあとから気づくという特異な体験の価値を、十全に描き出せたというつもりはない。だが彼女の物語をたどることで、シュルレアリスムとは信じたり拒否したりできる主義などでなく、気づけば自分がこだわらずにいられない何かがあると認めること、そしてそれに対して無防備に身を曝してしまうことなのだと感じ取ってもらえた方がいるならば、これ以上に嬉しいことはない。

それにしても、シュルレアリスムにおける女性という問題について語るのは、想像したより何倍も難しかったと白状しておこう。この運動をめぐって提起されてきた様々な問題のなかで、女性というそれは私にとって、もっとも考えの定まらないテーマであり続けている。この書物の完成が予定より大幅に遅れてしまった最大の原因も、実はそのことだった。とりあえず書き終えた今でも、困難を克服できたとはとてもいえないが、少なくともプラシノスはクロード・カーアンとともに、女性主体にとってのシュルレアリスムという問題について、私にも語りうる何かがあると思わせてくれる存在だと、今あらためて感じている。それはおそらく彼女たち二人が、男性と女性という問題そのものからの脱出口を差し示してくれる、特異な主体であるからだろう。

エクリチュール・フェミニンといったものを女性シュルレアリストのテクストに読みこむことがどこまで正当なのか、私には今もってわからない。だが現在プラシノスについてもっとも精力的な研究を展開しているアニー・リシャール氏は、この問題を正面から受けとめつつ、次々と重要な論文を執筆している。そうであればこそ、この書物の準備を通じてリシャール氏と知り合う幸運に恵まれたにもかかわらず、雑事に追われて深い議論を交わす機会を逃してしまったこと、また彼女の理論的にも高度な議論に対し、具体的に取り上げて検討するような書き方ができなかったことを残念に思う。と同時に資料へのアクセスなど、さまざまな形で便宜を図ってくれたリシャール氏には、この場を借りて心からのお礼を申し上げねばならない。また同じく数度にわたってプラシノスの草稿資料を調査した際に対応してくれたパリ市歴史図書館のスタッフと、図版の件でお世話になったマリオ・プラシノスの娘でありジゼル・プラシノスの姪であるカトリーヌ・プラシノス氏にも、感謝の言葉を捧げたい。

私にとってのプラシノスは、要するに『ブルラン・ル・フルー』の著者である。今後日本でプラシノスに関心を持つ人が現れるかどうかはわからないが、『時間など問題ではない』から『大饗宴』にいたる小説群や、後期の短編小説を、あるいは当の『ブルラン・ル・フルー』をさえ、シュルレアリスムからいったん離れた形で語ってくれる研究者が登場すべきであろうと、心から思う。自分が偏った論じ方をしてしまったことに後ろめたさを感じていっているわけではない。繰り返しになるが、シュルレアリスム研究とは、おそらく原理的に偏った視点からなされるものだ。それは常にある具体的な「私」が、シュルレアリスムの使い方を実践してみせるような行為でしかありえないからである。しかしだからこそ、空中にポカンと浮かんだコミュニケーション不能の営為とならないために、それは文学研究や美術史研究等々に間借りして展開されるより他にない（それはいくらか、ジゼルにとってマリオが必要だったことに似ている)。やがてやって来る誰かが、文学研究にとってジゼル・プラシノスとは誰かを示してくれるなら、私はそのときあらためて、あるいははじめて、自分の書いたことの意義を理解することができるのかもしれない。

最後になるが、すでに書いたような事情で作業を遅らせてしまい、ジョルジュ・セバッグ『崇高点』の翻訳に続き多大な迷惑をかけてしまった水声社の廣瀬覚氏にお詫びするとともに、彼の粘り強い編集作業に、あらためて最大限の感謝を捧げたいと思う。

鈴木雅雄

＊　この研究は、ＪＳＰＳ科研費 JP26370180 および早稲田大学特定課題研究助成費 2017B-055 の助成を受けたものです。

著者について――

鈴木雅雄（すずきまさお）　一九六二年、東京都に生まれる。パリ第七大学博士課程修了（文学博士）。現在、早稲田大学教授。専攻、シュルレアリスム研究。主な著書に、『シュルレアリスム、あるいは痙攣する複数性』（平凡社、二〇〇七）、『マンガ視覚文化論』（共編著、水声社、二〇一七）、主な訳書に、ジョルジュ・セバッグ『崇高点――ブルトン、ランボー、カプラン』（水声社、二〇一六）などがある。

ジゼル・プラシノス　ファム＝アンファンの逆説

二〇一八年一二月二五日第一版第一刷印刷　二〇一九年一月一五日第一版第一刷発行

著者――鈴木雅雄
装幀者――宗利淳一
発行者――鈴木宏
発行所――株式会社水声社
東京都文京区小石川二―七―五　郵便番号一一二―〇〇〇二
電話〇三―三八一八―六〇四〇　FAX〇三―三八一八―二四三七
［編集部］横浜市港北区新吉田東一―七七―一七　郵便番号二二三―〇〇五八
電話〇四五―七一七―五三五六　FAX〇四五―七一七―五三五七
郵便振替〇〇一八〇―四―六五四一〇〇
URL: http://www.suiseisha.net
印刷・製本――精興社

ISBN978-4-8010-0305-7

シュルレアリスムの25時

フルーリ・ジョゼフ・クレパン　長谷川晶子　三〇〇〇円
ジョゼフ・シマ　谷口亜沙子　三二〇〇円
クロード・カーアン　永井敦子　二五〇〇円
マクシム・アレクサンドル　鈴木雅雄　二八〇〇円
ルネ・クルヴェル　鈴木大悟　三〇〇〇円
カレル・タイゲ　阿部賢一　三五〇〇円
ヴィクトル・ブローネル　齊藤哲也　三五〇〇円
ロジェ・ジルベール＝ルコント　谷昌親　三五〇〇円
ヴォルフガング・パーレン　齊藤哲也　三五〇〇円
ルネ・ドーマル　谷口亜沙子　近刊
ジュール・モヌロ　永井敦子　近刊
ミシェル・ファルドゥーリス＝ラグランジュ　國分俊宏
三〇〇〇円
ミシェル・カルージュ　新島進　近刊
ゲラシム・ルカ　鈴木雅雄　二五〇〇円
ジョルジュ・エナン　中田健太郎　三〇〇〇円
ジゼル・プラシノス　鈴木雅雄　三五〇〇円
クロード・タルノー　鈴木雅雄　近刊
ジャン＝ピエール・デュプレー　星埜守之　二五〇〇円
ジャン＝クロード・シルベルマン　齊藤哲也　三二〇〇円
エルヴェ・テレマック　中田健太郎　近刊

［四六判上製、価格はすべて税別］